KB275005

동시대 문학사
폭력

4

동시대 문학사
폭력

동시대 문학사 4
폭력

펴낸날 2025년 12월 18일

지은이 이수형 김영찬 임유경 권희철 김형중
기획 김형중
펴낸이 이광호
주간 이근혜
편집 윤소진 김필균 허단 유하은 조아혜 최은지 김다연
마케팅 이가은 허황 최지애 남미리 맹정현
제작 강병석
펴낸곳 ㈜문학과지성사
등록번호 제1993-000098호
주소 04034 서울 마포구 잔다리로7길 18(서교동 377-20)
전화 02)338-7224
팩스 02)323-4180(편집) / 02)338-7221(영업)
대표메일 moonji@moonji.com
저작권 문의 copyright@moonji.com
홈페이지 www.moonji.com

ⓒ 이수형 김영찬 임유경 권희철 김형중, 2025. Printed in Seoul, Korea

ISBN 978-89-320-4505-4 04800
ISBN 978-89-320-4501-6(세트)

폭력

동시대 문학사

1910 — 2020

문학과지성사

이수형 | 김영찬 | 임유경 | 권희철 | 김형중

한국 근현대문학은 백 년이 넘는 역사를 축적해왔다. 근대 이후 문학의 역사를 기술하려는 노력은 '문학사의 불가능성'이라는 명제를 피할 수 없이 마주해야 한다. 한국문학의 집적물과 제도적 양상에 역사적 인과성을 부여하는 총체적 문학사는 더 이상 유효하지 않다. 거대한 동일성으로서의 보편적인 진보 이념으로는 개별 텍스트들이 생성하는 비동일적이고 비균질적인 사건들을 탐구할 수 없기 때문이다. 한국문학사는 하나의 일관된 사건이 아니며 여러 층위에서 발생하는 사건들의 '장소들'이다. 문학사는 단일한 이념과 역사적 필연성의 무게를 덜어내고 각각의 시간들을 내포하며 역동성을 드러낼 수 있어야 한다. 이 다층적인 문학사를 재구성하기 위해 이제, 문학사를 횡단하고 분절하면서 작은 계보학의 문학사를 재구축하려 한다. 이 작은 복수의 문학사는 지배적인 역사와는 다른 층위에서 불연속적으로 움직이는 문학사의 동인과 변이의 지점들을 보여줄 수 있을 것이다.

'현대문학사' 대신 '동시대 문학사'라는 개념을 도입하는 이유는 무엇일까? '현대'라는 시간적 구획은 중세와 근대를 넘어선 선조적인 시간대를 의미하지만 '동시대'는 과거적인 것이 잔존하는 채로 '현대적인 것'이 발생하는 비균질한 시간대를 의미한다. '동시대' 안에서는 과거와 미래의 시간이 교차하고 경쟁하며 뒤섞인다. 그곳에서 우리는 '현재가 개입된 과거'와 '과거가 잔존하는 현재'라는 시간의 혼융을 만나게 되며, '동시대'라는 이름 아래 비동시성을 사유할 수 있다. 동일성으로서의 현재와 기원으로서의 과거, 그리고 미래라는 발전의 형상에 의지하지 않고 현시대 속의 틈과 불확실성을 고찰할 수 있다. 그것은 과거적 준거에도 의지하지 않고 미래의 약속에도 속박되지 않는 문학사의 잠재성을 찾아내는 작업이 된다. 이제 문학사적 실천은 '현대' 혹은 '현재'라고 부르는 시간 속에서의 다층적인 동시대성을 성찰하는 자리가 될 것이다. 어떤 기원도 특권화하지 않는 문학사적 실천은 도래할 문학사의 잠재성이다. 이러한 문학사적 수행은 문학사를 '열린 시제'로 쓸 수 있도록 한다. 우리는 이런 새로운 문학사 기획이 문학과지성사 창립 50주년을 맞아 시작된 것에 대해 작은 긍지를 가지며, 그 긍지를 독자 여러분과 나누고자 한다.

〈동시대 문학사〉 기획위원 일동

기획의 말

계보 없는, 폭력의 문학사

프랑스의 마르크스주의 철학자 루이 알튀세르는 어떤 글에서 이런 말을 한 적이 있다. "따라서 한편으로 미학적 대상의 문화적 지위, 그리고 동시에 비평의 역사적 지위와 비평가라는 직업의 역사적 지위, 다시 말해 역사와 역사가의 관계—이 관계야말로 근본적이다—를 그 자체 내에 함축하고 있는 역사이론이 필요하다"(『역사에 관한 글들—비역사적 조건으로부터 역사적 조건으로』). 이 말의 함의인즉슨 '역사'도 충분히 역사화될 수 있다는 점이다. 아니 역사화되어야만 하는데, 왜냐하면 '역사적 사유'가 인류의 지배적 인식소(에피스테메)의 자리에 오른 현상 자체가 특정한 역사적 국면에서 비롯된 사건이기 때문이다. 그런 의미에서라면 '역사의 역사'(문학의 경우 '문학사의 문학사')도 가능하리라.

　　그러나 19세기인들이 상상했던 바대로의 대문자 역사는 불가능하다. 우선은 '언어적 전회' 이후 역사가 일종의 글쓰기 텍스트이자 '총체화하려는 폭력'으로 간주되어왔기 때문인데, 이에 대해서라면 굳이 재론할 필요도 없을 줄 안다. 역사에 대한 그런 태도는 이제 거의 선험적 전제에 해당한다. 여기에 역사가 이제 이야기 단위로 잘려 팔리는 '표현 상품'(웬디 브라운) 혹은 '문화 콘텐츠'가 되었다는 사실,

탈진실의 난동에 의해 얼마든 왜곡할 수 있고 수정할 수 있는 인위적 문서들의 (큐레이팅 가능한) 아카이브가 되었다는 사실을 덧붙일 수도 있겠다. 확실히 역사는 불가능해 보인다.

김현과 김윤식의 『한국문학사』(1973) 이후 그럴듯한 '대문자 문학사'가 등장하지 못했던 이유도 이와 무관하지 않을 것이다. 지배적 '문학장'은 최종심에서 ('남성 – 평론가 – 교수'들이 그려낸 정전들의 성좌인) 문학사가 방어한다는 사실에 대한 광범위하고 암묵적인 동의는, 기존의 문학사를 탈구축하려는 복수형의 '문학사들'을 일종의 대안 문학사로서 제안하고 있다. 따라서 우리 시대에 여전히 '문학사'란 이름을 단 몇 편의 글이 한 권의 '책'으로 묶일 수 있다면, 상당히 많은 역설과 제한 조건들이 필요하다.

문학과지성사 창립 50주년을 맞아 기획한 이 책에 속한 몇 권의 '문학사 시리즈' 앞에 '동시대'라는 수식어를 붙인 것도 그런 역설과 제한 조건들 중 하나다. 동시대 문학사라니! 역사란 항상 지나간 시대, 곧 과거에 대한 기록일 수밖에 없을진대, 문학사가 어떻게 동시대의 것일 수 있을까? 물론 많은 학자들이 역사를 두고 '과거와 현재의 대화'라는 관습적인 표현을 되풀이해왔다. 그러니까 역사는 과거를 통해 현재를 반추하는 거울 같은 것이란 말인데, 그럴 때 그런 역사에는 항상 어떤 일관된 경향, 혹은 법칙 같은 것이 존재하는 것으로 가정된다. 오랫동안 세계적인 영향력을 행사해 온 헤겔 – 마르크스주의 전통이 그 전형적인 예이다. 현상 너머 그것들의 원인이 되는 법칙 찾기에 몰두했던 다윈이나 프로이트도 그와 같은 전통의 일부를 이룬다. 그러나 그들이 몰랐던, 혹은 모를 수밖에 없었던 것은 자신들 역시 바로 그 역사의 일부라는 사실이었다.

이 책이 자의식적으로 멀리하려는 것이 바로 그와 같은 총체적인 문학사, 하나의 법칙이 경향적으로 관철되는 대문자 문학사이다. 이 책의 관심은 '동시대 문학'에 있고, '지금, 여기'에서 활발하게 논의되고 있는 여러 '주제계들'(복수형임을 강조한다)의 기원과 전개에 관심이 있다. '기원'이라고 했거니와 이 말이 '원인'과는 다른 의미란 점은 강조할 필요가 있다. 기원은 귀납적으로 추적될 수 있다. 그러나 귀납의 과정을 원인과 결과의 관계에 따라 기계적으로 혹은 유기적으로 배열할 수는 없다. 그럴 경우 필연코 하나의 원인을 가정하고 그 원인의 '필연적'이고 '총체적'인 전개, 곧 대문자 문학사로 복귀할 수밖에 없기 때문이다.

그런 의미에서라면 차라리 이 책은 문학사적이라기보다는 계보학적인 책으로 읽혀야 맞을 듯하다. 여기 실린 글들이 어떤 경우 연대기 형식을 취하고 있다 하더라도, 그 연대기는 백 년이 넘는 한국현대문학사를 포괄하려는 야심이 없다. 게다가 목적이나 법칙에 따른 선조적 진행 과정으로 묘사되지도 않는다.

이수형의 글 「국가와 폭력, 혹은 국가폭력의 기원」은 '(국가)폭력'의 개념 자체를 (정치철학의 역사를 더듬어) 발본적으로 분석하고 그에 따라 이인직과 이청준의 작품을 거론하지만, 한국문학사를 국가폭력의 역사로 환원하려는 시도는 사양한다. 김영찬의 글 「폭발하는 분노와 충동의 목소리—충동의 문학사, 혹은 돌연변이의 계보학」도 마찬가지다. 마치 '분노와 충동의 문학사'처럼 읽히는 이 글에서 그가 가장 강조하는 것은 역설적이게도 이 계보에 속하는 작품들의 '계보 없음'("계보 없는 계보"), 곧 '돌출성'이다. 임유경의 「문학과검열—한국 현대문학의 형성과 제도적 무의식」에 대해서도 같은 말을 할 수 있겠다. 검열의 연대기를 쓰고 있지만 필자의 가장 중요한주장은 "검열은 특정한 텍스트나 매체를 넘어, 피지배 주체의 일상과삶 전체를 관리하는 통치 장치로 기능"한다는 점이다. 명백히 푸코의'통치성' 개념을 향해 있는 이와 같은 주장은 '검열의 문학사'라기보다는 검열이라는 '장치'의 작동 방식에 대한 계보학적 고찰에 가깝다. 권희철 역시 '애도의 문학사'를 쓴다. 그러나 그의 글 「중지한다, 금지한다, 너의 죽음을—5·18 소설을 중심으로 본 애도의 문학사」에 역사는 없다. 임철우에서 한강까지, 그는 이른바 '오월 소설'의 범주에 속하는 다양한 작품들을 '애도'라는 키워드를 중심으로 정밀하게 다루지만 통시성은 거의 배제된다. 즉 한국전쟁이나 4·3, 용산참사, 세월호참사 등은 그의 애도의 문학사에 등장하지 않는다. 그러나 통시성 없는 채로임에도 불구하고 그의 글은 분명 '문학사'적 서술에 속하는데, 이유인즉, 그가 이 글을 통해 이행기 정의의 대상이 되는 모든 국가폭력, 그리고 참사 트라우마에 따른 애도 작업에서 문학이 맞닥뜨릴 수 있는 거의 모든 경우의 수를 고찰하고 있기 때문이다. 김형중이 「통치성의 소설사 시론」에서 푸코의 권력이론에 따라 기존의 한국문학사에 도전할 때 가장 강조하는 점도 자신의 글쓰기가 계보학적이며, 연대기적이고 인과적인 문학사란 존재할 수 없다는 점이다. 통치성은 '장기 지속'하며 특히 한국적 통치성은 연대기를 불허한다는 것이 그의 주장이다.

　어떤 독자는 '폭력'이라는 주제로 묶인 여기 다섯 편의 글에서 산만함을 느낄 수도 있을 것이다. 사실 이 책은 애초부터 그런 사태를 감수해야 할 부담으로 떠안고 출발했다. 함께 출간되는 '동시대 문학사'의 다른 책들과 관련 속에서 볼 때, 이 책은 한국문학을 관통하는 (그러나 총체적이고 단일하게 관통할 수는 없는) 키워드들 중 하나인 '폭력'의 주제계에 속한다. 그리고 그 주제계를 이루는 몇 개의 '성좌들'을 추렸다. 폭력, 분노, 검열, 애도, 통치성이 그것이다.

　이 키워드들은 상호 관련되지만 하나의 메타 서사로 봉합되지 않는다. 벤야민의 어법을 빌려 '성좌'라는 표현을 사용하는 것은 그런 이유다. 우리는 하늘의 별들에 자리를 부여해 성좌를 그려낼 수는 있다. 그러나 그 성좌를 이루는 별들이 각각 다른 시공에 속한다는 사실을 알면서 그렇게 한다. 그것들은 연관되어 있으면서 동시에 멀리 분리되어 있다. 요즘 유행하는 말로 이 책은 일종의 '집합체'(브뤼노 라투르)다. 그런 문학사 아닌 문학사를 독자들에게 전하고 싶었다. 이런 무모해 보이는, 그러나 분명 유의미한 시도를 독자들이 흥미롭게 읽어주길 바랄 뿐이다.

이 책은 출간되기까지 적지 않은 적지 않은 산고를 겪었다. 우선은 필자들에게 감사한다. 문학사를 피해가며 문학사를 써달라는 주문의 당혹스러움은 말할 것도 없고, 써야 하는 글의 대상 범위가 한국 현대문학사 전체를 가로지를 만큼 넓었으니 필자들이 집필하면서 들였을 노고는 가늠하기 어렵다. 그러다 보니 마감은 자주 미뤄졌고, 편집자들의 마음고생과 스트레스는 쌓여만 갔을 줄 안다. 관련 편집진들, 특별히 이 책의 책임 편집자 윤소진 님에게 감사와 사죄의 마음을 전한다.

기획위원 김형중

차례

국가와 폭력,
혹은 국가폭력의 기원

이수형

1. 폭력과 국가폭력

폭력에 대해 얼마간 진지하게 생각해보려고 할 때, '폭력이란 ~이다'라고 간단하게 개념 정리하는 것이 거의 불가능하다는 사실을 새삼 깨닫게 된다. "남을 거칠고 사납게 제압할 때에 쓰는, 주먹이나 발 또는 몽둥이 따위의 수단이나 힘. 넓은 뜻으로는 무기로 억누르는 힘을 이르기도 한다"는 사전적 정의에 의하면 폭력이란 신체에 대해 물리적 위해를 가하는 수단이나 힘 정도를 뜻하고, 이는 법률 용어로는 폭행과 밀접한 관련을 갖는 것처럼 보인다. 그러나 이런 설명으로는 오늘날 우리가 인식하는 폭력의 개념 중 극히 일부만을 포괄할 뿐이다.

폭력에 관해 참고할 만한 문헌을 펼치면, 대표적으로 한나 아렌트의 말을 인용하면서 20세기가 '폭력의 세기'였다고 진단을 내리는 장면을 자주 목격하게 된다. "20세기는 레닌이 예견한 것처럼 실로 전쟁과 혁명의 세기이고, 따라서 현재 이들의 공통분모로 여겨지는 폭력의 세기"라는 아렌트의 단언에서 드러나듯 20세기를 폭력의 세기로 규정짓게 만든 '폭력'이란 두 번의 세계대전과 정치적 급변 사태, 그로 인한 대량 살인 혹은 학살과 밀접한 관련이 있음을 짐작할 수 있다. 이에 따라 기술의 발달로 인해 비로소 현실화된 물리력의 집

단 동원 및 행사를 폭력의 대표적 사례라고 잠정적으로 결론 내리려
는 순간 다른 한편으로 오늘날의 현대 사회에는 가시적인 물리력 못
지않게 비가시적인 폭력이 그 이상으로 심각하다고 보는 관점 역시
충분한 근거를 가진 것으로 다가온다.

　　노르웨이의 사회학자 요한 갈퉁은 일찍이 제2차 세계대전의
흔적이 가시지 않은 1960년대부터 폭행과 유사한 의미로 협소하게
정의되던 기존의 폭력 개념을 비판하고 "인간의 실제적인 육체적·정
신적 실현이 어떤 영향으로 인하여 그 잠재적 실현보다 낮아진다면,
그리고 둘 사이의 괴리가 불가피한 것이 아니라면 이미 거기 폭력은
존재하는 것"이라는 주장과 함께 폭력의 개념을 크게 갱신한 바 있다.
이때 폭력의 범위는 단지 신체에 대한 위해만이 아니라 생존과 복지
는 물론 자유 및 정체성에 대한 요구와 권리의 실현을 저해하는 것으
로 대폭 확대되며, 그것이 작용하는 양상 또한 개인적(직접적) 차원
뿐 아니라 구조적·문화적인 차원으로 확장된다.[1] 이처럼 확장된 폭력
의 개념은 '바람직하지 않은 것의 리스트'로, 일종의 은유일 뿐 학문
적 용어로서는 결격이라는 비판에도 불구하고 그 확장성 덕분에 일
상적 언어로는 오히려 더 유용하게 활용될 수 있다. 그 때문에 우리는
눈에 보이는 폭력 행위뿐 아니라 어떤 제도나 생각, 언어에 대해서도
'폭력적'이라고 판단하는 데 별로 주저하지 않게 되었다.

　　예를 들면 어떤 사람들은 상처를 입히는 화행을 '폭력'이라고 하는데,
어떤 사람들은 명시적 위협을 제외하면 언어를 '폭력적'이라고 하는

1.　이문영, 「폭력 개념에 대한 고찰—갈퉁, 벤야민, 아렌트, 지젝을 중심으로」, 『역사비평』
　　2014년 봄호, p. 330. 갈퉁과 지젝의 폭력관에 대해서는 "지젝의 '주관적 – 체계적 – 상징적'
　　폭력 유형은 당연히 갈퉁의 '직접적 – 구조적 – 문화적' 폭력의 삼각형을 떠오르게 하며, 두
　　삼각형의 대응각 사이에는 사용된 용어만큼이나 어느 정도의 상응성도 존재한다"(같은 글,
　　p. 345)고 비교 가능하다.

것은 적절치 않다고 주장한다. 어떤 사람들은 폭력에 대한 제한적 시각을 고수한다고 할까, 폭력을 '구타'와 같이 물리적 차원으로 이해하는데, 어떤 사람들은 경제구조와 사법구조가 '폭력적'이라는 점을 강조한다. (……) 공론장에서 우리는 '폭력'이 불안정한 단어라는 것을 알게 된다. 공론장의 여러 입장이 이 단어의 의미론을 차지하기 위한 싸움을 벌이고 있다는 것이다. 때로 국가와 기관은 정치적 반대의견 또는 국가에 반대하거나 특정 기관의 권위에 도전하는 의견이면, 그 어떤 의견에든 '폭력적'이라는 수식어를 붙인다. (……) 표현의 자유를 지지하는 시위, 그 자체로 표현의 자유를 행사하는 시위가 '폭력'이라고 명명된다면, 그 이유는 하나밖에 없다. 권력이 언어를 그런 식으로 오용함으로써 반대세력을 음해하고자 한다는 것, 자유를 행사하고 지지하는 시위자들을 경찰·군대·치안 병력으로 진압하는 일을 그런 식으로 정당화함으로써 폭력을 독점하려고 한다는 것이 그 이유다. 미국학 전문가 찬단 레디Chandan Reddy에 따르면, 미국적 형태의 리버럴 모더니티하에서 국가는 폭력을 당하지 않을 자유를 보장해주는 권력체이자 인종적 소수자들과 비이성적이라고 낙인찍혔거나 자국의 규범이 적용되지 않는 모든 타국인에게 폭력을 휘두를 수밖에 없는 권력체로 설정된다. 이러한 시각에 따르면, 미국은 인종적 폭력을 통해 건국된 국가이자 지금도 여전히 구조적으로 소수자들에게 인종적 폭력을 휘두르고 있는 국가다. 요컨대 인종적 폭력이 국방에 복무한다는 이야기다.[2]

주디스 버틀러 역시 구타 같은 물리적 차원의 폭력과 어떤 화행이나

---

2. 주디스 버틀러, 『비폭력의 힘—윤리학–정치학 잇기』, 김정아 옮김, 문학동네, 2021, pp. 11~14.

경제구조 등에 관한 언어적·구조적 차원의 폭력이 개념적으로 서로 경합하고 있는 상황을 지적하고 있다. 아렌트가 「폭력론」에서 직접 언급한 것처럼 폭력violence은 권력power이나 힘strength, 강제력force, 권위authority 등의 관련 개념들과 쉽게 구별되지 않는다. 또한 폭력에 관한 유명한 문헌인 발터 벤야민의 「폭력비판을 위하여Zur Kritik der Gewalt」에 관한 논의에서 독일어 'Gewalt'가 폭력뿐 아니라 힘, 권력, 권능, 무력(武力) 등의 다양한 의미를 가진다는 사실이 자주 지적되는 데서도 알 수 있듯, 폭력은 단어 자체의 의미론적 차원에서 식별이 어려운 복잡한 맥락을 전제하고 있다. 폭력이라는 말의 이러한 다의성으로 인해 오늘날 폭력 개념의 논의에서 공동의 합의에 이르기 쉽지 않다.

그런데 앞서 상당히 길게 인용한 글을 통해 알 수 있는 또 다른 중요한 사실은 폭력의 의미가 불안정한 상황, 버틀러의 말을 그대로 옮기면 "공론장의 여러 입장이 이 단어의 의미론을 차지하기 위한 싸움을 벌이고 있"는 논쟁적 상황의 한가운데에 국가라는 문제가 존재한다는 점이다. 현대적 의미의 폭력을 이해하는 데 있어 핵심적인 고려 사항 중 하나가 국가가 법에 의해 폭력을 독점하고 있다는 사실, 따라서 모든 사적 폭력은 원칙적으로 불법으로 간주된다는 역사적 사실이다.[3] 인용문에서 "리버럴 모더니티하에서 국가는 폭력을 당하지 않을 자유를 보장해주는 권력체이자 〔……〕 폭력을 휘두를 수밖에 없는 권력체"라고 설명되는 국가의 양가성을 살펴보기 위해 사회계약론에 바탕을 둔 홉스적 의미의 근대 국가 개념을 참고하는 것

---

3.   이에 대해서는 일찍이 벤야민에 의해 지적된 바 있다. "법질서는 개인들의 목적이 합목적적으로 폭력적으로 추구될지도 모를 모든 영역들에 법적 목적들을 세워둠으로써 법적 강제력만이 이런 식으로 그것을 실현할 수 있게끔 만들려고 한다"(발터 벤야민, 「폭력비판을 위하여」, 『역사의 개념에 대하여/폭력비판을 위하여/초현실주의 외』, 최성만 옮김, 길, 2008, p. 85).

이 좋다. 이때 "폭력을 당하지 않을 자유를 보장해주는 권력체"로서의 국가란 '인간은 인간에 대해 늑대' 혹은 '만인에 대한 만인의 투쟁'이라는 표현으로 널리 알려진 자연 상태the state of nature를 벗어나 자신의 생명과 재산과 안전을 보존하기 위해 체결한 정치적 계약의 산물로 볼 수 있다.[4] 이렇게 요약 가능한 홉스의 국가론은 인민의 동의를 통해 합의된 정당한 국가 권력을 통해 폭력적인 자연 상태가 종식된다는 계몽주의적 설명과 함께 이해되곤 했다.

　　반면에 홉스의 국가론에 대해서는 이론적 허구성이 비판되기도 했는데, 근래 가장 주목되는 비판가 중 한 명인 조르조 아감벤에 의하면 근대 국가에 의해 극복된 것으로 믿어져 왔던 자연 상태가 실은 "국가의 법률과는 무관한, 법 이전의 상태가 아니라, 그러한 법을 구축하고 그러한 법 속에 정주하는 예외이자 경계선"이며,[5] 이에 따라 국가를 운영하는 합법적 질서가 중단되는 상태 또한 과거 어느 때의 '자연 상태'가 아니라 바로 오늘날의 현대 국가와 법 내부에 잠재된 '예외 상태'를 의미하는 것이라고 폭로된 바 있다. 근대인들은 자신을 보호할 수 있는, 그러려면 폭력을 행사할 수도 있는 자연권을 국가에 양도하는 사회계약the social contract을 맺음으로써 상호 폭력적 자연 상태에서 벗어나 죽음에 대한 공포를 해소할 수 있을 것으로 기대했지만, 폭력을 독점하고 절대적 주권 권력을 소유한 국가는 죽음의 공포를 동반한 예외 상태를 자기 안에 상시적으로 내장하고 수시로 통치에 활용한다는 것이다.[6] '국가는 폭력을 당하지 않을 자유를

4.　　김용환, 「홉스의 힘의 정치철학──폭력과 통제」, 『동서철학연구』 29권, 한국동서철학회, 2003, pp. 128~32.

5.　　조르조 아감벤, 『호모 사케르──주권 권력과 벌거벗은 생명』, 박진우 옮김, 새물결, 2008, p. 216.

6.　　한상원, 「홉스와 '계몽의 변증법'──절대주권과 자기보존의 역설」, 『철학』 제147집, 한국철학회, 2021, p. 8.

보장해주는 권력체이자 폭력을 휘두를 수밖에 없는 권력체'라는 양가적 규정은 사적 폭력을 금지하는 동시에 스스로 독점하는 국가의 이중적 속성을 잘 드러내고 있다.

　　이처럼 사적 폭력을 종식시키겠다는 명분 아래 국가에 의해 독점 사용되는 폭력을 국가폭력state violence이라고 부를 수 있다. 뒤에서 다시 언급하겠지만 20세기를 살아온 우리 한국인들에게 국가폭력이, 공권력(公權力)이라는 별칭으로 낯설지 않게 다가오는 것은 매우 불행한 일이다. 잠깐 뉴스 검색 서비스에 키워드만 넣어봐도 '아무 대학이나 작업장에 공권력 투입 임박' 따위의 기사가 지난 1980년대 말을 중심으로 줄줄이 이어지는 것을 확인할 수 있다. 게다가 '폭력 시위'나 '폭력 집회'라는 말이 '공권력'과 나란한 짝으로 지면을 장식해온 관례들을 보고 있으면, 국가 기관의 권위에 도전하려는 조짐을 조금이라도 감지하면 전혀 폭력적이지 않은 실천에도 폭력적이라는 수식어를 남발한다는 버틀러의 비판적 설명을 쉽게 이해하게 된다.

2. 자연 상태

여기서 국가폭력의 현장으로부터 시간을 되돌려 국가에 의해 폭력이 독점되기 전, 곧 홉스적 의미의 사회계약이 체결되기 이전 자연 상태로 시선을 옮겨보자. '정치적 동물의 길'이라는 부제를 단 김영민의 『인간으로 사는 일은 하나의 문제입니다』(어크로스, 2021)에는 정치의 개시(開始)를 설명하기 위해 자연 상태가 자주 언급되는데, 기본적인 맥락은 다음과 같다. "이 원초적 상태가 실제 원시사회를 말하는 것은 아니다. 정치학자는 물론 어떤 현대인도 원시사회를 직접 경험한 적이 없다. 자연 상태란 현재의 문제적 상태를 설명하기 위한 혹은 대안적인 정치 질서를 구상하기 위한 일종의 사고실험이다. 어떤 새로운 질서가 생겨날 필요가 있는지 설명하기 위해서는 어떤 무질서가 존재할 수 있는지를 보여주어야 한다. 그래서 자연 상태를 논한다."[7]

　　이런 의미에서라면 자연 상태는 다양한 수준과 범위에서 상상될 수 있다. 앞서 언급한 책에서 예시된 사례로는 소풍에 관한 논의를 한 번도 해본 적 없어 우왕좌왕하는 교실도 자연 상태일 수 있고, 핵전쟁이 발발한 후 몇몇 아이들만 표류한 『파리 대왕』의 무인도도 자연 상태일 수 있으며, 영화 「다크 나이트」에서 조커의 음모로 배트맨과 동료들이 궁지에 몰리고 극도의 혼란과 공황에 빠진 고담시도 자연 상태일 수 있다. 이러한 의미의 자연 상태는 최초의 유일한, 과거의 어느 특정 시점에 국한된 것이 아니라 질서가 부재할 때면 언제라도 다시 등장하게 된다.[8]

　　이 자연 상태는 정치 질서가 도래하기 이전, 즉 인류의 시원 상태로서의 자연 상태가 아니라 기존 질서가 대안 없이 회의에 빠졌을 때 도래하는 인공적인 자연 상태다. 더 이상 공익과 정의를 믿을 수 없게 된 나머지 차라리 다 같이 불행해지자고 할 때 자연 상태는 시작된다. 자기가 속한 사회에 책임을 다하기보다는 삶을 구경거리로 삼거나 개망나니로 살다가 죽기를 택할 때 이 자연 상태는 시작된다. 〔……〕 모두가 살아남기 위해 혈안이 된 나머지 점점 저열해지고 있다는 감각마저 마비되는 세계, 당장 피를 흘리지는 않더라도 사실상 내전 중

7.　　김영민, 『인간으로 사는 일은 하나의 문제입니다』, 어크로스, 2021, p. 35.

8.　　주디스 버틀러는 그레고리 새들러의 논의를 인용해 여러 가능한 형태의 자연 상태를 소개하는데, 이 중 홉스가 상상한 만인에 대한 만인의 투쟁 상태는 역사적으로 존재하지 않은 수사적 개념으로서의 자연 상태이다. 한편 역사적으로 실재하는 자연 상태로는 명목상 법이 집행되고 있음에도 시민들이 서로 믿지 못하는 상태, 또는 시민사회가 분열을 겪거나 붕괴하여 내전으로까지 나아간 상태 등을 생각할 수 있다(주디스 버틀러, 같은책, p. 50).

인 세계다. 이러한 자연 상태에서는 타인에 대한 선의를 키울 수 없고, 미래에 대한 전망을 상상할 수 없고, 자기보다 큰 세계에 대한 시선을 유지할 수 없고, 자신과 세계가 나아지는 도정에 있다는 서사를 향유할 수 없고, 결국에는 위엄 있는 생존을 보장할 수 없다.[9]

또한 자연 상태는 단지 외부의 혼란일 뿐 아니라 인간으로서의 삶이 전적으로 불가능한 보다 심각한 내적 위기를 초래한다. 위의 인용에서 잘 묘사된 대로 자연 상태의 인간에게는 어떠한 가치 추구도 무의미하고, 타인에 대한 선의도 미래에 대한 전망도 불가능하다. 그들은 다 같이 불행해지자고 막된 행동을 일삼으며 오직 살아남기에만 급급한 세계로 내몰린다. 이런 세계가 실제로 존재하는지 혹은 존재할 수 있는지의 문제는 부차적인데, 왜냐하면 앞에서도 설명했듯이 자연 상태란 거기서 벗어나 인간답게 살기 위한 새로운 질서를 도출하는 데 필요한 전제 조건으로서 존재 이유를 갖기 때문이다.

이렇게 상상된 자연 상태, 곧 가치에 대한 아무런 기대 없이 오로지 생존에만 급급한 무질서 상태가 한국 근대소설의 시작을 알리는 20세기 초 이인직의 소설에서 발견된다는 점에 주목할 수 있다.[10] 일찍이 김우창은 「귀의 성」과 「치악산」에 주목하면서 이인직 소설의 특징을 "완전히 황폐화한 윤리의 세계"에서 찾은 바 있다.[11] 이인직 소설에서 문명개화와 관련된 근대적 의식을 찾으려는 익숙한 관점을 감안한다면, 「귀의 성」이나 「치악산」보다는 「혈의 누」와 「은세계」에 주목하는 것이 더 자연스럽다고 할 수 있다. 또 「귀의 성」과

---

9.   김영민, 『인간으로 사는 일은 하나의 문제입니다』, pp. 262~63.

10.   정치학자 최정운도 홉스의 개념을 원용하여 신소설에 반영된 구한말의 정치 상황을 자연
      상태와 사회계약의 관점에서 분석한 바 있다(최정운, 『한국인의 탄생──시대와 대결한 근대
      한국인의 진화』, 미지북스, 2013).

11.   김우창, 「한국 현대소설의 형성」, 『궁핍한 시대의 시인』, 민음사, 1977, p. 85.

「치악산」을 대상으로 하더라도 처첩·고부 갈등이 기본이 되어 구시대 가정소설과 유사성을 드러내는 이들 서사 안에서 그나마 근대적 성격을 부여할 수 있는 신분 타파 욕망 등에 주목함으로써 구소설과의 차별성을 찾는 것이 보다 일반적인 관점이라는 점을 참고할 때도 김우창의 독법은 독특한 면을 지닌다. 이인직 소설에는 근대적 문명개화에 대한 지향성과 함께 기존 구체제에 대한 부정성이 동시에 강력한 자장을 형성하고 있다. 결론부터 말하면, 문명개화 및 나아가 근대 국가를 지향하는 이인직의 정치적 전망(주지하다시피 이는 일본에 의한 조선의 식민 지배를 바라는 친일 부역 행위로 귀결된다) 안에서 새로운 질서의 긴요성을 강조하기 위해 "완전히 황폐화한 윤리의 세계"로 드러나는 구체제적 무질서를 일종의 자연 상태로서 전면에 부각시켰다고 설명할 수 있다.

> 우리는 이인직의 소설에 있어서 어떠한 살인에도 사회가 하나의 보편적인 질서의 옹호자로 개입해 오는 것을 보지 못한다. 살인은 개인적인 복수를 통해서만 징벌된다. 〔……〕 이인직이 그리는 세계는 보편성도 합리성도 윤리성도 없는 세계다. 이인직이 생각한 바 당대의 사회의 황폐상은 「치악산」의 머리에 있는 치악산의 이미지로 잘 요약된다. 〔……〕 호랑이가 득실거리는 산에 둘러싸인 인간 —이것이 이인직이 보는 삶의 조건이다. 이 험악한 고장으로서의 치악산의 그림자는 소설의 도처에 드리워져 있다. 그러나 이인직이 단순히 일종의 우주적인 자연주의 같은 것을 이야기하는 것은 아니다. 위에서도 본 바와 같이 실제 그가 다루고 있는 것은 도덕적인 호식(虎食)의 상태다. 「치악산」과 「귀의 성」에 "그년의 자식을 생으로 부등부등 뜯어 먹었으면 좋겠다"는 식의 대화가 많은 것은 우연이 아닐 것이다.
> 　　주목해야 할 것은 이인직이 이러한 험악한 삶의 조건을 단순

히 자연 상태로 보지 않고 또 윤리의 문제로만도 보지 않는다는 사실이다. 그에게 이것은 정치와 밀접한 관계에 있다. 이러한 관련성은 가령 「혈의 누」의 서두의 묘사에 분명하게 드러나 있다. 〔……〕 전쟁으로 인한 사회체제의 파괴, 그리하여 사회적·정치적 결사의 집약적인 표현인 평양시로부터의 피난, 어둠 속에 잠기는 모란봉, 그 어두운 자연 속에 무방비상태로 방황하는 연약한 여자—이것이 이인직의 눈으로 본 20세기 초의 한국인의 모습인 것이다. 여기에서 제일 중요한 것은 외국군대의 노략질에 아무 방비도 없이 국민을 버린 무능한 정부다. 정치의 비합리성은 물론 국내적인 패정(悖政)에 연결되어 있다.[12]

이인직의 소설에는 사회가 부재하며, 어떠한 질서도 이성도 윤리도 없다. 「치악산」에서 이 판서의 딸은 고부 갈등 때문에 억울하게 집에서 내쫓긴 뒤 산중을 헤매다가 연이어 겁탈의 위기에 처하고 간신히 절로 피신하지만 거기서도 안전을 얻지 못해 끝내 자살을 기도한다. 김우창의 언급처럼 「치악산」의 윤리적 황폐함은 '치악산'의 이미지를 통해 대표된다. "치악산은 야만의 산 〔……〕 그 산 깊은 곳에는 백주에 호랑이가 득시글득시글하여 남의 고기 먹으려는 사냥포수가 제 고기로 호랑이의 밥을 삼는 일이 종종 있더라"라는 도입부는 「치악산」에서 그려지는 세계가 바로 서로 잡아먹고 먹히는, 윤리가 부재하는 자연 상태임을 암시한다. "호식(虎食)" 곧 "호랑이가 득실거리는 산에 둘러싸인 인간"이 바로 "이인직이 보는 삶의 조건"인데, 이는 '인간은 인간에게 늑대'라는 홉스적 자연 상태의 이미지에 대한 변주로 읽힌다.

이러한 관점에서 「치악산」뿐 아니라 「혈의 누」의 도입부 역시

---

12.   같은 책, pp. 91~93.

마찬가지로 자연 상태를 묘사하는 것으로 해석 가능하다. 앞에서 설명한 것처럼 자연 상태는 기존 질서가 대안 없이 중단될 때 도래하기도 한다. "일청전쟁의 총소리는 평양 일경이 떠나가는 듯하더니, 그 총소리가 그치매 사람의 자취는 끊어지고 산과 들에 비린 티끌뿐이라./평양성의 모란봉에 떨어지는 저녁 볕은 뉘엿뉘엿 넘어가는데"로 시작되는 「혈의 누」는 전쟁으로 성내(城內)가 텅 비고 암흑에 의해 점령되는 장면을 제시한다. 이에 대한 "사회적·정치적 결사의 집약적인 표현인 평양시로부터의 피난, 어둠 속에 잠기는 모란봉, 그 어두운 자연 속에 무방비상태로 방황하는 연약한 여자"라는 김우창의 순차적 묘사는 전쟁으로 인해 사회적·정치적 질서가 소멸하고 자연 상태가 도래하는 과정을 압축적으로 요약하고 있다. 서로 먹고 먹히는 자연 상태에 무방비로 방황하는 연약한 사람, "이것이 이인직의 눈으로 본 20세기 초의 한국인의 모습"이다. 「혈의 누」의 주인공 옥련은 자연 상태에 떨어진 연약한 어머니와 달리 일본이나 미국 같은 문명국으로 탈출하지만, 그녀가 돌아와야 할 조선의 현실은 여전히 자연 상태에 머물러 있다. 옥련이 약관의 미국 유학생 구완서와 함께 귀국 후에 조선의 문명개화에 힘쓰자고 공동의 미래를 도모하는 장면에 대해 서술자는 그들이 "조선 사람이 이렇게 야만되고 이렇게 용렬한 줄을 모르고" "제 나라 형편 모르고" 그런다고 지적한다. 조선은 대체로 전망 없는 무질서 상태로 규정된다.

　　「치악산」과 「혈의 누」의 치악산이나 금수산 모란봉 이미지와 비교할 때, 이인직의 다른 작품 「모란봉」의 서두에서 사람들로 분주〔熱鬧〕한 샌프란시스코를 배경으로 맑은 교회 종소리가 수천 미터 밖 나지막한 산에 은은히 울려 퍼지고 그 아래 푸른 공원이 펼쳐지는 것으로 조감되는 미국의 자연 풍경은 정반대라고 할 만큼 상이하다. 치악산과 모란봉이 서로 잡아먹기 위해 적들이 득실거리는 가운데 무방비로 노출된 공간이라면, 「모란봉」의 샌프란시스코 인근 산밑 공원은 사람들로 분주하고 평화로운 공간이다. 이를 "자연의 순치(馴致) 속에 마련된 시민적 공간에서 가능해지는 평화의 삶"으로 보고, 이러한 상태가 정치와 삶의 이상적 관계에 대한 이인직의 원형적 관념이라고 지적한 김우창의 관점은 적확하다. 그러나 「혈의 누」의 후속편 「모란봉」에서 샌프란시스코를 떠나 귀국한 옥련이 대면한 조선의 현실은 다시금 황폐한 윤리의 세계, 사회가 붕괴한 무질서의 세계다.

　　　이처럼 윤리가 황폐해지고 사회가 붕괴한 세계가 이인직 소설 안에서 폭력적이고 잔인한 것으로 재현된다는 점은 전혀 놀랍지 않다. 이에 대해서도 다음과 같은 김우창의 지적은 경청할 가치가 많다. "이것(윤리의 황폐화―인용자)은 인간관계의 난폭성에서 가장 잘 드러난다. 이렇다는 것은 단순히 그의 소설들이 살인, 납치, 유기, 폭력 등의 사건으로 가득 차 있다는 뜻에서만이 아니라 사람들의 일상적인 관계 자체에 계속적으로 폭력이 배어들어 있다는 뜻에서이다."[13] 그러니까 이인직 소설에서 폭력을 이해하려면 단지 소설 속 세계가 폭력적이라는 사실을 인지하는 데 그치지 않고 얼마나, 어디까지 폭력적일 수 있는가를 살펴보아야 한다.

　　　일상적인 관계 자체에 폭력이 배어 있다는 것은 인간관계 전반이 신뢰나 안정성을 기반으로 하고 있지 않음을 의미한다. 신뢰가 없어 예측 불가능한 관계에서는 자기 보존을 위해 타자를 수단시하기 쉬우며 이는 결과적으로 폭력적 관계로 이어진다. 이러한 관계가 비단 낯선 사람과의 사이에만 국한되는 것은 아니다. 사회적 신뢰와 안정성이 높으면 낯선 사람과의 관계도 폭력적이지 않을 수 있지만, 그 반대의 경우라면 부부나 가족처럼 가까운 사이도 폭력적일 수 있

13.　　　같은 책, p. 85.

기 때문이다. 이에 대한 적절한 사례를 「귀의 성」에서 찾을 수 있다. 처첩 갈등에서 빚어지는 구시대적 가정비극으로 요약되는 「귀의 성」은 춘천에서 서울로 첩 길순이 따라온 것을 알고 격분하는 김승지의 부인과 결탁한 여종 점순이 최가와 공모하여 길순 모자를 살해하고, 딸의 죽음을 안 강동지가 이들에게 복수하는 서사이다. 그런데 "딸의 죽음을 복수하는 강동지는 악인들에게서 돈을 빼앗아내기 위하여 복수를 연기하는 데 아무런 주저도 느끼지 아니한다. 물론 강동지가 그의 딸을 첩으로 들여보낸 것도 부귀의 세간적인 이점을 위하여 그랬던 것임은 말할 것도 없다"[14]라는 김우창의 지적을 통해서도 알 수 있듯, 기본적으로 강동지는 자신이 원하는 것을 얻기 위해 타자(여기에는 딸을 살해한 악인들뿐 아니라 딸까지 포함된다)를 이용하는 인물에 더 가깝다. 그 결과 「귀의 성」의 복수 역시 정의의 회복이라는 윤리적 의미를 대부분 상실하고, 강동지의 복수는 사회질서의 구현에 기여하기보다 자연 상태의 무질서에 만연한 폭력의 또 다른 일환으로 읽힌다.[15]

　　이처럼 인간들 사이 만연하고 서로 그 차이를 구별할 수 없는 무차별적 폭력들에 관해, 최초(라고 오인된) 폭력에 대한 복수가 연

14.　　같은 책, p. 88.

15.　　이인직 소설에 나타나는 폭력성의 또 다른 특징은 잔인성에서 찾을 수 있다. "큰마누라가 와락 달려들어서 어린애의 두 어깨를 담싹 움켜쥐고 반짝 들더니, 어린애 대강이서부터 몽창몽창 깨물어 먹으니, 내가 놀랍고 깜찍하여, 어린애를 뺏으려 하였더니, 큰마누라가 반 토막쯤 남은 애를 집어던지고 피가 빨갛게 묻은 주둥이를 딱 벌리고 앙상한 이빨을 흔들며 왈칵 달려드는 서슬에 질겁을 하여 소리를 지르며 잠이 깨었으니, 무슨 꿈이 그렇게도 고약하오"(이인직, 「귀의 성」, 『신소설』(한국소설문학대계 1), 동아출판사, 1995, p. 88) 혹은 "칼 끝은 춘천집의 목에 꽂히고 칼자루는 구레나룻 난 놈의 손에 있는데, 그놈이 그 칼을 도로 빼어 들더니 잠들어 자는 아이를 내려놓고 머리 위에서부터 내려치니, 살도 연하고 뼈도 연한 세 살 먹은 어린아이라 결 좋은 장작 쪼개지듯이 머리에서부터 허리까지 칼이 내려갔더라"(같은 책, pp. 188~89)와 같은 표현은 지나치게 잔혹한데, 이는 미셸 푸코의 『감시와 처벌』이나 린 헌트의 『인권의 발명』 등의 논의를 참고하면 신체에 대한 전근대적 인식의 잔여로 볼 수도 있다.

속된 또 다른 복수들을 부르는 지라르적 폭력의 악순환으로까지 사고의 범위를 확대하지 않더라도,[16] 사인 간 차원에서 복수에 필연적으로 수반되는 사적 폭력을 해결하기가 쉽지 않으리라는 것은 납득할 만하다. 이 문제에 관해 『독립신문』(1898년 3월 1일 자)을 비롯한 계몽적 논설에서 제안된 "못된 놈을 죽이려거든 한 사람이 죽이지를 말고 나라 법률을 시켜 죽일 지경이면 아무도 시비를 못 하며 죽은 놈이 다시 죄명 벗을 도리도 없는지라"와 같은 법치주의(죄형법정주의)는 새로운 시대의 근대적 해결책으로 주목받았다.

> 인간 사회를 생존경쟁의 장으로 파악하고, 그로 인해 빚어지는 혼란을 조율함으로써 전체의 복리를 증진하기 위해 개인들은 자신의 권리를 정부에 양도하며, 정부는 위임받은 권리에 근거, 정당한 방식으로 권력을 행사하기 위해 법률을 제정한다는 것이 당대의 유력한 공론이었다는 사실에 대해서는 『서유견문』의 사례를 통해 언급한 바 있다. 이 같은 생각은 집단 구성원 간의 이해관계의 상충에서 발생하는 폭력 및 그것을 조율하기 위한 국가의 강제력 행사 역시 불가피한 것으로 인준하는 것을 전제로 한다.[17]

신소설에 재현된 다양한 형태의 사적 폭력을 범죄의 관점에서 조망한 조형래의 논의에서도 폭력과 치안의 관계에서 개인들이 자신의 권리, 곧 자연권을 정부에 양도하고 이를 위임받은 정부가 정당하게 권력을 행사하는 홉스의 사회계약론이 유력한 공론이었음을 밝히고 있다. 그런데 이때 국가(정부)에 의한 폭력의 관리라는 측면만이 강

---

16.   르네 지라르, 『폭력과 성스러움』, 김진식·박무호 옮김, 민음사, 1993, p. 29.

17.   조형래, 「근대계몽기, 범죄와 신소설」, 동국대학교 석사학위논문, 2004, p. 39.

조되어 사회계약이라는 개념에 내장된 본연의 뜻, 곧 일방이 아닌 쌍방 간 합의라는 본질이 왜곡되거나 축소된다는 점은 특별한 주목을 요한다. 조형래의 설명대로 국가의 존속이 위태로운 19세기 말 20세기 초 공론장의 위기의식이 인민과 국가 간의 대등한 합의보다 국가 주도의 국권 강화를 더 시급한 과제로 요망했던 탓이라고 볼 수도 있다.[18] 아무튼 민권과 국권의 관계가 대등하고 대칭적이지 않다면, 인민이 인민에 대한 늑대로 폭력이 차고 넘치는 자연 상태에서 벗어나고자 했던 애초의 계획이 오히려 폭력을 독점한 새로운 괴물 '리바이어던'을 불러내고 마는 것으로 귀결될 가능성도 크다.

　　이렇게 보면 소설 속에서 조선을 호식(虎食)의 폭력에 무방비로 노출된 자연 상태로 묘사했던 이인직이 식민지인이 되어서라도 제국의 강력한 권력에 복속되기를 꿈꾸었던 것은, 물론 애국심이 부족했기 때문이기도 하지만 그에 못지않게 국가 권력에 대응하는 인민의 권리에 대한 각성과 인식이 없었기 때문이기도 하다. 그로부터 30여 년 뒤 채만식은 만석꾼 대지주 윤직원의 절규로 끝맺는 『태평천하』에서 이인직 소설에 대한 풍자적 후일담을 전한다. 그의 울부짖음은 다음과 같다. "재산이 있대야 도적놈의 것이요, 목숨은 파리 목숨 같던 말세넌 다 지내가고오…… 자 부아라, 거리거리 순사요, 골골마다 공명헌 정사(政事), 오죽이나 좋은 세상이여…… 남은 수십만 명 동병(動兵)을 히여서, 우리 조선놈 보호히여 주니, 오죽이나 고마운 세상이여? 으응……? 제 것 지니고 앉아서 편안허게 살 태평세상, 이걸 태평천하라구 허는 것이여, 태평천하……! 그런디 이런 태평천하에 태어난 부자놈의 자식이, 더군다나 왜 지가 떵떵거리구 편안허

18.　　같은 글, pp. 27~28. 조형래에 의하면, 후쿠자와 유키치의 『학문의 권장』에는 정부와 인민 사이의 동등한 약속이라는 뜻이 분명하나 이를 참고한 유길준의 『서유견문』에는 해당 내용이 완곡하게 바뀌었다고 한다.

게 살 것이지, 어찌서 지가 세상 망쳐 놀 부랑당패에 참섭을 헌담 말이여, 으응?"[19]

윤직원이 기억하는, 재산은 도적놈의 것이고 목숨은 파리 목숨 같던 '말세'란 이인직이 묘사했던 극도로 무질서한 구한말 '자연상태'와 이미지가 중첩된다.[20] 그 맞은편에 '태평천하'가 있다. 생명과 재산을 보호받지 못하고 위태롭게 잔존하던 상태에서 벗어나 강력한 국가 권력에 종속됨으로써 '태평천하'가 열렸다는 것인데, 경찰과 군대를 동원해 폭력을 독점한 식민 통치 기구가 '제 것 지니고 앉아서 편안하게 살도록 (생명과 재산과 안전을) 보호하여 준다'고 확신하는 식민지 지주의 현실관이 식민지 피지배 인민들을 대표할 수 없다는 것은 두말할 나위도 없다. 윤직원의 협소하고 왜곡된 천하관(天下觀)은 경찰서장을 기대하고 법과 대학으로 일본 유학 보낸 그의 손자가 태평천하를 부정하는 화적패, 부랑당패로서 식민 통치에 대항하는 사회주의자로 등장하는 풍자적 반전에 이르러 그 한계를 여실히 드러낸다.

3. 사회계약

앞에서 식민지인들과 식민 통치 기구의 관계를 사회계약의 관점에서 접근 가능할지 잠깐 생각해봤는데, 어떠한 정치적 권리도 허용되지 않은 식민지 인민들이 통치 권력과 대등한 상태에서 계약을 체결

---

19. 채만식, 『태평천하 외』, 두산동아, 1998, p. 219.

20. 토색질에 생명과 재산을 위협받던 윤직원과 그의 부친의 이력에 주목한다면 『태평천하』의 보다 가까운 직계는 이인직의 「은세계」로 볼 수도 있지만, 보다 넓게 보면 『태평천하』의 '말세'에 대한 인식은 이인직 소설 전체의 현실 인식과 겹친다.

한다는 것 자체가 현실적으로는 불가능한 상상에 불과하다. 그런데 사회계약론에 관한 기존 연구에서 단골로 언급되는 문제이기도 하지만, 현실의 언제, 어디에서도 사회계약 같은 것이 실제로 체결된 적은 없다는 것 또한 사실이다.[21] 자연 상태가 일종의 사고실험이라면, 그것의 종식을 위한 사회계약 역시 상상된 사고실험일 것이다.

　　이런 점에서 볼 때, 이청준의 『당신들의 천국』은 사회계약을 소설화한 매우 드문 사례 중 하나로 볼 수 있다. 익히 알려져 있듯, 『당신들의 천국』은 1961년 5·16 직후 한센병 치료기관인 소록도병원에 부임한 현역 군의관 신분 조창원 원장의 행적을 모델로 삼은 소설이다. 그의 원장 재임 시기 활동에 관해서는 『당신들의 천국』 이전에 『사상계』(1966년 10월호)에 실린 논픽션 「소록도의 반란」을 통해서도 이미 널리 알려져 있었지만, 『당신들의 천국』은 서사의 규모나 주제 면에서 상당한 확장을 이룬 것으로 평가된다. 이처럼 소록도에 관한 논픽션을 넘어 소설이 되는 과정을 거치면서 『당신들의 천국』은 소록도만의 이야기가 아니라 당시 한국의 정치 현실에 관한 비판적 텍스트로 읽히는 경향이 확산되기도 했다.[22] 5·16 직후 소록도병원에 부임한 조창원 원장과 또 그 배후에 입법·행정·사법의 삼권을 장악한 초헌법적 기관으로 군림했던 국가재건최고회의 의장 박정희의 존재를 의식하면서[23] 작가 이청준이 소설화하고자 했던 것은 무엇

21.　　이봉철, 「사회계약이론의 3대 미제(未濟)문제와 그 해결 후 개념체계」, 『한남대학교 논문집』 37집, 2007, p. 64; 공진성, 「새로운 계약인가, 새로운 서사인가 — 신사회계약론에 대한 이론적 고찰」, 『정치사상연구』 30집 1호, 2024, p. 11.

22.　　이청, 「우리시대 베스트셀러의 사회사(11) — 이청준의 「당신들의 천국」 「낮은 데로 임하소서」」, 『출판저널』 38권, 대한출판문화협회, 1989, p. 26.

23.　　"마을 사람들을 위협하는 군인의 복장이나 총을 찬 외양, '임자'라는 말버릇 등 조백헌은 박정희를 연상시킨다"는 지적이 있거니와(허윤, 「공화국의 통치성과 소록도의 가족 로맨스」, 『한국문학논총』 96집, 2024, p. 527), 조창원은 자신의 회고록에서 5·16 주도 세력과의 친분을 숨기지 않았다〔조창원, 「조창원의 소록도 이야기 7 — 아버지와 나 그리고 하느님

일까?

    통치라는 말이 좀 마땅치 않은 표현일는진 모르지만 이 섬 병원의 원장이라는 직위야말로 사실은 병원과 섬 전체를 통치한다고 말해도 좋을 만큼 모든 권한이 함께 주어진 절대 지배자의 그것이나 다름없었다. 병원뿐만 아니라 섬 주민 전체의 생활 일반까지 책임지고 있는 만큼 이곳대로의 질서를 유지하기 위한 기본 규율을 정하고, 그 규율을 시행하며, 그것을 위반하는 자에 대해서는 필요한 처벌까지 가할 수 있는 원장의 지위였다.[24]

일제강점기부터의 수십 년간 섬 병원의 역사를 꿰고 있는 이상욱 과장의 입을 빌린 설명에 따르면, 소록도병원의 원장은 섬을 지배하는 통치자이자 지배자이다. 원장은 환자뿐 아니라 섬 주민 전체의 삶을 관장하는 권한을 갖고 있다는 점에서 행정은 물론, 규율을 정할 수 있다는 점에서 입법과 그 규율을 시행하고 위반자를 처벌한다는 점에서 사법까지 삼권을 모두 거느린 절대권자이다. 관련 법 규정이 없지 않겠지만 식민지와 전쟁과 전후의 폐허를 거치면서 유명무실해지고 현실적으로는 병원장이 절대왕정의 군주처럼 군림했던 상황은 조창원 원장의 다음과 같은 회고를 통해서도 사실적인 차원에서, 그리고 더 노골적으로 확인할 수 있다. "소록도는 일제의 나환자 강제수용법에 의해 세워진 폐쇄적 왕국이었다. 일제가 파견한 소록도 황제(일본인 원장)가 해방과 동시에 쫓겨나자 이승만 정권하의 소록도는 병원장, 아니 강제 수용소장으로 부임해온 이들에 의해 통치됐다. 그 사

---

(2)」, 『가톨릭평화신문』 2008년 2월 20일 자, https://news.cpbc.co.kr/article/239623].

24.   이청준, 『당신들의 천국』(이청준 전집 11), 문학과지성사, 2012, pp. 107~108.

람들은 군주 행세를 하며 소록도를 자기 멋대로 다스렸다.”[25]

　　　오마도 간척사업이 시작되고 얼마 뒤 육지 주민과의 분쟁 중에 누군가가 “원장님은 도대체 의삽니까, 사회사업갑니까?”라고 질문하는 장면이 나온다. 맥락상 이 질문은 의사라면 진료실에서 환자 치료나 할 일이지 사회사업이 웬 말이냐는 의미를 지니지만, 조백헌 원장의 오마도 간척사업은 오히려 ‘사회사업’의 범위를 초과한다. 결론부터 말하면 그의 계획은 새로운 국가를 세우는 사업에 가까우며, 그 목표는 주정수 원장 시대의 폐단을 극복하는 것으로 구체화된다. 소설 속 회고에 의하면 과거 주정수 원장은 부임 후 자치와 자문을 명분으로 구성한 원생 대표 평의회를 통해 소록도 개발에 박차를 가했고, 점차 전직 형사나 경찰, 헌병 경력을 가진 간호주임들을 중심으로 상관단(上官團)을 조직하고 순시소 본부(감시초소)를 설치해 엄중 관리함으로써 소록도를 강제 노역소로 만들었으며, 마침내 자신의 기념 동상 앞에서 벌어진 보은 행사에서 원생의 칼에 목숨을 잃음으로써 악행의 대가를 지불했다. 조창원 원장의 회고록의 표현을 빌리면 주정수 원장은 소록도를 자기 멋대로 다스리다 참극으로 종말을 맞은 절대군주를 대표한다. 이 실패를 극복하고자 하는 소설 속 조백헌 원장은 폭군에 의해 통치되던 낡은 왕국 대신 새로운 공화국을 세우려는 청사진을 품고 있다고 봐도 좋을 것이다. 이렇게 외딴섬에 새로운 공화국을 수립하는 서사로 해석 가능한 『당신들의 천국』에서 핵심적인 장면 중 하나가 바로 사회계약인데, 이는 오마도 간척사업을 위한 공개 선서식으로 나타난다.

　　　원장은 이날로 당장 공개 선서식을 행하기로 작정하고 황 장로에게

25.　　　조창원, 같은 글.

사람을 보내어 그의 뜻을 전했다. 그리고 병원을 나가는 길로 곧 이상욱 보건과장을 불러 선서식을 행할 방법과 절차를 의논했다.

선서식 시간으로 미리 통보해둔 낮 12시가 가까워오자 원장은 병원 직원들을 전원 인솔하고 자신의 선서식이 행해질 중앙리 공회당으로 내려갔다.

공회당에는 이미 장로회의 노인들 외에 병사 지대를 이끌어가는 각급 유지 대표들과 학교 관계자들이 2백여 명이나 모여와 원장을 기다리고 있었다. 회당 정면에는 간략한 식단이 마련되어 있고 그의 선서식을 주재할 신부님도 한 사람 미리 와서 그의 도착을 기다리고 있었다.

원장 일행이 도착하자 선서식은 곧 시작되었다.

"〔……〕 원장님께서 서약을 하셨으니 이제 우리가 서약을 해야 할 차례요. 우리도 마땅히 서약을 해야 하오. 〔……〕 오늘 이처럼 저희가 살 땅을 마련하도록 의로운 사람을 보내주신 은혜에 감사합니다. 주님께선 저희에게 이처럼 의로운 사람을 보내주심과 같이 저희에게도 이 일을 감당하여 이 섬 5천 형제들이 다 함께 시련을 견뎌이길 용기와 지혜를 허락하여주시옵소서."[26]

『당신들의 천국』에서 오마도 간척사업이 시작되는 장(章)의 제목 '출소록기'는 이집트에서 노예 생활을 하던 사람들이 자기들의 나라를 세울 새로운 땅을 찾아가는 성서의 「출애굽기」를 본뜬 것이다. 이는 오마도 간척사업의 본질이 소록도 원생들을 위한 새로운 나라를 만드는 데 있음을 암시한다. 오마도 간척사업을 받아들인다는 것이 새

---

26.   이청준, 같은 책, pp. 210~14.

로운 나라 건설에 동참함을 의미한다고 볼 때, 공개 선서식에서 이루어지는 수백 명의 원생들의 서약은 홉스적 사회계약의 소설적 재현으로 볼 수 있다. 그들은 자신의 권리를 양도하고 '5천 형제들이 다 함께 시련을 견디기로' 다짐하면서 조백헌 원장의 뜻을 따를 것을, 다시 말해 통치 권력에 복종할 것을 서약한다. 이러한 사회계약이 체결된 이유는 무엇인가?

계약 체결 전에 "지난 수십 년 동안 문둥이가 아닌 사람으로 이 섬을 나가기 위해 갖은 시련을 겪어왔소. 하지만 우리는 언제나 속아왔소"[27]라고 원생들의 좌절을 대변했을 뿐 아니라 계약 이행이 위기에 처했을 때 자신의 참혹한 과거를 털어놓기도 했던 황 장로는 사회계약 체결의 필요성을 누구보다 잘 알고 있는 사람이다. 소설 전체에서 그의 참혹한 과거를 가장 가슴 아프게 읽으며 분노하지 않을 수 없었다고 고백한 김현은 황 장로의 삶을 "비문화적인 삶"이라고 불렀다.[28] 비문화는 자연 상태로 수렴한다. 대기근에 유랑민 떼가 몰려드는 와중에 가족이 살해당하거나 죽고 혼자 남아 자기도 유랑민이 되어 살기 위해서라면 어떤 일도 마다하지 않다가 소록도로 들어온 황 장로의 내력은 이인직 소설에서 묘사되었던 폭력이 난무하는 자연 상태이면서, 타인에 대한 선의나 미래에 대한 전망을 일절 허용하지 않는다는 점에서 그 이상이다. 그 참극의 기억은 황 장로 개인의 것이 아니라 모든 원생의 것이다.

이렇게 오직 생존만을 위한 자연 상태를 벗어나지 못하다가 다시 한번 인간답게 살기를 결심했을 때 원생들은 조 원장과 사회계약을 체결한다. 이 계약의 요체는 "우리가 정말로 새 땅을 얻어 섬을

27.　　같은 책, p. 208.
28.　　김현 해설, 「자유와 사랑의 실천적 화해」, 『당신들의 천국』, 문학과지성사, 2005(5판), p. 441.

나가게 될 일이라면 우리가 원장을 앞장서 나서야 한다"[29]라는 가정 문으로 표현된다. 사회계약론의 맥락에 맞추면 '우리에게 인간답게 살 수 있는 나라를 만들어준다면, 기꺼이 통치에 따르고 복종하겠다'라고 바꿔 쓸 수 있을 것이다. 바다를 메워 원생들이 행복하게 살 수 있는 새 땅을 만들겠다는 의지와 믿음이 확고한 원장이 이 계약을 마다할 리 없고, 이에 계약을 맺은 원생들도 간척사업에 자신들의 몸을 갈아 넣는다.

낙토 건설이 성공하고 조 원장이 길이길이 칭송되며 원생들이 대대로 행복하게 사는 것으로 끝났다면, 그것은 영웅 신화거나 동화가 되었을까? 아무튼 오마도 간척사업은 해피엔드로 끝나지 못했다. 조창원 원장의 회고에서처럼 외부의 방해가 실패의 주요 원인이었을 수도 있는데, 이를 소설화한 이청준은 그와 함께 문제의 심부(深部)를 들여다보기도 했다. 그중 하나가 계약의 본질에 관한 탐구다. 새로운 나라를 세울 땅을 만드는 간척사업의 시작을 그린 장의 제목이 '출소록기'였다면 그 실패의 과정을 다룬 장의 제목은 '배반'인데, 이는 계약 위반의 다른 이름이기도 하다.

『당신들의 천국』의 조 원장과 원생 간의 계약은 약속에 내재한 타자성이라는 관점에서 해석 가능하다. 조 원장이나 원생 모두 각자의 자리에서 서로 서약한 것을 지키기 위해 노력했지만 그 결과는 의도했던 것과 달리 약속의 이행이 아니라 배반이었다. 약속을 지키는 것은 '나'만의 문제가 아니라 타자와의 문제이기 때문이다.[30] 사회계약론에서 이와 유사한 문제를 찾아볼 수 있는데, 홉스가 계약con-tract과 언약covenant을 구별한 것도 이런 맥락에서 접근할 수 있다. '계

---

29.   이청준, 같은 책, p. 209.

30.   이수형, 『이청준과 교환의 서사─배신과 복수의 정신경제학』, 역락, 2013, p. 195.

약'이란 쌍방이 동시에 약속을 이행하는 것이고, '언약'이란 일방은 즉시 이행하지만 상대방은 나중에 이행하는 것이라는 점에서 구별된다. 이에 따르면 사회계약 역시 두 부분으로 이루어져, 개인들이 자신의 권리를 양도하고 복종하는 것은 동시적으로 이행되는 계약의 성격을 띠는 반면 국가(주권)에 의한 생명·재산·안전의 보호는 추후에 이행된다는 점에서 언약으로 볼 수 있다.[31]

> 홉스의 이론에 차용된 「출애굽기」 속의 '언약'은 여호와와 그의 명령에 순종하겠노라고 약속하는 이스라엘 백성 간에 체결된다. 그 언약이 신약(信約)인 이유는, 대칭적 지위에 있는 사람들 간에 동시에 체결되는 계약(contract)과 다르게, 일방이 상대방의 약속 이행을 믿고 먼저 약속을 이행해야 하기 때문이다. 신민이 먼저 자기의 권리를 내려놓고 복종해야 주권이 성립할 수 있고, 그래야 주권자가 신민의 안전을 보장해 줄 수 있다. 그러므로 주권자의 안전 보장 약속을 믿고 먼저 신민이 주권자에 대한 복종의 의무를 다해야 한다. 그런 의미에서 불멸의 신이나 필멸의 신(주권자)은 수평적으로 체결되는 사회계약의 어느 일방과 지위가 다르다.[32]

앞에서 언급한 바와 같이 사회계약은 국가의 정당성의 근원에 국민의 동의가 존재한다는 근대적 관점을 뒷받침하는 가장 유력하고 상식적인 설명으로 인정되어왔다. 그런데 이 인용에 따르면 사회계약은 대칭적인 '계약'으로는 체결될 수 없으며, 사람들이 먼저 자신의 권리를 포기하고 복종한 뒤에야 미래의 어느 때에 국가로부터 생명·재

---

31.   김대인, 「사회계약론의 기원에 대한 법사학적 고찰」, 『법사학연구』 제67호, 2023, p. 58.
32.   공진성, 「새로운 계약인가, 새로운 서사인가——신사회계약론에 대한 이론적 고찰」, p. 13.

산·안전의 보장을 기대할 수 있을 뿐이다. 그마저도 서로가 대등하지 않으므로 국가로부터 기대했던 것을 얻지 못한다 해도 개인으로서는 별다른 도리가 없다. 사회계약을 통한 국가의 탄생은 정확하게는 국가폭력의 탄생이었던 것이다.

4. 국가폭력을 넘어서

조 원장에게 내재된 위험성을 불쾌하리만큼 끊임없이 환기시키던 이상욱 과장은 또한 정당한 동의에 의한 권력의 소유자라 해도 거의 필연적으로 맞닥뜨릴 수밖에 없는 국가폭력의 동원 가능성을 끊임없이 경계하고 있었다. 자신이 보호받기 위해 국가에 복종하는 사람들과 그들을 보호해야 할 국가 사이에는 계약 이행의 시간 차이라는 절대적 타자성이 개재해 있다. 사람들이 양도한 권한과 폭력은 이미 손아귀에 쥐었으되 그들의 생명과 재산과 안전을 보호해야 할 의무는 자의적으로 행사하면 그만인 국가로서는, 이 과장의 표현대로라면 "내일의 꿈을 오늘 미리 가불해주고, 그 가상의 현실을 당장 오늘의 그것으로 착각하고 즐기게 하여 진짜 현실의 갈등을 잠재워버리는 말의 요술"을 통해 자신의 의무 이행을 계속 미루는 것도 가능하다.[33] 그러다가 간혹 수틀리면 자신이 독점한 폭력을 사람들에게 휘두를 수도 있다. 이것이 과거 소록도병원의 원장들이 통치했던 방식이다. 과거 주정수 원장이 경찰이나 군인 출신이 지휘하는 상관단과 감시초소와 강제 노역을 통해 국가폭력을 상시화했던 사실을 잘 알고 있던 이 과장은 조 원장이 거기까지 이르기 전에 그만 권좌에서 내려오기

---

33.   이청준, 『당신들의 천국』(이청준 전집 11), p. 468.

를 간절하게, 때로는 과격하게 요청했던 것이다.

국가폭력이라는 개념이 법적으로 명확하게 정의되어 있지 않음에도 불구하고[34] 한국 사회가 시대별로 다양한 강도와 규모로 국가폭력을 거쳐온 탓에 "국가폭력 용어는 생활세계에서 빈번하게 사용되어 이미 일상용어로 사용될 정도로 익숙해져 있다"는 것은 부정할 수 없는 사실이다.[35] 그런데 이러한 한국의 일상적 언어생활에 비하면, 앞에서 인용했던 『비폭력의 힘』의 다음과 같은 구절에서는 국가폭력이라는 용어 사용에 상당히 주의하는 태도를 엿볼 수 있다. "(국가가 폭력적 세력으로부터 사회를 지켜야 한다는—인용자) 명분이 마련된 뒤 감금이나 살상이 자행되었다면, 그 현장의 폭력은 국가폭력으로 출현하게 된다. 이렇듯 국가는 사람들의 저항력을 '폭력적'이라고 명명하고 재현하기 위해 주어진 권력을 이용해왔지만, 우리가 국가폭력에 '폭력적'이라는 수식어를 붙여보는 것도 가능하다. 〔……〕 국가폭력을 '폭력'이라고 명명하는 것이 불가능한 일은 아니다."[36]

국가폭력이라는 명명에 대한 신중함은 좀더 거슬러 올라가면 1970년대 아렌트에게서도 엿볼 수 있다. 흑인민권운동과 베트남전 반대운동이 격화되던 1960년대 후반을 배경으로 집필된 아렌트의 「폭력론」은 다른 일련의 글들과 함께 묶여 간행되었는데, 이때 단행본의 제목 "공화국의 위기"는 그 당시 미국 정세에 대한 저자의 인식을 간명하게 드러내고 있다. 마르크스는 물론 막스 베버에게서도 권력power과 폭력violence을 동일시하는 이른바 '급진적' 경향이 눈에 띄는 것에 비하면, 권력과 폭력을 서로 대립하는 것으로 보는 아렌트의

34.　　김혜경, 「국가폭력범죄의 개념과 국가 책임구조」, 『형사법의 신동향』 58호, 대검찰청, 2018, p. 182.

35.　　김성돈, 「국가폭력과 공소시효」, 『형사법연구』 35권 2호, 2023, p. 203.

36.　　주디스 버틀러, 같은 책, p. 15.

입장은 다분히 고전적이다. 그 입장을 간단히 요약하면, 공동의 행위를 할 수 있는 정치 공동체의 본질적 능력이라는 권력의 원칙론에 충실할 때 정상적인 공화국의 정당한 권력이라면 폭력과 혼동될 리 없으리라는 것이다. 실제 미국이 공화국의 이념에 얼마나 충실했는지를 따지는 것은 간단한 주제도 아니고 여기서 논의할 문제도 아니지만, 아무튼 중요한 것은 '공화국의 위기'라는 표제에서 드러나듯 1970년대에 이르면 아렌트 역시 이념과 현실 간의 괴리, 곧 국가 권력과 폭력이 엄격히 구별되지 않고 서로 중첩된다는 점을 인정하지 않을 수 없었다는 사실이다.

서구의 자유민주주의 국가들을 모델로 하는 아렌트의 공화국 위기론에 비하면, 20세기 대부분의 기간에 걸쳐 식민 통치와 전쟁과 군부의 통치를 겪은 우리나라의 경우 국가 권력과 폭력의 관계에 대한 인식이 이상론과는 거리가 멀고 훨씬 더 현실적일 수밖에 없을 것이다. 그런데 어쩌면 아렌트를 포함한 서구의 시민들 역시도 현실에서는 폭력이 난무한다는 것을 잘 알고 있지만, 그럼에도 불구하고 적어도 자기들은 그 폭력으로부터 예외일 것이라고 믿었던 것인지도 모른다.

저는 앞서 강대국에서 나타나는 권력 상실에 대해 말했습니다. 이것을 구체적으로 고려해본다면 그게 의미하는 것이 무엇일까요? 대의 정체를 가진 모든 공화국에서 권력은 인민에게 있습니다. 이는 인민이 특정 개인에게 그들을 대표하고 그들의 이름으로 행사할 수 있는 권한을 준다는 의미입니다. 우리가 권력 상실에 대해 말할 때, 이는 인민이 그들의 대표자들, 즉 권력을 부여받은 선출직 공무원들이 하고 있는 일에서 자신의 동의를 철회할 수 있다는 의미입니다.

권력을 부여받은 사람들은 당연히 권력을 가진 것을 느낍니다. 인민이 그 권력의 근거를 박탈할 때조차도 권력의 느낌은 남습니다. 이것이 바로 미국의 상황입니다—물론 미국만은 아니겠지요. 말하자면 이러한 상태는 국민들이 분리되어 있다는 사실과 아무런 상관이 없으며, 오히려 이른바 '체제'에 대한 확신을 잃어버렸다는 말로 어느 정도 설명할 수 있습니다. 체제를 유지하기 위해 권력을 부여받은 자들은 통치자처럼 행위를 하기 시작해서 강제력에 의존하게 됩니다. 그들은 인민의 동의 대신 강제력을 씁니다. 말하자면 이것이 고비인 셈이지요.

　　　이것이 현재의 미국에서는 어떤 모습으로 나타날까요? 이 문제는 다양한 예로 설명할 수 있지만, 저는 이를 주로 베트남전쟁을 통해 설명하고 싶습니다. 베트남전쟁은 미국 국민들을 실제로 분열시켰을 뿐만 아니라 더 중요하게는 자신감 상실, 따라서 권력 상실의 원인이 되었지요. 구체적으로 말하자면 그 전쟁은 '불신감'을 만들어버렸는데, 이 말은 권력자들이 더 이상 신뢰를 받지 못한다는 것—사람들이 그들에게 동의하는지는 전혀 별개의 문제로—을 의미합니다.[37]

앞에서 언급한 바와 같이 아렌트는 미국의 베트남 개입 및 참전을 공화국의 위기를 부른 주요 원인으로 꼽는다. 『공화국의 위기』에 수록된 「정치에서의 거짓말」은 '『펜타곤 문서』에 대한 단상'이라는 부제대로 베트남전을 정당화하기 위해 미국이 국가적 차원에서 조작과 기만을 일삼았다는 사실에 대한 언론의 폭로를 계기로 씌어졌으며, 위의 인터뷰 역시 이 사건에서 출발해 정치 혹은 공화정에 관한 아렌

37.　한나 아렌트, 「정치와 혁명에 대한 소고—하나의 주석」, 『공화국의 위기』, 김선욱 옮김, 한길사, 2011, pp. 296~97.

트의 기본 관념을 확인하는 내용으로 이루어져 있다. 아렌트의 관점에 따르면 인민의 동의에 의해 대표에게 주어진 정당한 권력과 그러한 기반이 박탈된 상태(권력 상실)에서 통치를 위해 동원된 강제력(폭력)은 엄격히 구분되어야 마땅하나 1970년 당시 "인민의 동의 대신 강제력"에 의존하게 된 것이 민주주의의 모범 사례였던 미국에서 공화국의 위기를 초래한 핵심 원인이라는 것이다. 그런데 국가적 혹은 체제 경쟁적 이익을 위해 베트남에 개입하고, 심지어 전쟁을 책동하고 수행하는 과정에서 국가가 불법 공작을 계속하고, 이러한 범죄 행위가 폭로되자 언론의 자유를 막고 시민들의 표현의 자유를 억압하는 일련의 사태 속에서 인민의 동의를 상실한 권력자들이 마치 '통치자'처럼 폭력에 의존하는 미국의 위기 상황에 대한 아렌트의 교과서적 진단은 물론 타당하지만, 이 부분에서 서구 중심주의를 감지하는 것도 가능하지 않을까?

권력 상실과 함께 폭력 동원을 분석하는 아렌트의 시선은 대체로 미국의 국내 정치 시스템 내부에 한정되어 있다. 미국의 민주주의가 점점 악화되고 공화국에 빨간불이 켜졌다는 것은 물론 심각한 문제이지만, 인용문의 서두에 "강대국(great powers)에서 나타나는 권력 상실"이 언급되는 데서도 짐작할 수 있듯 인민이 권력을 소유하고 이를 대표자에게 위임할 수도 있고 철회할 수도 있는 "대의정체를 가진 모든 공화국"이란, '모든'이라는 관형사 때문에 '다수'일 것이라는 착시 효과를 발생시키지만, 현실적으로는 몇몇 소위 정치 선진국에나 적용 가능한 개념일 뿐이다. 다시 말하지만 미국의 위기가 중요하지 않다는 것이 아니라 미국만의 위기도 아니요, 당시 한국을 포함한 대다수 국가들에 비하면 미국 정도의 위기는 위기라고 하기에도 염치없을 수 있다는 것이다. 이처럼 잘 작동하는 공화정이 마치 모든 국가에 기본적으로 주어진 공통 요건인 것처럼 착각하게 만드는 것은 아렌트의 모든[全] 시야가 그런 공화국에만 국한되어 있기 때문일지도 모른다. 통킹만 사건을 일으키고 『펜타곤 문서』를 만들도록 지시한 장본인인 미국 국방장관마저도 대통령에게 세계 최강대국이 매주 1,000명의 비전투원을 살해하거나 중상을 입히는 사태에 대한 깊은 우려를 전달했다는 사실을 감안한다면, 아렌트의 본의가 어땠는지와는 별개로, 베트남전과 폭력이 주요 키워드인 『공화국의 위기』 안에 베트남인들에게 가해지는 폭력과 피해에 대한 언급을 찾아볼 수 없다는 점도 그의 시선이 서구에 국한되어 있다는 추측을 강화시키는 또 다른 요소이다.[38]

　　베트남전과 동시대인 1960년대에 등장한 〈007 시리즈〉에서 영국 정보국 소속 비밀요원 007은 무려 '살인 면허license to kill'를 갖고 있지만, 아무나 죽일 수 있는 그 특권을 적어도 '나' 혹은 '우리'에게는 행사하지 않으리라는 믿음이 전제되어 있기 때문에 소설이나 영화가 대중들에게 인기를 얻을 수 있었을 것이다. 영화를 보는 관객들은 대부분 주인공 007에게 동일시할 것이므로 별 관심이 없겠지만, 007의 맞은편에는 그에게 살해당해도 괜찮은 사람들이 살고 있다. 생사여탈의 권력을 지닌 주권자 007에게 그들은 살해당해도 되는 호모 사케르일 뿐이다. 지난 세기의 한국 관객들이라면 영화 관람 중에는 007에 동일시했을지언정 적어도 영화관을 나서면서부터는 자신이 '살인을 저질러도 되는' 존재가 아니라 '살해당해도 되는' 존재에 가깝다는 것을 깨닫지 않았을까? 영화 속 007은 살인 면허에도 불구하고 여왕 폐하의 신민을 보호하는 신사 이미지를 고수하지만, 한국의 기관원들은

38.　　이런 점은 『펜타곤 문서』에 관한 실화를 바탕으로 한 2017년 영화 「더 포스트The Post」에서도 그대로 반복된다. 스티븐 스필버그 감독, 메릴 스트립, 톰 행크스 주연에 '민주주의의 위기'라는 진지한 주제를 다루고 있어 대작을 표방했다는 인상을 주지만, 이 영화 역시 정부와 언론사의 갈등이라는 미국 국내 문제에 엄격하게 한정된다.

자국민을 보호하기는커녕 상습적으로 빨갱이나 용공분자로 몰아 살해당해도 괜찮은 존재로 조작했던 것을 우리는 잘 알고 있다.[39]

인용문의 "대의정체를 가진 모든 공화국에서 권력은 인민에게 있습니다"라는 아렌트의 설명을 마치 받아 적기라도 한 것처럼 우리나라의 헌법은 "대한민국은 민주공화국이다"와 "대한민국의 주권은 국민에게 있고, 모든 권력은 국민으로부터 나온다"로 시작한다. 그러나 식민지로부터 해방된 이후 아주 오랫동안 그 민주공화국의 권력자들이 인민의 뜻에 따라 순순히 권력을 양도할 것으로 믿기 어려웠을 뿐만 아니라 인민의 동의 대신 폭력을 쓰는 데 주저할 것이라고 믿기도 어려웠다. 이처럼 우리나라에 국가폭력이 횡행했던 과거를 자랑스러워할 이유는 조금도 없지만, 그러한 과거사를 은폐하거나 왜곡하지 않을 뿐 아니라 나아가 「진실·화해를 위한 과거사정리 기본법」 등의 제도에 근거해 "반민주적 또는 반인권적 행위에 의한 인권유린과 폭력·학살·의문사 사건 등"[40]을 밝히고 바로잡는 작업을 지속하고 있다는 사실은 그 뜻을 깊이 새기고 널리 알릴 만하다.

『폭력이란 무엇인가』에서 지젝은 한 이스라엘 지식인과의 그리 즐겁지 않은 대화를 예시하면서 다음과 같이 언급한 바 있다. "매번 이스라엘을 찾을 때마다 〔……〕 내가 방문한 이 나라가 그 '불법적' 기원이라는 '시초의 범죄'의 흔적을 아직 지우지 못한 곳이며, 그 흔적을 영원한 과거 속에 억압해둔 곳이라는 느낌이다. 이런 의미에서, 이스라엘이라는 국가가 우리에게 보여주는 건, 모든 국가권력의 지워진 과거이다."[41] 국가의 탄생이 국가폭력의 탄생이었다는 앞의 언급

---

39.   황병주, 「1960~70년대 간첩 담론」, 『사학연구』 제138호, 2020, p. 86.

40.   「진실·화해를 위한 과거사정리 기본법」, 법제처 국가법령정보센터(https://www.law.go.kr/lsInfoP.do?lsiSeq=249061&efYd=20230922#0000).

41.   슬라보예 지젝, 『폭력이란 무엇인가』, 이현우·김희진·정일권 옮김, 난장이, 2011, p. 168.

을 상기한다면 사실 모든 근대 국가가 그 안에 불법적·범죄적 기원을 내장하고 있을 텐데, 그런 것들을 잘 감춰온 서구 선진국들의 정치적 신화에 비하면 이스라엘 못지않게 우리나라 역시 국가의 기원에 시원적 폭력이 수반되었다는 역사적 참상을 노골적으로 증언하는 사례 중 하나일 것이다.[42] 그럼에도 불구하고 국가폭력의 문제를 단지 지우려 하는 것도 아니고 그렇다고 은폐하거나 외면하거나 두려워하는 것도 아닌, 그것을 직시하고 바로잡으려는 노력이 이번 12·3 비상계엄이라는 또 하나의 국가폭력의 망동(妄動)을 극복할 수 있었던 원동력이라고 믿는다.

42.　　지젝이 태어난 유고슬라비아 역시 1990년대에 연방이 해체되는 중에 참혹한 내전과 학살을 겪었다는 점에서 국가폭력의 경험이 남다르다고 할 수 있다.

폭발하는 분노와 충동의 목소리

―충동의 문학사, 혹은 돌연변이의 계보학

김 영 찬

1. 분노의 문학, 원한과 승화의 바깥에서

페터 슬로터다이크는 『분노와 시간*Zorn und Zeit*』에서 호머의 서사시 『일리아드』의 첫머리를 장식하는 것이 다름 아닌 분노임을 지적한다. 그에 따르면 문학의 태초에, 분노가 있었다. 시인은 노래한다. "분노를 노래하소서, 여신이여!/펠레우스의 아들 아킬레우스의 분노를." 고대 그리스인들에게 분노는 신의 심판과 직결돼 있는 신성한 힘의 표출이며, 영웅이란 그 심판을 대행하는 "분노의 팔다리"였다.[1] 그런 만큼 그들에게 분노는 숭고하고 가치 있는 영웅적 미덕이었고, 신성한 사회적·정치적 감정이었다. 그러나 이후 서구 정치와 문화에서 그런 식의 직접적 분노의 표출은 금기시되고 절제와 통제의 대상이 된다. 근대 정치와 문화의 근간을 이루는 이성 중심주의적 기율은 분노와 같은 자연적 감정을 시민적 정치와 법 체제의 바깥에 있는 것으로 억압하고 배제한다. 그리하여 그렇게 억압된 분노는 "승화되고 연기되며 전이된다".[2]

---

1.   페터 슬로터다이크, 『분노는 세상을 어떻게 지배했는가』, 이덕임 옮김, 이야기가있는집, 2017, pp. 10~33 참조.

2.   슬라보예 지젝, 『폭력이란 무엇인가 ── 폭력에 대한 6가지 삐딱한 성찰』, 이현우·김희진·정일권 옮김, 난장이, 2011, p. 258.

이는 한국문학에도 해당되는 이야기다. 제국주의 식민 지배와 군사독재, 부의 독점과 착취, 전쟁과 야만적 국가폭력이 횡행한 20세기 한국 사회를 통과한 한국문학은 그 폭력의 역사에 고스란히 노출돼 있었다. 가시적인 폭력은 물론이고 눈에 보이지 않는, 정상적인 상태에 내재하는 구조적 폭력은 한국문학을 둘러싼 자연적 환경이었다. 폭력은 어디에나 있었다. 우리가 살아가는 자본주의 현실의 질서 자체가 궁극적으로 구조적인 폭력의 질서다. 일찍이 『난장이가 쏘아 올린 작은 공』(이하 『난쏘공』)의 영수도 이를 지적했다. 그에 따르면, "우리의 도시 한 귀퉁이에서 젖먹이 아이들이 굶주리는 것을 내버려 두는 것도 폭력"이다. 그는 일갈한다. "누가 감히 폭력에 의해 질서를 세우려는가?"[3] 이 파괴적인 폭력에 대한 일차적인 심리적 반응이 증오와 분노였다는 것은 당연하다. 영희는 영수에게 말한다. "꼭 죽여."[4] 『난쏘공』에서 신애와 영수가 휘두르는 복수의 칼날은 "순응주의의 벽을 깨트리고 터져 나오는 도덕적 분노의 상징"[5]이었다.

그럼에도 불구하고, 한국문학에서 분노가 직접적으로 표출되는 장면은 매우 드물었다. 설사 간혹 있었더라도, 그에 대해 그다지 호의적이지 않았다. 직접적인 분노의 표출은 억제되고 절제되었고 또 그러기를 요구받았다. 왜냐하면 정제되지 않은 직접적인 감정의 무절제한 분출은 이성적, 공적(公的) 가치와 배치된다는 관념 때문이다. 특히 분노가 촉발하는 무자비한 폭력의 양태를 날것 그대로 그려내는 것은 대체로 비이성적이고 비미학적이며 비사회적인, 부적절한 재현으로 간주됐다. 예컨대 증오와 분노와 복수의 정념이 무차별한 파괴와 살인으로 폭발했던 최서해의 초기 소설이 한낱 "개인적 복수

---

3.   조세희, 『난장이가 쏘아올린 작은 공』, 문학과지성사, 1978, p. 115.
4.   같은 책, p. 151.
5.   김인환, 「현실과 도덕──조세희론」, 『작가세계』 2002년 가을호, p. 42.

의 문학"[6]에 불과하다고 폄하되었던 사정도 이와 무관하지 않다. 최서해의 소설을 포함해 분노가 무차별한 살인과 방화로 귀결되는 신경향파 소설의 결말이 "비사회적"이라는 박영희의 비판[7]도 그와 궤를 같이한다. 계급의식으로 승화되지 않고 거칠게 폭발하는 발작적인 분노는 지극히 사적이고 비사회적인 즉자적 반응에 지나지 않으며 문학적으로도 미숙한 것이라는 얘기다.

　　하지만 예컨대 알랭 바디우에게 분노의 폭력은 정치적·문학적으로 중요한 의미를 갖는다. 그것은 '실재에 대한 열정passion du réel'의 징표일 수 있다는 얘기다. 그는 '세기'를 특징지은 "폭력적인 방식들에 대한 합법화"를 거론하면서 『일리아드』에서 그려지는 분노의 학살을 예로 든다. 그에 따르면 오늘날 이 분노의 폭력적인 분출이 정당한 영웅적인 행위로 받아들여지기보다 부적절한 반사회적인 것으로 기각되는 이유 중 하나는 서구 사회에 지배적인 "온건한 도덕주의"에 있다.[8] 그리고 우리는 이 목록에 휴머니즘과 교양주의, '정치적 올바름' 같은 것들을 함께 추가할 수 있을 것이다. 그런 정치적·미학적 가치체계는 분노에서 촉발된 (라캉적 의미에서) '행위로의 이행passage de l'acte'을 경계한다. 폭력은 절제되고 자제되어야 한다. 평론가 김현의 다음 진술은 이런 인식을 선명하게 보여주는 대목이다.

> 태평스러운 세상을 만들기 위해 사람을 죽이는 사람들! 그 세상의 지배 이념이나 대항 이념의 폭력성은 같은 유형의 폭력성이다. 타기해야 할 것은 공식 문화의 지배 이념뿐만이 아니라, 같은 방식으로 거

6.　　임화, 「조선신문학사론 서설」, 『임화문학예술전집 2——문학사』, 임화문학예술전집 편찬위원회 엮음, 소명출판, 2009, p. 435.

7.　　박영희, 「'신경향파' 문학과 '무산파'의 문학」, 『조선지광』 1927년 2월호, p. 58.

8.　　알랭 바디우, 『세기』, 박정태 옮김, 이학사, 2014, pp. 68~69 참조.

기에 대응하는 대응 이념의 폭력성이다.[9]

하지만 황정은은 『디디의 우산』에서 그런 관념이야말로 다름 아닌 지배자의 툴tool이라고 말한다. 그 '툴'은 폭력에 대항한 약자의 싸움을 "물리적으로 고립시키고", 거기에 거꾸로 "폭력이라는 틀을 씌운다".[10] 황정은은 더 나아가 "툴을 쥐지 못한 인간"까지도 어떻게 지배체제의 무기인 그 "툴의 방식"으로 말하고 생각하게 되는지를, 그것이 어떻게 일상의 폭력으로 내재화하는지를 날카롭게 적시한다. 그에 따르면 평화적 시위에 대한 사람들의 집착과 강박이 예컨대 그런 것이다. 그것은 "착한 시민의 정상적 시위"와 "착하지 않은 시민의 비정상적 시위"[11]를 분리하고 후자에 대한 배제와 비난으로 이어진다. 이는 권력의 폭력에 대항하는 행위의 수단이 성찰적인 비폭력이어야 한다는 통념과도 직결돼 있는데, '온건한 도덕주의'와 교양주의 등의 가치 체계가 그런 식의 통념을 더욱 부추긴다. 그리고 한국문학은 분노와 폭력에 관한 한 대체로 이런 식의 사고에 지배됐다는 것이 부인할 수 없는 진실이다. 문학에서 분노와 폭력은 억제되어야 한다.

그렇다면 그렇게 억제된 분노는 어디로 가는가? 그것은 원한 ressentiment으로 응축된다. 분노의 직접적 표출은 도덕이나 규범 등에 의해 금기시되고, 그 결과 분노의 리비도는 외부의 적대로 향하지 못한 채 내면에 응축되고 축적된다. 막스 셸러Max Scheler에 따르면 원한은 특정 감정과 정서affects의 방출을 체계적으로 억압한 결과다.[12] 달리 말하면, 원한은 억압된 분노의 결정체다. 본래 니체적 의미에서 원

---

9.   김현, 「폭력과 왜곡」, 『분석과 해석——鵠와 蜚의 세계에서』, 문학과지성사, 1991, p. 216.

10. 황정은, 『디디의 우산』, 창비, 2019, p. 188.

11. 같은 책, p. 303.

12. 지그하르트 네켈, 「적대주의 정치의 동력으로서 원한——르상티망의 감정적 측면」, 『시민과세계』, 김주호 옮김, 참여연대 참여사회연구소, 2024년 하반기호, p. 415.

한은 '선(善)'의 가치를 자기에게 배당하는 한편 자기가 아닌 외부의 힘을 '악(惡)'으로 규정하고 부정하는 선명한 이분법적 도덕주의에 기초한다.[13] 니체에 따르면 그것은 약자의 도덕이다. 『난쏘공』의 영수는 이 원한의 핵심을 이렇게 간결하게 요약한다. "싸움은 언제나 옳은 것과 옳지 않은 것이 부딪쳐 일어나는 거야. 우리가 어느 쪽인가 생각해 봐."[14] 원한은 그렇게 폭력적인 질서를 향한 직접적 행위의 능력이나 가능성을 박탈당한 무력한 주체가 갖게 되는 정동이다.

원한의 파토스는 20세기 한국문학의 지배적 구성 요소였다. 20세기 한국의 근대가 주체를 억압하는 가시적인 폭력과 강압에 의해 유지되고 근대 자본주의의 생명 정치가 그 폭력적 질서를 더욱 강고하게 만들었던 데 비례해, 원한은 더욱 강렬하게 주체성의 근간으로 자리 잡았다. 그것은 적대에 대응하는 문학적 주체성의 자기 정립을 추동한 핵심적인 요인이었다. 원한의 역설은 그것이 무력한 약자의 도덕임에도 불구하고 폭력과 불의에 적극적으로 대항하는 정치적 해방운동의 힘이 될 수도 있다는 점이다. 지젝이 벤야민의 '신적 폭력 Göttliche Gewalt'이 어떤 측면에서는 '원한의 폭발'을 가리킨다고 하면서 원한이 화해의 영웅적인 거부이자 '굴하지 않는' 고집으로 재정의될 수 있다고 주장할 때 주목한 것도 바로 그 지점이다.[15] 그러나 한국문학의 원한은 대부분 그 길을 따르지 않는다. 오히려 원한은 '승화 sublimation'의 길을 따른다. 프로이트적 의미에서 승화는 성적 충동의 정신적 상승과 창조로의 방향 전환이다.[16] 마찬가지로 원한의 승화 역

---

13.   프리드리히 니체, 『도덕의 계보』, 김태현 옮김, 청하, 1982, pp. 40~63 참조.

14.   같은 책, p. 112.

15.   슬라보예 지젝, 같은 책, pp. 260~62 참조.

16.   프로이트에 따르면 승화는 본능이 성적 만족이 아닌 다른 정신적 대상으로 방향을 틀게 하는 탈성화(脫性化)를 통해 '정신적 효율성의 증가'가 이루어지게 하는 것이다(지그문트 프로이트, 「나르시시즘 서론」, 『정신분석학의 근본 개념』, 윤희기·박찬부 옮김, 열린책들, 2003, pp.

시 즉자적인 분노를 다른 정신적 대상으로 흐르게 만들고, 긍정적인 창조성의 고양으로 이끌어간다.

이청준 소설에서 중요하게 언급되는 '복수심'의 행로는 이를 보여주는 맞춤한 사례다. 이청준에 따르면 문학적 글쓰기는 현실 질서에서 패배한 자가 거꾸로 그 현실을 자기 이념으로 지배하려는 강한 복수심에서 비롯된다.[17] 복수심이란 물론 원한의 다른 이름이다. 이때 원한은 자기 이념을 구축하고 그 이념으로써 현실을 상상적으로 재구성하려는 의지로, 그리하여 "새로운 질서의 창조와 확대"[18]로 나아가는 필수적인 계기로 승화된다. 이러한 이청준의 사례는 원한의 승화가 근대문학에서 의미와 가치의 중심으로 기능한 내면성의 작동과 그 문학적 정당성을 구축하는 계기로 작용했음을 보여주는 모범적인 증거다.[19]

각기 내용과 형태는 달라도, 한국문학에서 원한은 대체로 이런 승화의 경로를 충실히 따라갔다. 예컨대 발작적인 살인과 방화라는 자기 파괴적인 복수의 문학이 이후 계급 혁명에 봉사하는 카프 KAPF의 목적의식적 계급문학에 의해 지양되는 역사적 과정은 그 자체로 문학사적 승화의 풍경이라 해도 무방하다. 이때 카프 리얼리즘 문학에서 억압과 착취에 시달리는 노동자, 농민의 울분과 원한이 집단적 계급의식으로 고양되는 문학적 도식은 이 승화의 공식을 충실히 재현한다. 그리고 이런 원한의 승화는 비단 계급문학뿐만 아니라

74~75와 「성욕에 관한 세 편의 에세이」, 『성욕에 관한 세 편의 에세이』, 김정일 옮김, 열린책들, 2015, p. 144 참고).

17.   이청준, 「지배와 해방」, 『잃어버린 말을 찾아서——언어사회학 서설』, 문학과지성사, 1981 참조.

18.   같은 책, p. 132.

19.   이에 대한 보다 상세한 논의는 김영찬, 「끝에서 바라본 한국근대문학」, 『비평의 우울』, 문예중앙, 2011, pp. 25~27 참조.

20세기 한국 근대문학 전체의 정신구조에 내재한 지배적인 메커니즘이었다.

2. 충동의 서사, 혹은 문학사의 돌연변이

그럼에도 불구하고, 한국문학사에는 이런 전형적인 승화의 경로를 따르지 않는 문학이 있었다. 돌연한 광분(狂奔)에 휩싸여 무차별적인 살인과 방화와 파괴로 이야기를 극단으로 몰아가는 소설들이 예컨대 그렇다. 폭발하는 분노와 혼돈과 파국이 이 소설들을 특징짓는다. 이런 경향의 소설들은 대략 식민지 시대의 신경향파 소설부터 시작해 2010년대에 이르기까지 오랜 시간에 걸쳐 특정 순간에 때만 되면 느닷없이 출몰하곤 했다. 여기에 어떤 법칙이나 원인 같은 것은 존재하지 않는다. 오직 제어되지 않는 파괴의 충동만이 어지럽게 춤출 뿐이다. 이런 경향의 소설들을 우리는 한데 일컬어 "승화되지 않은 채 소설로 옮겨간 파괴적 충동의 계보"[20]라고 할 수도 있을 것이다. 이 소설들은 실로 욕망이 아닌 충동drive의 소설들이다. 즉 이 소설들의 서사를 작동시키는 동력은 욕망이 아닌 충동이다.

　　루카치의 역사철학적 규정에 따르면, 소설은 의미 없는 세계의 혼돈 속에서 의미를 찾아 길을 떠나는 근대적 주체성의 자기의식의 표현이다.[21] 잃어버린 의미를 찾아가는 이 내면성의 모험을 라캉 정신분석의 언어로 번역하면 상실한 '대상 a(objet a)'를 찾아 헤매는 욕망의 형식이라고도 할 수 있을 것이다. 그렇다면 충동이란 무엇인

20.　　김형중, 『제복과 수갑——긴급조치 시대의 한국 소설』, 문학과지성사, 2023, p. 256.

21.　　게오르그 루카치, 『소설의 이론』, 반성완 옮김, 심설당, 1985 참조.

가? 충동은 (에드거 앨런 포의 표현을 빌리면) 주체가 멈출 수 없는 '동기 없는 움직임'이며 '동기화되지 않은 동기'다.[22] 충동은 욕망과 달리 '금지'라는 말을 모를뿐더러 신경 쓰지도 않는다.[23] 욕망이 대타자(법)에 의존하는 것이라면, 충동은 아예 규범이나 이상 따위는 알지 못한다. 그것은 법 바깥에서 그 너머로 달려가는, 주체가 결코 멈추거나 피할 수 없는 내부의 파괴적인 힘이다. 삶의 비참과 폭력에서 촉발된 분노는 이 내부의 충동을 자극한다. 라캉은 욕망이 향유 속에서 한계를 뛰어넘으려는 것에 대한 방어라고 말했다.[24] 욕망이 그런 것처럼, 비슷한 맥락에서 원한도 궁극에는 충동에 대한 방어다. 원한이 내면성 구축의 동력으로 작용하는 과정은 이 충동의 방어를 통해서만 가능해진다. 그렇다면 방어되지 못한 충동은 어떻게 되는가? 날뛴다. 그것은 한계를 넘어 그 자신의 만족을 향해 달려간다. 그리고 즐긴다.[25] 폭력적인 살인과 파괴로 질주하는 예외적인 소설들에 나타나는 광분의 폭주는 이 날뛰는 충동의 증상이다.[26]

한국문학사에서 이런 부류의 충동의 문학은 잊을 만하면 간헐적으로 모습을 드러내곤 했다. 폭발하는 충동이 상징 질서와 미학의 고정관념을 찢어버리는 이런 유형의 소설들은 통상의 궤도를 벗어나는 별종이다. 한국문학사에서 궤도를 일탈하는 이 이질적인 문학의 계보는 돌연변이가 대개 그렇듯이 무규칙적으로 출몰했다. 그것은

---

22. Slavoj Žižek, *The Metastases of Enjoyment*, Verso: London·New York, 1994, p. 98.

23. 브루스 핑크, 『라캉과 정신의학』, 맹정현 옮김, 민음사, 2002, p. 356.

24. 자크 라캉, 「프로이트적 무의식에서의 주체의 전복과 욕망의 변증법」, 『에크리』, 홍준기·이종영·조형준·김대진 옮김, 새물결, 2019, p. 973.

25. 욕망이 만족되지 않은 상태를 유지함으로써 그 자신을 지탱한다면, 충동은 충동이 만족된다는 바로 그 사실에서 스스로를 지탱한다. 알렌카 주판치치, 『실재의 윤리—칸트와 라캉』, 이성민 옮김, 도서출판b, 2004, p. 369 참조.

26. 정신분석적 의미에서 충동에 대한 라캉의 전반적인 설명은 자크 라캉, 『자크 라캉 세미나 11—정신분석의 네 가지 근본 개념』, 맹정현·이수련 옮김, 새물결, 2008, pp. 243~81 참조.

이를테면 무계보의 계보를 갖는다. 하지만 이 충동의 서사는 (신경향파 소설이 그랬듯이) 과도기에 흔히 있는 미성숙의 표지로 받아들여지거나 그렇지 않으면 당혹스러움을 유발하고 온전한 평가의 뒷전으로 밀려나 빠르게 묻혀버리곤 했다. 그렇다면 이 충동의 문학의 시초는 어디에 있는가?

　　원조는 최서해의 신경향파 소설이다. 물론 그 이전에 박영희의 「붉은 쥐」(1924)가 먼저 있었다. 거리에서 피를 쏟으며 죽어버린 쥐를 목격하고 돌연 미쳐버려 약탈과 살인으로 폭주하다가 자폭하는 사회주의 룸펜 지식인의 이야기다. 하지만 이 소설은 지나친 관념적 서술이 압도하는, 말 그대로 미숙한 소설이었다. 뒤를 이은 최서해의 소설은 그 날뛰는 분노와 광기에 박영희의 소설에는 없는 정서적 설득력을 부여한다. 그의 초기 소설은 대개 극단적인 빈궁과 착취에 맨몸으로 노출된 인물이 결국 살인과 방화와 자기 파괴로 질주하는 결말로 치닫는다. 출구 없는 파괴적인 절망이 의식을 압도하고, 소설은 작열하는 분노와 피로 얼룩진다. 그런 측면에서 "불과 피의 수사학"[27]이라는 평가는 최서해 소설에 썩 맞춤한 규정이다. 하지만 초기 최서해 소설은 대체로 문학사의 목적론적 서사에 따라 분노가 집단적 계급의식으로 승화, 조직화되지 않은 '전망 부재'(임화)의 문학이며 극복되어야 할 과도기의 문학으로 평가되었다. 그러면서 당연히 이 분노의 문학의 돌출적 출현이 갖는 의미 또한 충분히 숙고되지 않았다. 최서해 소설이 갖는 특출한 문제성이 제대로 부각되려면 우리는 오히려 그것을 기존 문학사의 계보에서 떼어내 전혀 다른 이름의 불연속적 계보 속에 위치시켜야 한다. '충동의 서사'의 계보가 바로 그것이다.

　　그렇다면 최서해 소설에서 충동은 어떻게 풀려나는가? 근원

27.　　이재선, 『한국현대소설사』, 홍성사, 1979, p. 241.

에는 물론 극단적인 기아와 좌절과 절망이 있다. 동물적 생존마저 위협받는 그런 극악한 환경은 욕망조차 허락하지 않는다. 어떻게든 살아남아야 한다는 동물적 본능의 절규만이 있을 뿐이다. 이에 대한 절망적인 분노가 제어되지 않고 내부에 웅크린 충동을 자극할 때, 배출구를 찾아 꿈틀거리는 폭발 직전의 충동은 먼저 신체적인 증상으로 나타난다.[28] 예컨대 「박돌의 죽음」(1925)의 한 장면이 그렇다.

굶주리던 아들 박돌이 누가 버린 상한 고등어를 삶아 먹고 식중독에 걸렸고, 의원인 김 초시를 찾아가 사정했지만 그는 야멸차게 돈이 없다는 이유로 약을 주지 않는다. 끝내 고통에 몸부림치던 아들이 죽어버리자 박돌 어미의 억눌린 분노는 먼저 신체적 고통으로 응축된다. "엉클경클한 연 덩어리가 꾹꾹 쑤심질하는 듯하고 목구멍에서는 겻불내가 팽팽 돈다."[29] 목구멍은 흙덩이로 틀어막힌 듯하고, 급기야 "가슴이 뭉클하고 뿌지지하더니 〔……〕 그의 입에서는 검붉은 선지피가 울컥 나왔다". 울화(鬱火)의 증상이다. 그리고 여기엔 대개 환각이 동반된다. 이 장면에 이어 박돌 어미는 "살이 피둥피둥하고 얼굴이 검붉은 자가 박돌의 목을 매어 끌고 험한 가시밭 속으로 달아"나는 환영을 본다. "박돌의 몸은 돌을 부딪히고 가시에 찢겨서 온몸이 피투성이 되었다"(p. 64) 곧이어 박돌 어미는 몸을 부르르 떨고 머리를 번쩍 들더니 "도야지를 보고 으르는 개처럼"(pp. 64~65) 광증(狂症)에 휩쓸려 창문을 내차고 뛰쳐나간다. 그러고 나서 박돌 어미는, '진짜 개처럼'(!) 물어뜯는다.

---

28. 최서해 소설에서 신체적 증상에 대한 지적은 김형중, 「돌아온 신경향파」, 『살아 있는 시체들의 밤』, 문학과지성사, 2013, pp. 215~16 참조.
29. 최서해, 「박돌의 죽음」, 『최서해 전집 上——『혈흔』 및 그 밖의 단편소설들』, 곽근 엮음, 문학과지성사, 1987, p. 64. 이하 쪽수만 표시.

"이놈아! 내 박돌이를 불에 넣었으니 네 고기를 내가 씹겠다."

　　　박돌 어미는 김 초시의 가슴을 타고 앉아서 그의 낯을 물어뜯는다. (p. 66)

대개 기아와 가족의 죽음으로 귀결되는 삶의 비참은 분노의 고삐를 풀어놓고 (자기) 파괴적인 폭주로 이어진다. 그리고 주인공은 분열증적 환각의 한복판으로 자기를 몰아가고, 스스로 그 환각의 일부가 된다. 이런 패턴은 초기 최서해 소설에서 반복적으로 나타나는데, 「기아와 살육」(1925)도 마찬가지다. 역시 시작은 분노다. 주인공인 경수는 없는 자를 학대하는 세상에 대한 분노로 "전신의 피가 막 끓어올라서 소리를 지르고 뛰어나가면서 지구 덩어리까지도 부숴 놓고 싶었다."[30] 그리고 신체적 증상이 시작된다. "그의 낯빛은 검푸르러 가며 두 뺨과 입술은 경련적으로 떨린다."(p. 36) 그의 "가슴에서는 납 덩어리가 쑤심질"하는 듯하고 "오장을 바늘로 쏙쏙 찌르는"(p. 38) 듯해 몸은 땅으로 꺼져 들어간다. 이어지는 환각 그리고 자기 파괴적 폭주.

어둑한 구석구석으로부터는 몸서리치도록 무서운 악마들이 뛰어나와서 세상을 깡그리 태워 버리려는 듯이 뻘건 불길을 내뿜는다. 그 불은 집을 불사르고 어머니를, 아내를, 학실이를, 자기까지 태워 버리려고 확확 몰켜왔다.

　　　뻘건 불 속에서는 시퍼런 칼을 든 악마들이 불끈불끈 나타나서 온 식구들을 쿡쿡 찌른다. 피를 흘리면서 혀를 물고 쓰러져 가는 식구들의 괴로운 신음 소리는 차차 들을 수 없이 뼈까지 저민다. 그 괴로와하는 삶〔生〕을 어서 면케 하고 싶었다. 이런 환상이 그의 눈앞

30.　　　최서해, 「기아와 살육」, 같은 책, pp. 31~32. 이하 쪽수만 표시.

에 활동사진같이 나타날 때,

  "아아, 부숴라! 모두 부숴라!"

  소리를 지르면서 그는 벌떡 일어섰다. 그의 손에는 식칼이 쥐어졌다. 그는 으악— 소리를 치면서 칼을 들어서 내리찍었다. 아내, 학실이, 어머니, 할것없이 내리찍었다. 칼에 찍힌 세 생령은 부르르 떨며, 방안에는 피비린내가 탁해졌다.

  "모두 죽여라! 이놈의 세상을 부수자! 복마전(伏魔殿) 같은 이놈의 세상을 부수자! 모두 죽여라!" (pp. 38~39)

고삐 풀린 분노는 무차별한 가족 살해로 귀결된다. 「박돌의 죽음」에서 분노는 용케 목표를 제대로 겨냥했지만, 「기아와 살육」은 그렇지 않다. 과녁은 분노의 대상이 아니라 어이없게 빗나가 고통받는 자기 가족에게로 향한다. 그야말로 무차별적이다. 하지만 그러한 무차별성과 무목적성이야말로 이것이 충동의 서사임을 보여주는 증거다. 이 장면에서 주체는 충동에게 주인의 자리를 내어주고, 그리하여 마침내 충동이 주체를 집어삼킨다. 충동은 언제나 목표를 적중시키지 않는다. 과녁은 언제나 빗나가며, 오히려 그 순환적인 빗나감 자체가 충동이 만족을 얻는 방식이다.[31] 슬로터다이크가 절대적인 증오는 눈앞의 적만이 아니라 (피아를 가리지 않고) 모든 대상에게 보편적으로 표출된다는 측면에서 무목적적인 추상성을 갖는다고 말했을 때,[32] 이는 충동에 대해서도 정확히 들어맞는 말이다. 라캉의 말처럼 "충동은 사실상 죽음 충동"이다.[33] 가족의 학살과 자기의 절멸이라는 파국으로

---

31. 이는 궁극적으로 목표를 놓치면서도 그 놓침의 반복적 순환 운동 속에서 도착적 쾌락을 발견하는 충동의 성격과도 무관하지 않다. 이에 대해서는 슬라보예 지젝, 『까다로운 주체』, 이성민 옮김, 도서출판b, 2005, pp. 483~84 참조.
32. 페터 슬로터다이크, 같은 책, p. 115.
33. 자크 라캉, 「무의식의 위치」, 『에크리』, p. 1001. 번역은 수정했다.

질주하는 「기아와 살육」의 폭주는 그런 점에서 충동이 정확히 스스로를 실현하는 방식이다. 그렇게 보면 당장 눈앞에 있는 원수의 얼굴을 개처럼 물어뜯는 것으로 끝나는 「박돌의 죽음」보다는 「기아와 살육」이 충동의 서사에 조금 더 충실하다고 해야 할 것이다.

주지하다시피 최서해의 충동의 서사는 이후 카프 문학운동의 진전 속에서 목적의식과 집단적 계급의식의 서사 속으로 해소되었다. 그 과정에서 소설의 결말을 찢고 날뛰던 충동은 어느덧 가라앉았고 충동의 서사는 문학사 속에서 합당한 자기 이름을 부여받지 못했다. 이후 카프문학에서 분노는 프롤레타리아 계급의식의 기치 아래 집단적 조직화의 방향으로 나아갔고, '전망'이라는 '사회주의적 승화'의 길을 충실히 따라갔다. 와중에 충동의 목소리는 모두의 무의식 깊숙이 가라앉아 한국문학에서 더는 자기 자리를 찾지 못했다. 이후 한국문학에서 잠자던 충동이 돌발적인 계기로 다시 눈을 뜨기까지는 오랜 시간이 필요했다.

3. 혁명적 무질서와 충동의 에너지

그 돌발적인 계기란 다름 아닌 4·19혁명이다. 박태순은 「무너진 극장」(1968)에서 4·19혁명을 "모든 기성의 질서들이 무시되는 혼란의 시기"[34]로 묘사했다. 그의 말처럼 혁명은 기성의 질서를 뒤흔들고 그와 절대적인 단절을 선언하는 사건이다. 그리고 4·19혁명의 중심에서 주로 그 혁명적 에너지를 폭발적으로 분출한 이들은 넝마주이와 구두닦이, 부랑자, 창녀 같은 몫 없는 자들, 즉 '벌거벗은 생명'(아감

---

34.   박태순, 「무너진 극장」, 『월간중앙』 1968년 6월호, p. 409.

벤)이었다. 역사는 "이들의 생활에는 안녕이 없기에 흥분에 찬 이들의 행동은 물불을 몰랐다"[35]고 기록하고 있다. 이들은 당시 포고문이나 신문 기사의 담론들에서 경찰서와 관공서를 때려 부수고 약탈과 파괴, 방화를 일삼는다는 이유로 폭도와 불량배로 규정돼 '순수한' 시위 학생, 시민들과 분리되고 고립되었다. 혁명의 공식 주체로 승인된 청년 – 대학생과 시민 또한 그런 고립과 배제의 논리를 자기 것으로 내면화했다. 그리하여 이들 '벌거벗은 생명'들이 분출한 혁명적 폭력의 에너지와 무질서는 이후 '질서 회복'이라는 미명 아래 자연스럽게 망각돼버렸다.

그리고 공식 역사는 그것을 무질서한 파괴와 폭력으로 고결한 혁명 정신을 더럽히는 불순한 혁명의 얼룩으로 취급하거나 의도적으로 배제하고 망각했다. 이는 폭력으로 분출되는 분노의 에너지가 정화되고 순화되어 기존의 질서와 체계 안에 포섭되는 과정과 궤를 같이했다. 우리의 맥락에서 다시 말하면, 그것은 어지럽게 작렬하는 혁명적 분노의 에너지가 질서정연한 건설과 민주주의적, 교양적 정신으로 '승화'되는 과정이었다. 그렇게 혁명의 한가운데서 폭발한 무질서한 '충동'의 에너지는 질서와 창조의 정신으로 승화된다. 교양주의와 '온건한 도덕주의'로 무장한 4·19 이후 문학은 바로 이런 역사적 과정의 문학적 번역이었다. 4·19 이후의 소설 중에서 폭력과 혼란 가운데 폭발하는 혁명의 에너지를 충실히 재현하는 소설이 없었다는 것은 이를 보여주는 증거다.

그런 가운데서도 혁명적 충동의 에너지를 서사의 한복판으로 불러낸 소설이 있었다. 박태순의 소설 「무너진 극장」이 바로 그것이

35.　옥일성, 「나는 부산의 「민중의거」를 증언한다」, 『사월혁명투쟁사』, 조화영 엮음, 국제출판사, 1960, pp. 222~23.

다. 박태순은 이 소설에서 군중의 날뛰는 분노와 혁명적 무질서를 상세하게 묘파한다. 4·19혁명이 절정에 다다른 시점, 화자는 "임화수의 평화극장을 때려부숴라"[36]라고 외치면서 고함을 지르며 달려가는 군중의 무리에 뒤섞인다. 흥분에 들린 군중은 마치 "사슬에서부터 풀려나온 짐승처럼 으르렁거리"(p. 412)고 있었다. 그들은 몰려가 극장 안의 모든 것을 때려 부순다. 박태순은 이 파괴의 근원에 "무의식의 영역에 위치하는 무거운 분노"(p. 417)가 있었다고 기술한다. 모든 것이 파괴되고 찢어지고 불살라지는 이 폭력의 장소는 억눌린 분노의 에너지가 풀려나 폭발하는 현장이다. 극장 안에서 날뛰는 이 충동의 광란에 대한 박태순의 묘사는 현장의 열기와 흥분이 그대로 육박해올 정도로 생생하다.

> 사람들은 불을 보면서 함성을 내지르고 있었고 닥치는대로 부수고 있는 중이었다. 극장의 관람석으로 들어가는 출입구가 우선 요란한 굉음을 내면서 부숴지고 있었다. 장의자가 넘어가고, 테이블이 나딩굴고 있었다. 유리창이란 유리창은 몽뚱그리 깨어지고 있는 중이었다. 〔……〕 사람들은 동물이나 내는 기괴한 탄성을 지르고 있었다. 그들은 눈 앞에 닥친 무질서에 환장해 버려서, 마치 사회와 인습과 생활 규범을 몽땅 망각한 것 같았다. 그들은 기괴한 소리를 뱉으며 물건들을 부수고 있는 것이었다. 〔……〕 물건 부수어지는 소리와 고함 소리는 한데 휩싸여 아비규환의 절정을 이루고 있었다. (pp. 413~14)

군중은 "무질서에 환장"해버렸다. 출입문과 유리창과 집기들이 부

36.　박태순, 「무너진 극장」, 『월간중앙』 1968년 6월호, p. 412. 이하 이 작품을 인용할 때는 쪽수만 적는다.

서지는 굉음과 군중들의 동물 같은 "기괴한 소리"가 한데 뒤섞인 극장 안은 그야말로 아비규환의 현장이다. "소음과 비명과 울부짖음"(p. 414)이 극장 안을 가득 메우고, 도착적 쾌락과 공포가 어지럽게 교차한다. 충격과 공포에 휩싸인 화자 또한 어느덧 파괴의 충동에 전염된다. 화자는 "기막힌 흥분"에 휩싸여 "무의식중에" 물건들을 부수기 시작한다. "전신으로부터 알지 못할 힘이 솟구쳐나와서 근육이 불뚝불뚝 일어서고 머리에 피가 몰려서 눈앞이 아뜩해왔다."(p. 413) 그리고 "꽈당, 꽈당. 내가 내고 있는 소리가 나의 육체 속으로 달겨들었다. 마치 내 몸뚱어리를 꽈당 꽈당 들깨부수고 있는 것이나 아닌가 생각될 지경이었다."(p. 414) 그렇게 무의식적으로 돌출하는 화자의 파괴 행동과 그에 동반된 무의지적 신체 반응, 그리고 자아 내부와 외부의 경계가 순간 무화돼버리는 이 돌연한 광기 어린 증상들이야말로 충동의 징표임은 말할 것도 없다. 그리고, 절규와 파괴는 계속된다.

> "아아아……" 절망적인 목소리로 누군가가 절규하고 있었다. "이 개새끼들아" 하고 그 소리는 외쳐대고 있었다. 〔……〕 사람들은 타오르기 시작하는 불을 보며 흥분했고, 망가진 광경을 보며 흥분했다. 무대에는 가랑이 벌린 여자의 꼴로 찢어져버린 스크린이 더욱 가득히 요괴스런 흰빛을 내뿜고 있었고, 그러자 사람들은 무대로 달려가고 있었다. 이층에 가 있는 사람들은 함부로 물건들을 아래로 던지기 시작하였고, 무대에 올라간 사람들은, 흡사 살인이라도 할 듯한 열성을 가지고 스크린을 찢기 시작하였다. 〔……〕 아래층이고 이층이고 할 것 없이 사람들은 아무런 의미도 없는 마치 원시인들과도 같이 깩깩 고함을 지르며 제멋대로 날뛰고 있었다. 여기저기 불길이 번지기 시작하는 곳에 마치 이 세계에 종말이 다가왔다는 것처럼 이상한 냄새를 피우며 연기가 퍼져가고 있었다. 우당탕우당탕 소리가 겹쳐올라,

무자비한 전투가 벌어지고 있는 것처럼 보이는가 하면, 무조건 만세를 부르며 절규하는 자들도 있었다. (pp. 414~15)

방화와 파괴의 폭력이 난무하는 현장에서 광기에 휩쓸린 사람들은 "원시인들과도 같이 꺅꺅 고함을 지르"고 있다. 박태순이 묘사하는 이 성난 군중들은 각자 개성을 지닌 개별적인 존재들이라기보다는 그야말로 동물처럼 절규하는 무정형의 한 덩어리로 나타난다. 그런 측면에서 그들은 마치 고삐 풀린 충동 그 자체의 현현처럼 보이기도 한다. 그리고 박태순은 이 폭력적인 광기의 현장이 "원시적이고 본능적인 무질서에로의 해방 상태"였다고 기록한다. 그의 소설이 묘사하는 것은 혁명의 와중에 모든 질서를 초과해 들끓었던 원시와 본능, 공포와 광기다. 그리고 그는 이어 "데모의 바깥쪽"에 법률과 도덕, 종교와 신화가 있다면 그 안쪽에는 무질서에의 "이런 도취, 이런 공동 무의식"(p. 415)이 잠재하는 게 아니겠냐고 반문한다. 이때 본능과 광기로써 모든 질서와 인습, 규범과 도덕을 때려 부수는 이 '도취'와 '공동 무의식'의 다른 이름은 다름 아닌 충동이다.

벤야민은 '신학적' 차원 없이 혁명은 성공할 수 없다고 말했다. 이 '신학적' 차원을 지젝은 '충동의 과잉'으로 해석한다.[37] 박태순이 그리는 '원시적이고 본능적인 무질서에로의 해방 상태'는 그 '충동의 과잉'의 다른 이름이다. 「무너진 극장」에서 날뛰는 충동은 그렇게 죽음의 유혹이나 공포와 함께 뒤섞인 격렬한 해방의 에너지로 그려진다. 그리고 그는 그 충동의 무질서야말로 "오류에 빠진 질서를 파괴"(p. 415)하고 온갖 규범과 속박에서 해방되는 걸 가능하게 하는 "고귀한 무질서"(p. 419)임을 암시한다. 한국문학에서 충동이 역사 속의 자기

---

37.   슬라보예 지젝, 『폭력이란 무엇인가——폭력에 대한 6가지 삐딱한 성찰』, p. 274.

자리를 부여받는 희귀한 순간이다.

그러나 박태순은 자기가 목격한 것의 진짜 의미를 끝까지 견지하진 못했다. 소설의 결미에서 그는 세월이 흘러 "기성의 제복"을 걸쳐 입은 지금은 "한순간의 흥분을 너무 과대평가하여 기억하는 것의 무의미함"에 대해 배웠다고 적는다. 어느덧 기성 체제에 편입돼버린 4·19세대의 의심과 회의가 소설의 결말을 장식하고, 혁명적 충동의 의의는 한낱 '한순간의 흥분'으로 격하된다. 그것은 다만 우연히 엿본 어떤 "진실"(p. 419)의 흔적으로만 기억될 뿐이다. 이후 박태순은 「무너진 극장」을 개작하면서 그날 밤의 흥분을 "우리가 이룩하였던" "놀라운 긴장감의 파괴"로 의미화하고 부정되어선 안 될 변혁운동의 한 계기로 새롭게 위치 짓는다.[38] 하지만 이 또한 우리가 앞서 본 충동의 극장에 대한 적절한 의미화가 될 수 없긴 마찬가지다. 왜냐하면 그럼으로써 폭력으로 분출한 그날의 충동이 (라캉적 의미에서) 주체가 통제할 수 없는 '불가능한 것'으로서의 치명적 가능성이 삭제된 채 단지 진보 서사의 목적론적인 이념적 도식에 흡수돼버리기 때문이다.[39] 박태순 소설에서 언뜻 출현한 충동의 목소리는 결국은 이렇게 승화의 메커니즘 속에 통합된다.

4. 뒤틀린 분노와 편집 망상의 서사학

한국문학에서 충동은 대개 '벌거벗은 생명'의 폭력과 함께 눈을 떴지만, 그보다 압도적인 것은 말할 것도 없이 지배권력의 폭력이었다. 폭

---

38. 박태순, 「무너진 극장」, 『무너진 극장』, 책세상, 2007, p. 315.
39. 이에 대해서는 김영찬, 「실재에 대한 열정 혹은 한국문학의 어떤 희미한/희귀한 흔적들」, 『사랑의 혁명』, 문학과지성사, 2025, pp. 90~91 참조.

력은 어디에나 있었다. 특히 가시적인 국가폭력과 독점자본의 폭력, 검열과 통제, 감시와 처벌, 혐오와 배제의 폭력 등 문학이 직면한 한국의 현실에서 폭력은 마치 공기와 같은 것이었다. 그리고 당연히, 그에 대한 저항과 분노도 있었다. 그런 가운데서도 미학적 분장(扮裝)을 그다지 신경 쓰지 않고 특히 미제국주의와 군사정권, 반공주의의 폭력에 대해 거칠고 적나라한 분노를 쏟아내는 문학이 있었다. 1960년대 남정현의 소설이 그렇다. 오래전 최서해의 초기 소설에서 분노의 역동이 체험적 삶의 비참에서 동력을 얻었다면, 남정현 소설의 분노는 대개 신식민주의적 매판 질서에 의해 자행되는 가시적, 비가시적 폭력에 대한 민족주의적 의분(義憤)으로 나타난다. 그리고 환각에 삼켜지는 최서해 소설의 주인공이 분열증적이었다면, 망상에 지배되는 남정현 소설의 주인공은 편집증적이다.

　　남정현 소설의 주인공 – 화자는 분노의 독소에 감염된 자다. 「부주전상서(父主前上書)」의 화자는 그 점을 이렇게 고백한다. "아버지, 분노의 독소란 참으로 강력하더군요. 그리고 저는 자제력을 잃었으니깐요."[40] 분노의 독소는 그렇게 자아를 공격한다. 그것은 밖으로 향하기보다 자아를 잠식하고 감염시키며, 자아를 지탱하던 상징적 질서는 붕괴된다. 그리고 동시에 외부를 향한 가학적 공격 성향이 표출된다. 전형적인 정신증psychosis의 증상[41]이다. 예컨대 남정현의 「광태(狂態)」(1963), 「부주전상서」(1964), 「분지」(1965)의 경우는 이런 정신증적 광기가 특별히 두드러지는 소설이다.

　　저항이 힘들거나 가능성이 벽에 막혔을 때, 분노는 원한으로

40.　남정현, 「부주전상서」, 『굴뚝밑의 유산』, 문예출판사, 1967, p. 145. 이하 이 소설을 인용할 때는 쪽수만 표기한다.

41.　정신증의 경우 '증상'보다는 '현상'이라고 하는 게 더 적절하지만, 이 글에서는 편의상 '증상'이라는 개념을 사용한다.

응축되지 않으면 그 리비도는 심리적 부담이 크지 않은 다른 곳으로 출로를 찾는다. 이 경우 분노의 리비도는 대개, 자기보다 약한 약자나 소수자에게로 향한다. 분노는 엉뚱한 과녁을 겨냥한다. 일찍이 시인 김수영은 이 분노의 왜곡된 오조준을 다름 아닌 자기 자신에게서 발견했다. 그는 "붙잡혀간 소설가"를 위해 자유를 외치지 못하고 고작 "50원짜리 갈비가 기름덩어리만 나왔다고 분개"해 "설렁탕집 돼지 같은 주인년"을 욕하거나 "20원을 받으러" 찾아오는 애먼 "야경꾼들만 증오"한다고 노래했다.[42] 김수영은 그렇게 애먼 약자를 향하는 비겁한 소시민적 분노를 자기 성찰적 언어로 반성한다. 그러나 약자에게 돌려진 그 분노의 리비도가 더 나아가 잔인한 폭력으로 증폭되는 경우는 아예 사정이 다르다. 김수영이 시에서 언급한 바로 그 "붙잡혀간 소설가" 남정현의 소설에서 여성에게로 향하는 폭력이 그 사례다. 남정현의 몇몇 소설에서, 여성의 육체에 가해지는 폭력은 출구가 막힌 무기력한 주체의 분노의 배설이다. 그것은 심각하게 뒤틀려 있고, 심지어 정신병적이다.

「광태」가 특히 그렇다. 남정현의 소설에서 주인공 – 화자는 대개 성적, 경제적으로 무능한 남성인데, 이 소설도 마찬가지다. 소설에서 '나'는 시도 때도 없이 아내 지아의 온몸을 가리지 않고 구타한다. 이유도 없다. "아무런 까닭이 없이 팽창하는 분함과 억울한 심정"[43]이 이유라면 이유다. 여하튼 '나'는 "은연중에 끓어오르는 분하고 억울한 감정을 조종할 수가 없"(p. 104)다. 그럴 때면 '나'의 주먹은 "이유도 없이 지랄"(p. 92)한다. 주먹은 "때와 곳을 가리지 않고 춤을 추기 시

---

42.   김수영, 「어느 날 고궁을 나오면서」, 『김수영 전집 1 — 시』, 이영준 엮음, 민음사, 2018, p. 325.

43.   남정현, 「광태」, 『굴뚝밑의 유산』, 문예출판사, 1967, p. 98. 이하 이 소설을 인용할 때는 쪽수만 표기한다.

작"(p. 94)하고, "광란의 물결을 타고 방황"(p. 104)한다. 주체할 수 없는 분노는 아내의 몸 위에서 폭발한다. 아내에게 아무런 이유 없이 폭력적 가학을 자행하며 춤추는 이 '주먹'의 자율성은 그 자체로 통제되지 않는 충동[44]의 메타포다. 그리고 이때, 아내가 하필 그의 눈앞에 있었을 뿐, 주먹이 가닿는 대상이 누구/무엇인지는 충동의 입장에서는 그다지 중요하지 않다. 충동이 추구하는 것은 대상이 아닌 오직 그 자신의 만족이다.[45] 흥미로운 것은, 소설에서 아내에게 쏟아지는 무기력한 주체의 이 비상식적 폭력이 죽음 충동에 맞닿아 있다는 점이다.

> 오래지 않아 무너질 것이다. 지각(地殼)이 뼈개지는 그렇게 우람하고 무서운 소리를 지르면서 옹기종기 나를 둘러싼 주변의 부피는 지아의 육체처럼 균형을 잃어버리고 서서히 흔들리기 시작할 것이다. 짜르릉 하고 우선 유리창이 폭발하면서 벽이 무너지고 동시에 천정이 내려앉을 것이다. 그리고 '나'를 깨끗이 덮을 것이다. 그러면 나는 육지도 바다도 보이지 않는 허허한 하늘나라의 주민(住民)이 되어줄 것이 아닌가.
>
> 　　그렇다. 내 주먹의 소원은 결국 이렇게 모든 사물의 중량(重量)이 '나'를 향하여 통쾌하게 무너져 버리는 절경(絶景)을 한 번 꼭 구경하고 싶은지도 모르는 것이다. (pp. 92~93)

모든 것이 무너지고 '나'는 그 아래 깔려 죽음을 맞이할 것이다. 세계의 붕괴와 '나'의 죽음, 그것이 바로 "내 주먹의 소원"이다. 화자에 따

44.　말할 것도 없이 이것은 정신증의 증상이다. 브루스 핑크, 같은 책, p. 172.

45.　라캉에 따르면 어떤 대상도 충동을 만족시킬 수는 없다. 충동의 영역에서는, 입에 음식을 가득 채울 때조차도 입이 만족하는 것은 음식 때문이 아니라 "입의 쾌감" 때문이다(자크 라캉, 『자크 라캉 세미나 11—정신분석의 네 가지 근본 개념』, p. 253).

르면 그것은 그야말로 "통쾌"한 "절경(絶景)"이 될 것이다. '주먹'이 통제할 수 없는 충동의 메타포인 한에서, 그것이 이처럼 죽음 충동과 직결되는 것은 지극히 자연스러운 논리다. '나'는 소설의 서두에서 자기가 변한 계기가 "그 날의 그 무질서한 총성(銃聲)"(p. 89)에 있었다고 적시하고, 마지막에는 멀리서 들려오는 군가 소리를 듣기도 한다. '나'의 억울과 분노, 가학적 폭력과 죽음의 예감으로 분출하는 충동의 배후가 5·16 군사정권의 폭력적 지배에 있음을 넌지시 암시하는 장치다. 남정현의 소설에서 빈발하는 정신증적 발작과 가학적·피학적 충동의 향유는 따지고 보면 무력하고 나약한 주체가 내뱉는 억눌린 항변과 저항의 형식이었던 셈이다.

문제는 이 충동의 향유가 여성의 신체를 짓밟고 훼손하면서 이루어진다는 점이다. 제국주의 패권과 군부 권력에 대한 남정현 소설의 분노는 이렇게 여성 신체의 훼손과 도구화라는 왜곡되고 뒤틀린 방식으로 오조준된다. 이를 더욱 극단적으로 보여주는 소설이 바로 「부주전상서」다. 정부의 가족계획 시책에 울분과 개탄을 토해놓던 화자는 루프 피임기를 삽입한 아내에게 분노해 그녀의 성기에 손을 집어넣어 피임기를 제거한다. 그 뒤의 내용은 차마 인용하기 힘이 들지만 (설명을 위해) 어쩔 수 없이 인용해본다. (*읽기 힘든 독자는 인용은 건너뛰어도 좋다.*)

> 아버지, 분노의 독소란 참으로 강력하더군요. 그리고 저는 자제력을 잃었으니깐요. 저는 정말 제 정신이 아니었읍니다. 저는 그때 정 그러면 내가 빼 주겠다고 장담하고 나서 볼 것도 없이 청자를 때려눕히고 자궁 속 깊숙히 저의 손을 쑥 틀어넣어 가지고는 무엇인가 잡히는 것을 한 웅큼 왈칵 *끄집어냈던* 것입니다. 그러나 아 불행하게도 제가 잡은 것은 루프가 아니라 질내의 근육이더군요. 정말 순식간의 일이

었읍니다. 청자는 소리 한번 지르지 못하고 아마 뻗는 모양입디다. 하반신을 흘러넘치는 피. 그런데 왜 그런지 저는 피로 보이지 않더군요. 그것은 고름이었읍니다. 청자의, 저의, 〔……〕 콸콸 무너져 내리는 누런 고름의 강하였던 것입니다. 왜 그렇게 통쾌하던지요. 시원했읍니다. 저는 웃통을 벗고 공연히 들뜬 기분으로

　　"죽어봐야 알지. 암 죽어봐야 알고 말고."

　　그리고 시원하다는 소리를 몇 번이나 반복했는지 모른답니다.

(p. 145)

입에 올리기도 힘든 이 그로테스크한 장면에서, 울분과 혐오로 들끓던 내부의 충동은 그야말로 정신증적 폭력의 극점으로 달려나간다. 여성의 신체는 더욱 극단적으로 난도질당하고 급기야 살해에까지 이른다. 그리고 편집증적 망상이 뒤따른다. '나'는 그 뒤에 재판을 받고 살인의 형벌로 "한 마리의 짐승이 되어 창경원의 동물원에"(p. 117) 갇혀 있다고 아버지에게 호소한다. 「광태」에서 "이제 나는 짐승이 다 되어버린 걸까"(p. 105)라는 '나'의 의심은 여기서는 기어코 진짜로 짐승이 되었다는 확신으로 고착된다.[46] 정신증은 분열증과 편집증을 포괄한다. 남정현의 인물들은 이처럼 대부분 상징계의 와해를 경험하고 박해 망상에 시달리는 편집증자들이다. 억눌린 분노가 그들을 집어삼킨 결과다.

　　또 다른 소설 「분지」의 화자도 마찬가지다. 그 또한 "우리들을 이 이상 더 못살게 하기 위한 무슨 가공할 음모가 기필코 꾸며지고 있을 성싶은 그런 일종의 피해의식이 번번이 저의 뒤통수를 억압"[47]

46.　　정신증자는 의심하지 않는다. 그는 '확신'한다. 브루스 핑크, 같은 책, p. 148.

47.　　남정현, 「분지」, 『분지』, 한겨레, 1987, p. 328. 이하 이 작품을 인용할 때는 쪽수만 표기한다.

한다고 박해 망상을 고백하는 지경이다. 특히 이 소설의 화자는 부권적 기능 즉 '아버지의 이름'의 폐제foreclosure[48]와 잇따른 상징계의 붕괴, 자기 위축의 공포와 부분 대상에의 고착, 박해 망상과 과대망상, 환청과 공격성 등 거의 모든 정신증의 증상을 한 몸에 응축하고 있는 인물이다. 그리고 기어이 미군 상사의 부인을 강간으로 정복하고 향미산에 올라 미국 펜타곤의 핵 공격에 맞서 장렬히 산화하리라 선언하는 「분지」의 이야기는 그 자체로 편집증적 망상의 서사다.

「분지」는 통상 민족 수난을 고발하는 반미 민족주의 저항문학으로 평가된다. 그러나 다른 한편으론 이 소설이야말로 망상에 사로잡힌 거세된 가학/피학적 편집증자의 박해 망상과 과대망상에 기초한 뒤틀린 복수 의지와 충동의 칼날이 여성의 신체로 향하는 남정현식 서사의 결정판이다. 화자의 어머니는 미군에게 강간당한 후 벌거벗은 자신의 음부를 아들의 눈앞에 들이대고 울부짖으며 쥐어뜯었고, 그것은 화자에게 공포와 혼란스럽게 뒤얽힌 "일종의 쾌감"(p. 326)의 죄의식을 안겨준 원체험이었다. 「분지」는 이 모성적 초자아 maternal super-ego에 삼켜지고 여성 성기라는 부분 대상에 고착돼 뒤틀린 복수의 원한에 자기의 모든 존재를 바치는 편집 – 정신증자의 기록이다.

남정현의 소설은 한국문학에 희귀한 충동의 서사 중에서도 특이하게 꼬이고 뒤틀린 별종이다. 그것은 한편으론 정치적 억압이 작가의 숨통을 조이고 정당한 분노의 출로까지 막아버린 박정희 군사독재 체제의 현실을 증거하는 증상이라 할 수도 있다. 하지만 이것은 분노와 충동의 서사가 폭력적 지배권력에 대한 저항의 수단이 될 수

---

48. 라캉에 따르면 이것은 정신증의 가장 본질적인 조건이다. 자크 라캉, 「정신병의 모든 가능한 치료에 전제가 되는 한 가지 문제에 대해」, 『에크리』, p. 681.

있지만 동시에 어떻게 왜곡되고 자기 파괴적인 여성 혐오의 문학으로 굴절[49]될 수 있는가를 보여주는 희귀한 문학사적 스터디케이스이기도 하다. 그럼에도 불구하고, 남정현 소설이 편집증의 증상을 몸소 폭력적으로 앓음으로써 바로 그 병리적 증상을 유발하는 한국 사회의 폭력의 실재를 온몸으로 고발하고 있다는 사실만큼은 변치 않는다. 남정현 소설의 본질은 어떻게 보면 그 두 가지 측면의 모순과 분열 그 자체에 있다고 해야 할 것이다.

5. 분열증적 환각의 드라마와 충동의 주체화

이후 한국문학에서 충동의 목소리는 오랫동안 자취를 감췄다. 물론 말할 것도 없이 분노는 어디에나 있었다. 하지만 한국문학에서 분노는 대체로 승화의 길을 충실히 따라갔다. 남정현의 소설에 나타났던 저항의 왜곡과 오조준도 우발적인 일회적 사건이었을 뿐, 분노는 조금씩 제대로 된 과녁을 적발하고 문학의 저항은 다양한 방식으로 한 걸음씩 앞으로 나아갔다. 그리고 이는 1970~80년대 이후 역사의 주체로서 민중의 발견과 민중/노동운동의 진전에 따라 산발적이던 저항이 점차 조직화되고 전망이 가시화되는 과정과 맞물렸다. 한국문학에서 이런 진전은 황석영이 「객지」(1971)에서 주인공 동혁의 입을 빌려 어디선가 솟아오르는 "강렬한 희망"을 말했을 때, 그리고 "꼭 내일이 아니라도 좋다"[50]고 다짐했을 때 이미 예비되고 있었다. 그리하

---

49. 「분지」에 대한 가장 강력한 비판적 논의는 여성 혐오로 점철된 이 소설이 '거세된 남성의 왜곡된 보상 심리와 억압된 복수심이 낳은 착란의 기록'이라 신랄하게 비판하는 김철의 글을 참고할 수 있다. 김철, 「한국문학이 그린 똥의 얼굴 (1) ─ 「분지」와 「똥바다」를 중심으로」, 『상허학보』 제65집, 상허학회, 2022.

50. 황석영, 「객지」, 『객지』(황석영 중단편전집 1), 창비, 2012(특별판), p. 301.

여 낯선 충동의 목소리가 다시 모습을 드러내기까지, 우리는 원하든 그렇지 않든 시대의 격변과 또 하나의 돌연변이를 기다려야 했다.

물론 그 이전에 충동의 목소리는 조금은 부분적이고 완화된 형태로 간간이 모습을 드러내곤 했다. 대부분 그것은 몫 없는 자들 혹은 '벌거벗은 생명'의 과잉된 분노와 대책 없는 무질서를 경계하는 지식인의 시선에 의해 포착됐다. 예컨대 이창동의 「진짜 사나이」(1989)에서 그것은 지식인의 관념적인 민중상을 초과하는 실재적 민중의 폭력적 과잉 에너지로 나타났고,[51] 김소진의 「열린 사회와 그 적들」(1991)에서는 '밥풀때기'라 불리며 주어진 규칙과 체계를 어지럽히는 "민주 시민을 가장한 폭력배들"[52]로 등장했다. 이들은 근본적으로 오래전 박태순의 「무너진 극장」에서 폭력과 무질서의 아비규환을 연출했던 성난 무리들과 같은 종자다. 이 소설들에서 주어진 관념과 체계를 일탈하는 무질서한 충동의 목소리에 대한 지식인적 경계와 불안은 한국문학에서 충동의 에너지가 쉽사리 출현하기 힘들었던 배경을 보여주는 일종의 증상이기도 하다.

그리고 1990년대가 있었다. 현실사회주의권의 붕괴와 맞물린 사회주의적 전망의 상실, 군부독재의 청산과 문민정부의 수립, 형식적 민주화와 신자유주의의 전면화, 대량소비 사회로의 이행과 개인 욕망의 확산. 라캉 정신분석의 언어로 말하면 1980년대를 지배한 히스테리 담론에서 실패한 주인 담론으로의 이행.[53] 이것이 1990년대 이후 우리가 겪은 변화였다. 적은 보이지 않게 뿔뿔이 분산되고 대타자의 욕망에서 벗어난 개인은 길을 잃고 무력해졌다. 이런 시대 변화

51.　김영찬 해설, 「벌거벗은 생명의 생태학」, 『녹천에는 똥이 많다』(개정판), 문학과지성사, 2025(재판), pp. 375~78 참조.

52.　김소진, 「열린 사회와 그 적들」, 『열린 사회와 그 적들』, 문학동네, 2002, p. 77.

53.　이에 대한 상세한 이론적 탐구는 김석, 「라캉 담론이론으로 읽는 1980, 1990년대 시대정신」, 『1990년대의 증상들』, 계명대학교 한국학연구원 엮음, 계명대학교출판부, 2017 참조.

의 한가운데에 1990년대 문학이 있었다. 돌연변이는 그곳에서 자라나왔다. 백민석의 소설이 바로 그것이다.

백민석의 『목화밭 엽기전』(문학동네, 2000)은 말 그대로 "'초과excess'에 대한 열광"으로 넘쳐나는 "소설의 악몽"[54]을 선사한다. 이 소설엔 우리가 상상할 수 있는 모든 잔인하고 비인간적인 행위와 병적 증상이 도착적으로 전시된다. 납치, 고문, 강간, 살인, 시체 절단과 유기, 관음증과 노출증, 사디즘과 마조히즘…… 소설의 주인공 한창림은 이 모든 끔찍하고 잔혹한 비인간적 행위를 아무런 감정 없는 동물적 잔인함과 냉정한 무심함으로 실행한다. 그렇게 그는 대타자('펫숍'의 삼촌)의 잔혹한 명령을 실행함으로써 대타자의 결핍을 보완하고 스스로를 증명하려는 자다. 그런 측면에서 그는 영락없는 도착증자다. 박해 망상에 시달리는 남정현의 인물이 편집증적 괴물이었다면, 백민석의 인물은 도착증적 괴물이다.

무엇보다 그는 그야말로 살아 있는 충동의 화신이다. 문학사의 다른 선배들과는 달리, 그는 분노하지 않는다. 오히려 분노가 아닌 '수컷'의 무감정과 무자비한 냉정함이 그의 잔혹한 행위를 이끌어간다. 이것은 그의 행위의 동기가 정확히 욕망이 아닌 충동임을 말해주는 지표다. 충동의 논리는 "난 이것을 하고 싶지 않다. 하지만 그럼에도 불구하고 나는 그것을 하고 있다"로 요약할 수 있다.[55] 이 충동의 공식은 충동이 어디에도 의존하지 않는 맹목적인 자기 충족적 자동성을 가지고 있음을 알려준다. 그와 같이 한창림은 저 끔찍한 행위들을 아무런 감정도 없고 목표도 없이 그냥 자동적으로, 그리고 기계적으로 그렇게 한다. 그리고 충동이 그런 것과 마찬가지로, 그의 잔인한 악행

---

54.   황종연 해설, 「소설의 악몽」, 『목화밭 엽기전』, 문학동네, 2000.

55.   레나타 살레츨, 『사랑과 증오의 도착들』, 이성민 옮김, 도서출판b, 2003, p. 84.

은 대상을 가리지 않는다. 이것은 그가 그 자체로 자기 충족적인 충동의 대리인임을 알려주는 지표다.

그리고 우리는 충동이 그러하듯 끝없는 순환 운동에서 만족을 찾는, '그 자체가 목적'인 것이 현실에 또 하나 있다는 것을 알고 있다. 그것은 바로 자본이다. 마르크스는 말한다. "자본으로서의 화폐의 유통은 그 자체가 목적이다."[56] 자본주의에서 가치의 확대를 가능하게 하는 것은 끝없는 화폐의 순환이다. 그리하여 화폐-자본의 순환은 어느 순간 '그 자체가 목적'이 되어버리는데, 이에 주목한 지젝은 자본의 운동이 바로 이 지점에서 충동의 공식에 편입된다고 지적한다. 이때 충동은 확대 재생산의 끝없는 순환 운동에 참여하려는 비인격적 강박으로 기능한다.[57] 그런 측면에서 충동이야말로 자본주의 기계의 추진 동력인 셈이다. 충동의 대리인인 『목화밭 엽기전』의 인물을 자본의 알레고리로 볼 수 있게 되는 것은 정확히 이 지점이다. 『목화밭 엽기전』의 한창림이 보여주는 충동의 자기 충족적 자동성이야말로 이런 비인격적인 자본주의적 충동의 인격적 엽기 버전이다. 충동의 대리인인 한창림이 벌이는 역겨운 사디즘적 만행과 살과 피가 튀는 잔인무도한 폭력의 디테일을 꼼꼼하게 전시하는 백민석의 『목화밭 엽기전』을 (이 작품에 대한 기존의 통념과 달리) 추상적인 차원에서 가장 강력한 자본주의 비판 선언으로 읽어야 하는 것은 바로 이런 이유에서다.

그런데 백민석의 소설을 뒤덮는 폭력은 『목화밭 엽기전』의 도착증적 괴물에게만 해당되는 이야기가 아니다. 폭력은 또 다른 괴물을 낳는다. 광주의 학살에서 시작해 1980년대 내내 자행된 군사정권

---

56.   칼 마르크스, 『자본론 Ⅰ─정치경제학 비판』 상, 김수행 옮김, 비봉출판사, 1989, p. 190.

57.   이에 대해서는 슬라보예 지젝, 『헤겔 레스토랑』(Less than Nothing 1), 조형준 옮김, 새물결, 2013, p. 883 참조. 번역은 일부 수정.

의 강압적인 폭력이 있었다. 백민석의 소설에서 과거의 그 시대적 폭력에 어쩔 수 없이 감염된 가난한 고아들은 어른이 되어 미쳐버렸고 스스로 폭력의 악몽 한가운데로 걸어들어 간다. 깊숙이 내면화된 시대적 폭력은 그렇게 분열증적 괴물을 낳는다. 『목화밭 엽기전』 이전에 등장했던 백민석의 인물이 그들이다. 이들은 자기를 "불가사의한 괴물 같은 존재"[58]로 명명한다. 장편소설 『헤이, 우리 소풍간다』(문학과지성사, 1995)의 주인공인 극작가 K부터가 특히 그렇다.

스물일곱 살의 극작가 K는 무차별한 폭력과 죽음의 환각에 사로잡혀 있다. 그는 모든 것을 찢고 죽이고 파괴하는 폭력의 화신인 *딱따구리*의 환각에 시도 때도 없이 빠져든다. "왔어, 그 빌어먹을 놈들이."[59] *딱따구리*는 그의 영혼을 점령한다. K는 그렇게 *"이미 죽어 있는"*(p. 305) 상태로 역겨운 혼란 속을 떠돌고 있고, 그의 내면은 죽음 충동에 잠식돼 끊임없이 자기 안의 불가해한 사물(*딱따구리*)에 직면한다.

그런데 *딱따구리*란 무엇인가? 그것은 K의 환각 속에서 파괴와 살육의 향연을 즐기는 괴물이다. '딱따구리'는 어릴 적 K가 즐겨 보던 디즈니 만화영화의 캐릭터였다. 그런데 그것은 어느 순간 K도 모르는 사이에 살육과 폭력을 향유하는 '딱따구리'로 변태했다. *딱따구리*는 K의 영혼 속에서 점점 커지면서 결국은 K의 의식까지 삼켜버린다. 이때 *딱따구리*는 "이 세상 끝까지 쫓아다닐 어떤 악몽"(p. 211)이고, K의 의식을 삼켜버린 K 안의 K다. 즉 K의 진짜 주인은 K가 아니라 *딱따구리*다. 그것은 주체가 결코 피하거나 제어할 수 없는 어떤 파괴적인 힘이다. 즉 *딱따구리*는 다름 아닌 '충동'의 다른 이름이다. 백민석

58.　백민석, 「음악인 협동조합 1」, 『16믿거나말거나박물지』, 문학과지성사, 1997, p. 185.
59.　백민석, 『헤이, 우리 소풍 간다』, 문학과지성사, 1995, p. 54. 이하 이 작품을 인용할 때는 쪽수만 표기한다.

소설의 주체는 자신을 그렇게 충동의 층위에 옮겨놓는다. '나'의 진정한 주인은 충동이다.

딱따구리의 환각에 사로잡힌 K는 결국 그 딱따구리가 탄생한 곳, 끔찍한 악몽과 폭력의 기원을 찾아 죽음의 여행을 떠난다. 자기를 잠식한 파괴적인 충동에 저도 몰래 떠밀려 기억 속에 깊이 묻힌 죽음과 공포와 파멸의 장소로 스스로를 몰아가는 『헤이, 우리 소풍 간다』의 서사는 그렇게 미쳐가는 영혼이 서술하는 죽음 충동의 서사다.[60] 그렇다면 이 분열증의 근원에는 무엇이 있었는가? 1980년대의 폭력이 있었다. 소설에 따르면 그때는 "80년이었고, 무언가 세상이 잘못 돌아가고 있"(p. 127)었다. K와 그 친구들의 악몽이 시작되었던 1980년과 1981년, 군사독재의 무자비한 폭력으로 혼란과 공포에 휩싸인 시대의 분위기가 거기에 있었다. 고아 친구들이 살던 무허가 판자촌에는 광주의 학살 소문이 떠돌고 있었고, 폭력 철거가 자행되고 있었으며, 이웃이 소리 소문 없이 삼청교육대로 끌려가고 있었다. 그 과거의 폭력은 감염되고 유전되고 순환하며, 오래도록 살아남아 영혼을 집어삼킨다. 그리고 뒤이은 모든 폭력을 정당화하면서 영생한다. 소설에서 K의 어릴 적 음악 교사였던 '안선생님'은 이렇게 말한다.

> 하나의 이미 저질러진 폭력은 자신을 정당화하기 위해, 제 뒤를 이어 저질러진 모든 폭력들에게까지 근거를 만들어주고, 정당성을 부여해준단다…… (p. 235)

백민석의 소설은 이 과거의 악몽 같은 폭력과 그 폭력의 순환에 직설

---

60. 백민석의 소설에 대한 보다 상세한 분석은 김영찬, 「분열의 얼룩, 불쌍한 녀석 백민석」, 『사랑의 혁명』, 문학과지성사, 2025 참조. '딱따구리'와 충동에 대한 해석은 이 글의 일부를 축약하고 수정해 가져왔다.

적인 분노를 토해놓지 않는다. 그러기엔 주인공인 K는 이미 미쳐버렸다. 백민석은 대신 과거의 폭력이 파괴와 살육을 향유하는 *딱따구리* 충동의 모습으로 인물의 내면으로 귀환하는 분열증적 환각의 드라마를 펼쳐놓는다. 그에 따르면 안도 밖도 모두 광기와 폭력으로 일그러져 있다. 그리고 세상의 광기와 폭력은, 다름 아닌 바로 나 자신이다.

> 알겠어? 문 안쪽의 얼굴은 광기(狂氣)와 폭력(暴力)으로 일그러져 있고,
>
> 문 바같의 얼굴은 적의(敵意)와 세상의 모든 악덕(惡德)들로 찌그러져 있어, 알겠어?
>
> 바로 딱따구리들처럼,
>
> 이 딱따구리, 바로 나처럼,
>
> 우린 선택할 여지가 없는 거야, 문을 열고 어느 쪽을 향해 서더라도 비명을 지를 수밖엔 없는 거야, 바로 우리 자신의 얼굴을 향해.
>
> 선택의 여지가 없는 거야, 모두, 같은 쪽의 다른 표현일 뿐이야. 알겠어? (pp. 155~56)

알겠다. 계급적 박탈감과 소외와 가난 속에 방치된 판자촌의 고아들은 전염병 같은 시대의 폭력과 광기에 저도 몰래 감염돼 스스로를 끔찍한 폭력의 한가운데로 몰아갔고, 어른이 되어서도 매 순간 귀환하는 죽음과 공포의 망령에 사로잡힌다. 그리고 K는 그 과거 폭력의 악몽 *딱따구리*를 내면으로 불러들여 기어이 '그것the Thing'/충동에 주인의 자리를 내어주고 스스로를 죽음으로 몰아간다. 이것이 백민석이 폭력을 말하는 방식이다. 즉 이것은 끊임없이 현재로 되돌아오는 지난 시대의 폭력과 광기의 악몽을 스스로 떠안는 방식이다. 바로 이

지점에서, 백민석의 충동의 서사는 폭력과 분노와 저항을 이야기했던 지난 시대의 충동의 서사가 이르지 못했던 독보적인 윤리적 차원을 획득한다.

6. 미친 분노들, 피와 폭력의 발작적 카니발

2000년대 이후, 한국문학에서 분노의 파토스는 사라진 듯 보였다. 더불어 원한 또한 사라졌다. IMF 외환위기 이후 자본주의 지배와 시스템의 폭력성은 더욱 강고해졌지만, 적대에 대한 반응은 그다지 격렬하지 않았다. 2000년대 문학의 주체는 분노와 원한을 자양분으로 삼지 않았다. 대신 그들은 아예 모른 체하거나, 슬쩍 비껴가거나, 속으로 삭히고 체념해버린다. 그렇지 않으면 그들은 이곳이 아닌 다른 곳으로 훌쩍 비약하거나 도피해버렸다. 분노와 원한이 사라진 자리에 우울과 체념이, 모른 척하는 유머와 공상이 자리 잡았다. 분노와 원한을 모르는 이들의 문학은 그래서 승화 또한 알지 못한다. 역설적이게도 이것이 2000년대에 의미 있는 새로운 문학의 질서를 만들어갔다는 것은 주지하는 사실이지만, 와중에 부정적 적대와의 대결이라는 한국문학의 오랜 구도는 실재와의 대면을 회피하는 '가상의 열정'[61]이라는 허구적 파토스로 서서히 대체되어갔다.

그런 가운데서도, 한국문학 일각에는 떠도는 분노들이, 발작하는 분노들이 있었다. 그 분노는 지난 시대의 분노가 그랬던 것과 달리 체제의 적대에 대한 울분이나 저항과는 일단 아무런 상관이 없다.

61.　이에 대해서는 슬라보예 지젝, 『실재의 사막에 오신 것을 환영합니다——9.11 테러 이후의 세계』, 이현우·김희진 옮김, 자음과모음, 2011, p. 40 참조.

여기에서 분노는 그 자체로 자율성을 획득한다. 그리고 그 분노는 무지한 아이들에게서 폭발한다. 그들은 대개 여자아이들이다. 여자아이들은 겉으론 냉정하고 무심한 얼굴을 한 채 무차별한 공격 성향을 표출한다. 이 아이들의 과잉된 분노와 발작적 공격 성향은 감정의 실재가 사라지고 인위적으로 조작되는 "감정의 맥도날드화"[62]로 요약할 수 있는 현대 탈감정사회의 외설적 이면이다. 이때 표적이 되는 대상은 아무 죄 없는 고양이거나, 그냥 모르는 사람들이거나, 그것도 아니면 자기보다 약한 자들이다. 김사과의 『미나』(창비, 2008)와 안보윤의 『오즈의 닥터』(자음과모음, 2009)에서 여자아이들은 아무 이유도 없이 무심한 표정으로 고양이를 잔인하게 살해하고, 김이설의 『나쁜 피』(민음사, 2009)의 여자아이는 시종 잔인한 폭력을 애먼 외사촌에게 행사한다.[63] 그들의 폭력 뒤에는 아버지(혹은 외삼촌)의 무자비한 폭력이 아니면 교육제도라는 시스템의 폭력이 자리하지만, 그들에게 직접 분노의 칼날을 겨냥하기엔 그들은 무력하다. 이뿐만 아니라 그럴 생각도 없다. 그들은 어쩔 수 없이 시스템에 순응적인 아이들이다. 그래서 차곡히 축적된 이유 모를 분노는 표적을 잃고 방황한다. 『난쏘공』에서 영수의 칼날은 자본가를 향했지만, 아이들의 칼날은 애꿎은 고양이를, 친구와 가족을 공격한다.

　　이 중 가장 무서운 아이는 아무래도 김사과의 아이들일 것이다. 그들의 분노는 전면적이고 무차별적이다. 그런 만큼 김사과의 모든 소설에는 분노의 파토스가 넘쳐난다. 한국문학의 역사에서 문학의 질료로서 분노의 파토스에 대해 김사과만큼 자각적인 작가는 실로 흔치 않았다. 게다가 분노가 자기의 소설을 구성하는 원리임을 선

62.　　스테판 G. 메스트로비치, 『탈감정사회』, 박형신 옮김, 한울, 2014, p. 16.
63.　　폭력의 문제와 관련해 이 소설들에 대한 상세한 분석은 심진경, 「무서운 소설, 무서운 아이들」, 『더러운 페미니즘』, 민음사, 2023 참조.

언한 작가는 더더구나 없었다. 자기 소설의 핵심 키워드가 다름 아닌 분노라는 것을 김사과는 이렇게 직설적으로 표명한다. "나는 목표를 알 수 없는 분노를 가지고 있으며 그것이 나의 문장과 글을 구성한다."[64] 김사과의 아이들이 다른 여자아이들보다 특별히 더 무서운 것은 무차별적으로 폭발하는 그들의 분노가 대개 분열증적 충동에 실려 있기 때문이다. 이들이 보여주는 과도할 정도의 침착함과 잔인한 냉정함 또한 분열의 증상이다.

『미나』에서 여고생 수정의 질투와 증오의 일차적인 대상은 모든 것이 완벽해 보이는 부잣집 친구 미나다. 하지만 수시로 엄습하는 이유 모를 "불쾌감과 수치심"[65]에 시달리는 수정의 분노는 한곳에 정착하지 않는다. 수정의 머릿속은 매일 "이유없는 분노"(p. 215)로 들끓는다. 심지어 사람들이 너무 많다는 데서도 분노를 느낀다. 분노가 수정을 지배한다. 고양이를 잔인하게 죽였듯이 그렇게 모두를 죽이고 싶다는 충동이 수정을 사로잡는다. "죽일 사람이 너무 많다는 게 문제다."(p. 102) 수정은 말한다. "요즘 나는 크레이프 포장지를 던져서 재수없게 거기에 맞은 사람을 죽이고 싶어. 아니. 거기 맞은 사람만 빼고 다. 죽여버리고 싶어."(pp. 135~36) "머릿속이 목소리로 가득 차 있다"(p. 241)고 고백하는 수정의 환청과 살인 충동이 정신증의 증상이라는 것은 수정 자신도 알고 있다. "아 나는/정말/미친 것 같아."(p. 297)

그리고 수정은 식칼로 미나를 잔인하게 난도질한다. 이 모든 광증의 근원에는 숨 막히는 제도교육의 경쟁 시스템이 있다. 그리고 그 입시교육 시스템이 조장하는 '감정의 맥도날드화'에 대한 증오와

---

64.   김사과, 「뒷문」, 〈문장웹진〉 2007년 5월호.

65.   김사과, 『미나』, 창비, 2008, p. 73. 이하 이 작품을 인용할 때는 쪽수만 표기한다.

분노도 무시할 수 없다. 하지만 그것은 근원의 배경일 뿐 수정의 살인을 설명할 수 있는 결정적인 요인은 되지 못한다. 이 소설에서 미나의 분노와 살인을 추동하는 것은 무엇보다 그의 안에 숨은 분열증적 '새끼 악마'(에드거 앨런 포)의 난동이다. 그 난동은 이렇게 완성된다.

> "예를 들어서. 모두가 말하는 것. 예를 들어서. 친구를 짓밟고 올라서라. 숨이 막혀온다. 이런 건 다 비유잖아? 아무런 힘도 없이. 나는 진짜가 필요했어. 예를 들어서. 나는 니 손을 밟아 으스러뜨렸어. 비유가 아니라 진짜로. 그렇게 하면 어떻게 될까? 어떤 일이 일어날까. 진짜 밟는 거랑 비유적으로 밟는 거랑은 어떤 차이가 있을까? 그리고 이제 나는 알았어. 차이가 없어. 이것 봐. 아무 느낌도 없어. 이렇게 니가 죽었는데도 나는 아무 느낌도 안 나. 죽어 있는 너는 살아 있는 너보다 더욱더 안 느껴져. 그리고 그건 아주 잘된 일이다." (p. 308)

정신증의 가장 간명한 증상은 '말'의 질서와 '사물'의 질서를 혼동하는 것이다.[66] 그런데 여기서 수정의 충동은 단순한 혼동을 넘어 아예 말의 질서와 사물의 질서를 폭력적으로 일치시키는 데로 나아간다. 수정은 "친구를 짓밟고 올라서라"는 입시 경쟁의 정언명령을 미나의 손을 밟아 으스러뜨림으로써 실제로 그렇게 한다. 수정에게 진짜 밟는 것과 비유적으로 밟는 것은 아무 차이도 없다("차이가 없어. 이것 봐. 아무 느낌도 없어"). 수정은 여기에서 분열증자가 흔히 그러하듯 은유적 기능의 실패에 힘입어 비유적 언어를 말 그대로 현실에서 진짜 실행에 옮기고 미나를 아예 죽여버린다. 수정은 그렇게 충동의 논리를 그대로 따라갔을 뿐이지만, 이 지점에서 수정이라는 '새끼 악마'는 입

---

66.   슬라보예 지젝, 『까다로운 주체』, p. 442.

시교육을 포함한 한국 사회의 무한경쟁 시스템의 폭력을 자폭적으로 기각하는 강력한 실재적 증상으로 떠오른다.

『미나』에서 수정의 분노는 길고양이와 친구 하나를 죽이는 데서 그쳤지만, 소설집 『02』(창비, 2010)의 인물들은 거기서 그치지 않는다. 그들 분노의 칼날은 훨씬 더 무차별적이고 무목적적으로, 어지럽게 춤춘다. 『02』의 인물들은 무엇보다 치명적인 분노 바이러스에 감염된 자들이다. 어느 순간 돌연 치받아 오르는 이유 모를 분노가 그들을 사로잡는다. 그들은 미쳐 날뛴다. 피의 축제는 그때부터 시작된다.

열거해보자. 「영이」의 엄마는 남편에게 이유 없이 구타당하다 갑자기 돌아버려 분노를 토해내며 아빠를 삽으로 때린다. 「과학자」의 '나'는 여자친구가 자기처럼 고추장을 먹지 않는다고 분노해 "안먹으면죽여버릴꺼야"[67]라고 소리치며 여자친구의 목을 조른다. 그리고는 "붉은 찰흙으로 빚은 인형"(p. 63)으로 만들어 죽여버린다. 「준희」의 여고생 '나'는 훈계를 늘어놓는 교사에게 분노해 "개새끼! 쑤셔버릴 거야 찔러넣을 거야"(p. 110)라고 속으로 외치며 칼로 찌르려고 하고(나중에 그 교사는 진짜 죽어버린다!), '나'의 남자친구 준희는 냉장고 속에서 썩어간다. 얼마든지 더 있다. 「움직이면 움직일수록 이상한 일이 벌어지는 오늘은 참으로 신기한 날이다」(이하 「움직이면」)의 멀쩡하던 '나'는 갑자기 "주위의 모든 것이 내 분노의 원인"(p. 191)이라고 각성하고 무서운 연쇄 살인마로 돌변한다. 그리고 아버지의 머리통을 텔레비전에 처박아버린다. (……됐다. 그만하자……)

그들은 분노를 발산하며 식칼과 삽을 휘두르고, 목 조르고, 맥주병으로 머리를 터트리고, 불사르고, 죽인다. 그러면서 그들은 묻는

---

67.   김사과, 『02』, 창비, 2010, p. 61. 이하 이 책을 인용할 때는 쪽수만 표기한다.

다. "도대체 이 모든 분노는 어디에서 오는 걸까."(「움직이면」, p. 191) 우리는 이 물음에 대해 그것은 억압적인 시스템에 대한 공포와 분노라고 답할 수 있겠지만, 인물들은 알지 못한다. 그리고 「준희」의 '나'는 스스로 그 분노의 힘에서 벗어날 수 없다고 고백한다. "여전히 나는 화가 납니다. 여전히 나는 괴롭습니다. 벗어날 수가 없습니다."(p. 114) 주체가 감당할 수 없는 그 브레이크 없는 분노는 그 자신의 숙주까지도 파괴하고 집어삼킨다. 그리하여 급기야 분노는 원인과는 아무런 상관 없이 그냥 눈앞에 보이는 무차별적인 표적으로 가서는 발작적으로 폭발한다. 동시에 분노는 그 자체로 자율성을 얻고 끝없이 순환하며 인물들의 의식은 물론이고 텍스트 전체를 온통 점령해버린다. 이 정체 모를 분노는 도대체 무엇인가? 원인과 대상, 숙주와 표적을 초과해 어지럽게 향유하는 그것의 진짜 이름은 다름 아닌 충동이다. 숙주를 삼키고 자율성을 얻은 분노는 그렇게 충동의 향유로 흡수되고 증폭된다.

그렇다면 충동에 잠식된 그들은 누구인가? 영이는 말한다.

내가 미치게 그냥 놔둬. 내가 죽게 내버려둬. 오늘을 견디면 내일이 올 뿐인데. 또 같은 날이 올 뿐인데. 차라리 미쳐버리는 게 낫지 않겠니? (p. 29)

그렇다. 그들은 영원한 '오늘'에 갇힌 미친 분열증자들이다. 그리하여 그들은 자발적으로 그 분열증의 악몽을 선택한다. 그들이 환각 속을 배회하다 끝내 그 환각에 삼켜지는 것도 영락없는 분열증의 증상이다. 그리하여 엄마에게 삽으로 개처럼 두들겨 맞던 아빠는 말 그대로 '진짜 개'(!)가 되었고(「영이」), 돼지처럼 음식을 입에 쑤셔 넣던 누나도 진짜로(!) 돼지가 됐다(「움직이면」). 말과 사물의 분열증적 동일시다. 그런가 하면 여자아이는 자기가 죽인 할머니와 집에서 태연하게 대화를 나누고(「이나의 좁고 긴 방」), 영이는 '순이'라는 또 하나의 '나'를 만들어놓고 역시 태연히 대화를 나눈다(「영이」). 그렇게 환각에 지배되는 그들은 어두운 상징 질서의 뻥 뚫린 구멍 속으로 빨려들어 간다. 환각이 그들의 주인이다.

　　　김사과의 소설은 그렇게 분열증의 형식으로 이 폭력적인 시스템의 실재를 잔인하고도 적나라하게 부각해놓았다. 아무런 주저 없이 끝까지 밀어붙이는 난폭한 분열증적 폭력, 통상적인 소설 문법을 아랑곳 않고 소설의 표피와 속살을 말 그대로 찢어발기는 피와 폭력의 발작적 카니발. 이것은 김사과의 소설이 한국 사회의 모든 가시적, 비가시적 폭력과 희망 없는 시스템에 대한 자기 파괴적 저항으로 앓고 있었다는 방증이다. 김사과의 소설은 그렇게 폭력적인 한국 사회의 현실에 절망적인 분노로써 반응하고 분열증으로써 싸우는 소설[68]이었다.

7. 새로운 충동의 서사를 찾아서

한국 근대문학의 역사는 처음부터 싸움의 역사였다. 오랫동안 지속된 식민주의 권력의 지배, 근대의 마성(魔性)과 폭력, 비민주적 국가권력의 야만적 탄압과 학살, 지배시스템의 감시와 통제, 체제에 의해 내면화된 굴종과 지배 이데올로기, 적대의 현실과 동물적 스노비즘. 한국문학은 이 모든 한국적 근대의 부정성과 싸우면서 자신의 정체

68.　　김영찬 해설, 「앙팡 스키조」, 『02』, 창비, 2010, p. 259. 『02』에 대한 보다 상세한 분석은 이 글을 참조할 것.

성을 형성했다. 문학은 이제 오락이 돼버렸다는 가라타니 고진(柄谷行人)의 단언에도 불구하고, '오락'으로 살아남은 '문학 이후의 문학'의 형식에도 어떤 방식으로든 부정의 상상은 나름의 방식으로 계속되고 있었다.

그리고 한국문학에서 면면히 지속된 그 부정의 상상의 지배적 계보에서 돌출된 또 다른 계보가 있었다. 그것은 무규칙적이고 단속적이며 돌출적이라는 측면에서 무계보의 계보라고 할 수 있는 흐름이다. 앞에서 살펴본 소설들이 그 사례다. 문제는 이런 흐름이 기존의 공식 문학사에서는 대체로 전통적인 문학 계보의 맥락에서 극복되어야 할 하나의 과도기적 현상으로 간주되거나(최서해) 필화 사건의 아우라에 힘입어 반미 반독재 저항문학의 특출한 사례로 평가(남정현)됐다는 점이다. 더불어 박태순의 「무너진 극장」이 발표 당시 제대로 된 평가는커녕 언급조차 드물었다는 점,[69] 그리고 백민석의 소설이 1990년대의 신세대 문학 경향과 한데 묶여 이야기되면서 그 독특한 충동의 서사가 갖는 문제성이 간과되거나 경시되었다는 점도 덧붙일 수 있겠다. 예컨대 그런 맥락에서 백민석의 『헤이, 우리 소풍 간다』가 발표 당시는 물론이고 지금까지도 유독 비평적 평가에서 소외됐다는 사실도 함께 기억되어야 한다.

이 때문에 기존의 문학적 전통이나 계보와는 다른 자리에 놓인 이 분노와 충동의 서사는 오래도록 그에 상응하는 정확한 명명은 물론이고 제대로 된 자기 자리를 얻지 못했다. 그리고 여기에는 앞서 거론한 '온건한 도덕주의'와 교양주의, 휴머니즘의 통념은 물론이고 문학사의 목적론적 진보 서사가 지배력을 발휘했던 한국문학의 전통

---

69. 비판적인 관점에서나마 당시 이 작품을 상세히 거론한 비평은 김윤식의 글이 거의 유일하다. 김윤식, 「로망에로의 길──한국 소설의 문제점」, 『사상계』 1969년 12월호, pp. 234~36 참조.

과 시스템도 적지 않게 한몫을 했을 것이다. 물론 한국문학사 전체를 지배한 '정치적 올바름'의 강박이나 거꾸로 민주화운동과 민족주의 이념의 대의에 정치적 올바름을 희생시키는 정당화 기제 등도 더불어 무시할 수 없는 요인이다.

앞에서 살펴본 일련의 돌출적 소설들은 억압적인 체제의 감시와 통제, 시스템의 모든 가시적·비가시적 폭력에 대한 정신증적 혹은 도착증적 반응의 형식이다. 이들은 대부분(박태순의 「무너진 극장」의 경우는 예외지만) 승화의 길을 따르지 않는다. 이들 소설을 이끌어가는 동력은 대개 정신분석적 의미에서 '충동'에 있다. 이 소설들의 진짜 주인공은 어떤 의미에서는 충동 그 자체이며, 바로 그 충동이 소설의 정념을 구축하고 서사를 작동시킨다. 그렇지 않으면, 충동이 폭발하는 한순간의 흥분과 광기를 생생하게 기록한다. 그런 의미에서 우리는 이들 소설을 한데 아울러 '충동의 서사의 계보'라고 할 수 있을 것이다. 이 소설들에서 들끓는 충동의 목소리는 규범과 이념을 초과하고, 어떤 지점에선 통상의 미학적 질서와 규준까지도 초과한다. 기존의 일면적인 시각에서 보면 이들 소설은(모두가 그런 건 아니지만) 반사회적이고 반미학적이며, 무엇보다 지나치게 폭력적이다. 이들은 그야말로 '소설의 악몽'이다. 이들은 이를테면 한국 사회의 악몽 한가운데를 파고들어 그 자신이 악몽이 되어버린 소설이다.

그리고 이 악몽이 펼쳐지는 곳은 말할 것도 없이 (정신분석적 의미에서) 실재the Real다. 다시 말하면, 충동이 위치하는 곳은 실재의 자리다. 라캉에 따르면 실재는 기표의 질서에 동화되지 않는 어떤 불가능한 것이며, 상징 질서를 지탱하면서도 한편으로 그것을 위태롭게 하는 치명적인 구멍이다. 이들 소설에서 충동은 현실의 허구적 가상을 찢어버리고 '불가능한 것' 혹은 실재의 차원에 저마다의 방식으로 육박한다. 이를 통해 이들 소설이 보여주는 것은 다름 아닌 세계의 진짜 실상에 도달하려는 파괴적인 파토스다. 그런 의미에서 한국문학에 '실재에 대한 열정'이 있었다면, 우리는 그 근거를 바로 이 소설들에서 찾아야 할 것이다.

한국문학의 역사에서 충동의 서사는 일차적으로 한국적 근대의 폭력에 대한 문학적 반응의 한 양식이었다. 그것은 대부분 통제되지 않는 분노와 짝지어져 있었고, 그런 만큼 소설 스스로가 폭력적 현실의 증상이 되어 격렬한 자기 파괴적 비판과 부정의 정신증적 드라마를 펼쳐놓고 있었다. 하지만 충동의 서사가 갖는 가능성은 거기에만 국한되지 않는다. 진실을 말하자면, 한국문학에서 그 가능성은 아직 절반도 채 모습을 드러내지 않았다. 그동안 간헐적으로 출몰한 충동의 서사가 대부분 끔찍한 살인과 폭력을 동반하는 병리적 서사 너머로는 한 단계 더 나아가지 못했다는 것 자체가 이를 방증한다. 그렇지 않으면 그것은 예컨대 (「무너진 극장」이 보여주는 것처럼) 충동의 의미를 끝까지 밀어붙이지 못하고 타협에 머무르거나 (남정현 소설의 경우처럼) 여성 혐오적 재현으로 뒤틀렸다. 그리고 백민석의 소설을 제외하면 이들 소설에서 충동의 서사가 작동되는 방식이 (어느면 불가피한 현상이기도 하지만) 대부분 타자에 대한 분노에 촉발된 수동태적인 것을 넘어서지 못했다는 점도 동시에 지적할 수 있겠다. 충동에 삼켜지는 것이 아니라 자기를 충동의 자리에 옮겨놓는 주체의 서사, 대타자(법)에 대한 의존을 떨쳐버리고 그 바깥에서 충동의 목소리에 귀 기울이며 '다른' 주체화의 길을 찾아나가는 새로운 충동의 서사는 아직 도래하지 않았다.

문학과 검열

—한국 현대문학의 형성과 제도적 무의식

임유경

1. 문학의 탄생

문학은 검열과 함께 태어난다. 이는 문학과 검열이 서로의 외부에 존재하는 것이 아니라, 동일한 체계 속에서 서로를 전제하며 상호 구성된다는 점을 뜻한다. 양자는 발화의 임계, 즉 무엇이 사회적으로 용인될 수 있는가를 결정하는 정치적 조건 안에서 작동한다. 이때 임계는 단일하고 고정된 경계가 아니라, 상황과 맥락에 따라 미세하게 진동하는 허용 가능성의 스펙트럼을 지칭한다. 바로 이 유동성과 가변성으로 인해 검열은 단순한 금지 장치를 넘어 발화의 가능성과 불가능성을 가늠하고 배치하는 기준이 되며, 문학은 저항의 수사에 그치지 않고 우회, 생략, 다성적 발화, 형식적 변주를 통해 그 임계를 교란하고 재편할 수 있는 잠재성을 내포하게 된다. 강화된 외적 통제는 작가에게 검열의 내면화를 강제하지만, 그로부터 비롯되는 자기 제한의 압력은 때로 새로운 문체적 실험이나 장르적 변용을 촉발한다. 다시 말해 검열이 법·도덕·시장·기술·공포가 교차하는 지점에서 사회적 불안을 규범으로 고정하는 장치라면, 문학은 그 규범의 가변적 경계를 끊임없이 탐색하고 시험하는 예술적 실천이라 할 수 있다.

그러므로 문학과 검열의 관계는 억압과 자유라는 이분법으로 환원되지 않는다. 두 영역은 발화의 가능역(可能域)을 둘러싼 공모와 긴장의 역학을 드러내며, 발화와 침묵, 인정과 배제, 허용과 처벌이 결정되는 미시적 통치의 층위를 가시화한다. 임계란 물리적 경계가 아니라 지식, 윤리, 정동이 교차하는 다층적 지층이며, 문학은 이 지층을 시험하고 흔드는 장소이다. 금지된 언어, 허용되지 않은 주제, 견딜 수 없는 감정이 문학을 통해 사회에 새롭게 진입할 때, 문학은 검열의 조건 자체를 재구성하는 담론적 실험장이 된다. 결국 문학과 검열은 임계의 재편을 둘러싼 경합 속에서 상호 구성된다. 문학은 불가능하거나 위험하다고 분류된 감각을 다시 사회적으로 재배치하여 감각의 질서를 재편하고, 검열은 억압을 넘어 문학적 가능성의 조건을 결정하는 통치의 기술로 기능한다. 따라서 검열로 인해 무엇이 억압되거나 침묵되었는지를 추적하는 일은 어떤 말과 행위, 주체와 정동이 규범화 혹은 탈규범화되었는지를 드러내는 분석 행위가 된다.

푸코가 지적했듯, 근대 권력은 정치와 성을 주요 억압의 대상으로 삼았으나, 그 억압은 역설적으로 새로운 담론의 폭발적 생성을 촉발했다.[1] 권력은 지식과 기술을 통해 사회적 규범을 조직하고 재생산한다는 점에서 본질적으로 생산적이며, 검열은 이러한 권력의 대표적 기술에 속한다. 그렇기에 검열을 단지 억압의 메커니즘으로 보기보다는, 규범화를 생산하는 권력의 특성과 결부하여 사유할 필요가 있다. 검열은 법제도를 넘어 감정적·도덕적·인식론적 경계를 형성하는 확산적 체계로서, 단순히 반응적이지 않으며 발화가 실현되기 전에 선제적으로 작용한다. 따라서 검열에 관한 논의는 검열이 발화를 억압하는 기제로 작동하는 순간들을 확인하는 것을 넘어, 발화 조건 자체를 어떻게 구성하는지 살피는 데로 나아갈 필요가 있다.

한국에서 검열의 역사는 근대화, 식민 지배와 해방, 분단과 전

---

1. 미셸 푸코, 『담론의 질서』, 이정우 옮김, 새길, 1993, p. 16.

쟁, 군사독재와 민주화운동 등의 전환기적 흐름과 긴밀하게 맞물리며 변화해왔다. 특히 식민의 경험과 분단의 현실은 검열사의 구조적 성격을 규정한 결정적 요인이 되었다. "근대란 무엇인가" "식민의 경험은 어떻게 말해질 수 있는가" "분단은 무엇을 남겼는가"와 같은 질문들이 한국 작가들에게 집요한 탐구 대상이 된 것은, 20세기 한국 사회가 겪은 급속하고 압축적인 근대화와 정치적 격동이 문학의 형성 조건과 불가분하게 연결되어 있었기 때문이다. 근대문학은 현실 정치와 밀착된 채 구성되었으며, 검열은 언어 관리의 차원을 넘어 통치 기술, 주체의 형성, 문학의 존재 방식과 긴밀히 연계되었다.

이러한 맥락에서 '불온한 문학'이라는 낙인은 억압받는 작가의 초상을 부조하는 데 머무르지 않는다. 그것은 권력의 권위에 맞서는 문화적 기호이자 새로운 의미 생산을 촉발하는 담론적 장치였다. 불온하다고 간주된 문학은 출판과 독서에 있어 일정한 제약을 받고 부정적 평판에 휩싸여야 했지만, 상징적 자원으로 전화되어 일정한 대항력을 내포하게 되기도 했다. 이 글에서 살펴볼 문학과 검열의 역사는 바로 이러한 갈등과 투쟁이 우연과 필연의 국면 속에서 어떻게 촉발되고 전개되었는지를 보여줄 것이다. 문학이 검열로 인해 씌어질 수 없었던 순간과, 검열 때문에 오히려 새롭게 태어난 순간들은 '검열은 문학으로 인해, 문학은 검열로 인해 존재한다'는 명제가 단순한 수사가 아님을 증명한다. 따라서 문학과 검열은 서로의 생성 조건으로서 이해되며, 한국 근현대사의 정치적·미학적 맥락 속에서 다시 사유되어야 한다. 수많은 작가들이 검열과 문학의 역학, 그리고 이 문제에 관계하는 작가와 권력의 형상을 끊임없이 재현하고자 했던 것은 결코 우연이 아니다.

2. 불령선인과 불온문서 ─ 식민지 검열과 조선문학

1) 검열 정책의 제도화 ─ 불온과 외설

식민지 조선의 검열은 특정한 텍스트나 매체를 넘어, 피지배 주체의 일상과 삶 전체를 관리하는 통치 장치로 기능했다. 19세기 말 무렵부터 일제는 동학농민운동이나 갑오개혁과 같은 정치적 사건이 조선 사회에 미치는 영향을 세밀하게 관찰하며, 이를 기록으로 남기는 과정에서 검열적 시선을 드러낸 바 있다. 여기에는 조선의 정세와 민심의 흐름을 통치의 언어로 포착하고 해석하려는 식민 권력의 제도적 욕망이 반영되어 있었다. 이후 일제의 검열 정책은 1905년 을사늑약을 계기로 본격화된다.

1907년 제정된 「보안법」과 「신문지법」은 그 대표적 사례이다. 두 법률은 한일병합조약(1910) 이전에 마련되었으나, 식민지 시기 전반에 걸쳐 조선인의 언행과 삶을 규율하는 기본 법제로 작동했다. 1907년 7월 공포된 「보안법」은 집회·결사·언론의 자유를 제한하고 민심을 단속하는 기제로 기능했으며, 「신문지법」은 모든 출판물에 대한 사전 검열과 발행 규제를 제도화했다. 이어 1912년 「경찰범처벌규칙」까지 마련되면서, 사전 검열·행정 처분·형사 제재를 결합한 검열 체계가 자리 잡았다. 문서·도서·연설·도화·시가 등의 창작·낭독·반포를 포괄함으로써 언표 행위 전반과 텍스트 생산 과정이 통치의 표적으로 편입되었던 것이다.

이 검열 체계는 「신문지법」에 명시된 바와 같이 '치안 확보'와 '풍속 보호'라는 두 가지 축을 중심으로 운영되었다. 이는 조선에서 생산되는 모든 출판물과 문화적 산물에 대한 관리 기준이자, 피식민자의 일상과 사회질서를 규율하는 통치 원리였다. 특히 검열 당국은 '풍속 보호'보다 '치안 유지'를 중요하게 취급했다. '치안(안녕질서) 방해'는 불온성의 포괄적 표식으로 작동했고, 그 모호함 자체가 제재 권위를 강화하는 수단이 되었다. 이는 표현을 억압하는 차원을 넘어, 푸코적 의미에서 규율 권력이 사회적 신체를 포괄적으로 관리하는 방식을 잘 드러낸다. 실제로 검열 통계는 '사회적 안전'이라는 추상적 가치가 미학적 표현보다 우위에 놓였음을 보여준다.

　　풍속 검열은 주로 외설적인 것에 대한 통제의 형태로 나타났다. 그러나 주목할 점은 '풍속 괴란'이 '치안 방해'에 비해 상대적으로 덜 비중 있게 다루어졌다는 사실이다. 그럼에도 특정 작품이 풍속 문제로 문제화되었을 경우, 그것이 남긴 사회적 효과는 각별히 중요했다. 검열의 낙인은 상업적 호기심을 자극하는 부정적 상징자본으로 전환되었고, 문제작은 오히려 유통과 흥행의 촉매가 되었다. 이러한 패턴은 해방 이후에도 반복되었는데, 권력의 억압이 새로운 욕망과 지식을 낳는 계기가 된 것이다. 1960~70년대 염재만의 『반노』 사례가 잘 보여주듯이, 풍속 검열은 작품을 억압하는 동시에 대중의 욕망을 새롭게 조직하는 회로를 창출했다.

　　나아가 검열은 불온한 텍스트를 통제하는 수단에 그치지 않고, 오히려 불온성을 지속적으로 재생산하는 기제였다는 점에서 그 이중적 성격을 드러낸다. 1920년대 조선이 그야말로 '불온문서의 시대'를 맞이했다는 사실은 이 점을 방증한다. 1919년 3·1운동 이후 무단통치에서 문화통치로 전환됨에 따라 언론의 자유가 확대되었고, 이로 인해 민족주의와 사회주의를 비롯한 다양한 사상운동이 급속히 확산되었으며 출판 활동 역시 활발해졌다. 이 시기 불온문서의 급증이 괄목할 만한 사회적 현상으로 나타난 이면에는 유관 법제의 정비와 행정 체계의 발달이라는 변화가 자리하고 있었다. 1925년 「치안유지법」이 공포되고, 1926년 4월 총독부 도서과가 신설되면서 출판경찰 체계의 정비에 있어 중요한 전환점이 마련되었다. 식민지 시기 가장 중요한 검열 기구로 기능하게 되는 도서과의 주된 업무는 신문지 및 출판물, 저작권, 검열된 신문 잡지 및 출판물의 보존, 영화 검열 등을 관장하는 일이었다.[2] 이 부서는 검열 산출물을 기록·보존·분류·통계화하고 그간의 동향을 분석해 정기·비정기 간행물로 결과를 집적했다. 불온문서의 수집과 조사자료 편제를 통해 정책 설계에 필요한 데이터 인프라를 구축하고, 이를 바탕으로 예거주의 검열 방식으로부터 벗어나 표준화된 절차와 지표를 갖춘 제도로 나아갔던 것이다. 이를 계기로, 1920년대 후반의 검열은 사후적 제재를 넘어 사전 분류와 위험 예측의 지식 체계로 전환된다.

이처럼 1920년대 조선에서 언론의 자유와 검열의 체계화는 대립적이면서도 상호 보완적인 관계를 형성했다. 다양한 사상과 이념의 분화로 검열과 불온성의 경계는 복잡하게 설정되었고, 문학 또한 생존과 지속을 위해 적극적으로 대응해야 했다. 작가와 단체들은 새로운 이념을 표방하는 동시에, 정교해진 검열체제 속에서 우회·타협·전유의 방식을 모색하며 문학적 실천의 가능성을 열어갔다.

2) 문학과 혁명——검열 속에서의 글쓰기

한국 최초의 근대장편소설로 평가받는 이광수의 『무정』(1917)을 비

---

2.   1926년 4월 24일에는 총독부 훈령 제3호로 경무국의 사무분장규정을 개정하여, 핵심 부서였던 고등경찰과를 폐지하고 신설 부서로 도서과를 설치하였다. 도서과 설치 이후 출판경찰 활동의 변화 양상은 식민지 조선의 검열제도가 일본의 검열제도와 긴밀한 연계 속에 병행적으로 진행되며 제도화 및 체계화 되는 과정을 보여준다. 조선총독부 도서과의 검열 업무에 관해서는 정근식·최경희, 「도서과의 설치와 일제 식민지출판경찰의 체계화, 1926 – 1929」, 『한국문학연구』 제30호, 동국대학교 한국문학연구소, 2006, pp. 104~105 참조.

롯해 근대에 출현한 조선의 문학작품들은 이러한 일제의 검열체제를 통과하며 세상에 나왔다. 근대문학의 형성 과정을 살피는 일이 필연적으로 검열 문제에 대한 이해를 수반할 수밖에 없는 것은 이 때문이다. 실제로 당대의 많은 작품과 매체에는 검열의 흔적이 선연히 보존되어 있다. 삭제된 언어의 장소와 출판금지 처분을 받은 작품의 목록은 검열자의 시선이 머문 자리를 비추며 쓸 수 있는 자유의 한계가 어떤 방식으로 구성되었는지를 드러낸다. 심훈, 오장환, 염상섭, 김유정 등을 비롯한 여러 작가의 검열 사례와 『개벽』의 강제 폐간 사건, 아동문학 작품에 대한 검열 시도 등이 보여주듯이, 검열은 특정 사상이나 정치적·문학적 지향과 무관하게 언제든 누구에게나 직접적 영향을 미치는 제도적 힘으로 작용했다. 또한 그중에서도 프로문학의 출현과 쇠퇴는 검열이 작가들의 창작 행위와 작품에 국한된 문제가 아니라, 세계에 대한 구상력과 조선문학의 존립에 관련된 절실하고 긴박한 문제였음을 보여준다는 점에서 그 중요성을 가진다.

> 과연 조선에 잇서서 검열문제는 글쓰는 사람이 아니고서는 진정한 괴로움을 모를 것이다 이 땅덩어리 안에서 동지(同志) 한 사람의 창작집이 출판되엇다는 것을 엇지 깃버하지 안코 견듸리요[3]

1920년대 중반, 조선 문단은 프로문학의 등장을 통해 새로운 전환기를 맞이했다. 1925년 8월 창립된 카프(조선프롤레타리아예술동맹, KAPF)는 단순히 문학 단체를 넘어, 조선문학을 세계 혁명문학의 흐름과 접속시키고자 하는 실천적 기획이었다. 이는 새로운 예술운동의 탄생을 의미하는 동시에, 식민지 조선에서 문학의 좌표와 존재 의

3.　윤기정, 「뿍레뷰: 이기영씨의 창작집 『민촌(民村)』을 읽고(二)」, 『조선일보』 1928년 3월 21일 자.

의를 근본적으로 재정의하려는 시도로 받아들여졌다. 물론 검열은 이러한 전망을 지속적으로 제약했지만, 동시에 문학의 혁명적 성격을 오히려 선명하게 드러내는 역설적 조건이 되었다. 팔봉 김기진의 표현처럼, 프로문학의 자기 정체성은 '가혹한 검열의 압박'[4] 속에서 구축되었으며, 이는 동시대 작가들이 문학을 사회적 실천이자 혁명적 행위로 인식하도록 만들었다. 그 결과 프로문학은 기존의 낡고 무력한 예술을 대체하는 가장 급진적인 근대문학의 형식으로 자리 잡았다.

이러한 현실은 동시대 문인들의 회고와 평론 속에서도 생생하게 드러난다. 1928년, 소설가이자 평론가였던 윤기정은 동료 이기영의 창작집 『민촌(民村)』의 출간을 지켜보며 깊은 소회를 남겼다. 그는 최서해의 『혈흔(血痕)』이 세상에 나왔을 때 느꼈던 감격을 떠올리며, 일제의 검열 속에서 탄생한 조선문학의 의미를 되새겼다. 또한 앞의 인용문에 나타나 있듯이, 프로문학의 출판 자체가 큰 의미를 지니는 문학사적 사건으로 기념될 필요가 있음을 피력하며, 앞으로도 동지들의 저작이 계속 출간될 수 있기를 희망하기도 했다. 윤기정의 발언은 문학적 지향을 공유하는 동지에 대한 우정을 넘어, 식민지 검열 체제를 가로지르는 집단적 문학 실천이 지닌 역사적 의미를 강조하는 것이었다.

이러한 열망과 기쁨은 1920년대 중반 프로문학의 급격한 성장 속에서 발견한 새로운 시대적 전망과 문학적 가능성에 기초해 있었다. 즉 사회운동과 긴밀히 호응하며 고양되던 문학운동의 기세가 그 누구의 힘으로도 막을 수 없으리라는 믿음은 윤기정의 글의 중요한 내적 동력이 되었던 것이다. 그런 점에서 『혈흔』과 『민촌』의 출간

4.	김팔봉, 「예술운동에 대하야(二)」, 『동아일보』 1929년 9월 21일 자.

은 특정 작가의 성취에 그치지 않고, 검열에 맞서는 저항적 실천이자 프로문학이 지닌 혁명적 성격을 입증하는 문학적 사건으로서 각별한 의미를 지닌다. 문학이 시대적 억압을 뚫고 나온 순간이 동시대 작가들에게는 혁명적 도약으로 경험되었던 것이다. 이 사례가 보여주듯이 검열은 문학의 존재를 위협하는 제약적 장치였지만, 동시에 새로운 가능성을 열어젖히는 조건이 되기도 했다.

> 파죽(破竹)의 세(勢)로 발전하든 조선의 프롤레타리아문학은 오늘날에는 그 몰락을 당하지 안흘수업게되엿다[5]

그러나 혁신적 움직임은 오래 지속되지 못했다. 1930년대 중반으로 접어들며 조선은 전시 파시즘 체제에 편입되었고, 민족주의·사회주의·무정부주의 등 거의 모든 정치사상이 불온한 것으로 규정되었다. 1934년 '신건설사 사건'으로 인한 카프 맹원의 대규모 검거, 그리고 1935년 카프의 해산은 검열과 통치 체제가 새로운 국면에 들어섰음을 알리는 상징적 사건이었다. 이 시기 검열은 특정한 문학작품이나 주제를 관리하는 것을 넘어, 사상의 기반 자체를 전면적으로 억압하며 불온성의 범위를 무한히 확장시켰다.

　　1940년대에 들어서면서 '불온 언동'에 대한 통제는 극단으로 치달았다. 『동아일보』와 『조선일보』의 폐간은 언론의 자유가 사멸 상태에 처했음을 보여주는 사례였다. 그러나 억압이 극대화된 상황에서도 삐라, 격문, 유언비어와 같은 비정형적 언술은 대항적 발화의 가능성을 드러내며, 체포될 수 없는 말들을 쫓는 식민 권력의 의지가 어떻게 실패에 처하게 되는지를 보여주었다. 염상섭, 채만식, 임

5.　　함대훈, 「현하 사회정세와 조선문학의 위기(3)」, 『조선일보』 1935년 6월 19일 자.

화, 김남천 같은 작가들은 문학을 식민지 원주민에 의한 검열의 미메시스가 시도되는 담론장으로 전환시킴으로써 권력의 방식과 다른 차원에서 불온성의 재생산에 관여했다. 억압할수록 증폭되는 불온성은 온갖 법제와 행정적 규제를 통해서도 관리될 수 없는 식민지의 정념을 오히려 증거함으로써 식민 통치의 불가능성을 드러내고 있었다. 그런 점에서 검열의 장치들은 그 어떤 것으로도 포섭할 수 없는 피식민자의 영역을 권력이 스스로 표상하던 방식이었다고 할 수 있다.

"총독정치에 반역하며 조선독립을 몽상하는 따위의 불온한 정치적 의도"[6]와 같은 표현이나, '풍자, 풍설, 복자(伏字)'까지 포괄적으로 규제하려 했던 방침은 검열의 핵심이 특정한 말이나 행위에 국한되지 않는다는 사실을 말해준다. 검열의 최종적 목표는 개인의 알 수 없는 내면과 끝내 파악할 수 없는 의도를 검증 가능한 것으로 만듦으로써 지배의 의지를 실현하는 것이었는데, 무수한 법제의 창안과 집요한 노력은 이러한 시도가 끝내 실패를 내장할 수밖에 없었음을 시사한다. 문학에 있어 독립·혁명의 암시와 단결 촉구, 총독정치의 비난과 배일사상, 빈궁 서사와 계급의식 고취 등은 주요한 검열의 내용이 되었는데, 이러한 검열자적 시선은 문학의 언어를 치안의 언어로 치환시켰다. 검열은 문학의 의미를 삭제하는 기술에서 나아가 해석의 독점을 추구했지만, 문학의 미학은 그 독점에 맞서 우회와 변조의 수사를 가다듬었다. 때로는 훼손된 작품을 그대로 드러내는 일 자체가 검열의 흔적을 전시하는 일로서 특정한 의미를 가졌다. 또한 식민지기의 작가들은 은유, 알레고리, 풍자, 역설, 아이러니 등 다양한 문학적 기술을 통해 '쓰였으되 읽히지 않는 것', 즉 '불가해성'을 작품에 남겨둠으로써, 역설적으로 권력의 편집증적 판독 욕구를 증대시키기

---

6.   「전향성명—경무국장 담(談)」, 『동아일보』 1938년 5월 1일 자.

도 했다. 그런 점에서 문학은 식민지 검열의 최전선에 놓여 있었다고 할 수 있다.

1940년대 총독부 당국이 조선인 작가들에게 "작품의 명랑화(明朗化)"를 요구하였던 정황은 이러한 맥락과 무관하지 않다. 당국은 시에서 비애의 색채가 짙거나, 소설에서 어두운 측면이 두드러지거나, 애욕의 묘사가 노골적인 작품을 문제 삼으며 '신체제 국민 생활'에 부합하는 합일된 정서로서 명랑성을 요구했다.[7] 그러나 이것이 조선인 작가들에게 창작의 지침이자 시대적 모럴로서 온전히 수용될 수는 없었다. 이광수가 고바야시 히데오(小林秀雄)에게 쓴 편지의 내용을 빌리자면, "단지 법적으로 일본 신민일 뿐만 아니라, 영혼 밑바닥에서부터 완전히 일본인이 된다는 것은 이만저만한 수행"[8]이 아니었는데, '시와 소설의 명랑화'를 기하라는 권력의 언명에 끝내 공명할 수 없었던 작가들의 모습에서 우리는 이 수행의 불가능성과 대면하게 된다.

김남천의 소설 「등불」(『국민문학』 1942년 3월호)은 이러한 상황을 단적으로 드러낸다. 이 소설에는 한때 열렬한 사회주의자였으나 전향할 수밖에 없었고, 이제는 직분에 충실한 생활자가 되고자 하는 주인공이 등장한다. '소설을 쓰지 않는 소설가'인 주인공 장유성은 "시국도 점점 긴박해 가는데, 아니 헐 말이지만 언행 같은데도 특히 주의"할 것을 주문하는 현실 속에서 신체제 국민 생활에 적응해 나가

---

7. 「작품의 명랑화」, 『인문평론』 1941년 1월호(신년 특대호), p. 5.

8. "수행이라고 말씀드렸습니다만, 그것은 일본정신의 수행입니다./단 일본정신의 수행이라고만 들으시면, 처음부터 일본인인 당신에게는 조금 납득이 안 될지도 모릅니다. 그러나 구한국인(舊韓國人)이었던 조선인이 일본인이 되기 위해서는 커다란 수행이 필요하다는 것을 통감했습니다. 단지 법적으로 일본 신민일 뿐만 아니라, 영혼 밑바닥에서부터 완전히 일본인이 된다는 것은 이만저만한 수행이 아닙니다"(이광수, 「행자(行者)」(『문학계』, 1941. 3), 『춘원 이광수 친일문학전집』 II, 이경훈 편역, 평민사, 1995, p. 197).

는 자신의 달라진 동정(動靜)과 내면을 계속해서 증명해 보여야 했다. 이 소설은 주인공이 체제의 내면화에 마침내 성공할 것인지에 관해 정확히 말해주고 있지는 않지만, 최소한 현재의 시점에서 그가 시대와 불화 중임을 드러낸다. "살고 싶다." 절박하게 눌러쓴 이 한마디는 당대를 살아간 작가들이 끝내 도달하지 못한 '시대의 명랑'에 대해 생각하게 한다.[9] '명랑화'는 강제된 동일화의 은유였고, 조선인 작가들이 끝내 수행할 수 없는 과제로 남겨졌다.

　　작품에 새겨진 이 낮고 흐릿한 목소리는 어쩌면 식민지하의 조선인 작가들이 처한 현실을 가장 분명하게 드러내주는 것이었는지도 모른다. 도일 후 조선으로 돌아온 임화가 시 세계에서조차 혁명의 당위성과 그 현재화의 절박함을 알 수 없는 미래의 시간에 가둬둘 수밖에 없었던 정황은 조선의 좌익 작가들이 처한 창작 현실을 비춰주기에 충분하다.[10] 검열이라는 난관 앞에 서 있던 그들이 선택할 수 있는 타협의 방법은 그리 많지 않았을 것이다. 이러한 맥락에서 카프 작가들의 시와 소설에 남겨진 깨진 혁명의 잔여를 다시 들여다보는 일은 여전히 중요한 의미를 가진다. 이들이 맞서고 있던 현실과 그 현실 속에서의 참담한 글쓰기가 단지 회피나 순응으로만 읽히지 않는 까닭은 여기에 있다. 조선의 문학은 시대의 한계 속에서, 그 시대를 거듭해서 넘어서기 위해, 계속해서 씌어졌다.

9.　　김남천의 「등불」에 관한 논의는 임유경, 「'불온(不穩)'과 통치성—식민지 시기 '불온'의 문화정치」, 『대동문화연구』 제90집, 대동문화연구원, 2015, pp. 412~13.

10.　　한기형, 「'법역(法域)'과 '문역(文域)'—제국 내부의 표현력 차이와 출판시장」, 『민족문학사연구』 제44호, 민족문학사학회·민족문학사연구소, 2010, pp. 312~13.

3) 식민지의 유령들──불령한 존재의 현상학

1935년 카프 해산은 단순한 문학 단체의 해체를 넘어, 전시체제하에서 검열이 어떠한 방식으로 확장되고 강화되었는지를 보여주는 중요한 분기점으로 재조명될 필요가 있다. 1930년대 중반 이후 식민지 조선의 검열제도는 전시 파시즘 체제로 전환하는 과정에서 새롭게 재구축되었다. 「조선불온문서임시취체령(朝鮮不穩文書臨時取締令)」과 「조선임시보안령(朝鮮臨時保安令)」의 제정은 그 상징적 사례이다.

1936년에 제정된 「조선불온문서임시취체령」은 검열의 범위를 비약적으로 넓힌 법령이었다. 조선에서 언론과 출판은 허가제가 기본 방침이었고, 엄격한 검열제도가 작동하고 있었다. 이러한 기존의 행정적 취체 법규가 존재했음에도 불구하고 새롭게 제정된 이 법령은 "조선불온문서"라는 명칭을 전면화한 것에서 알 수 있듯, 식민지 하의 모든 불온 언행을 용납하지 않겠다는 권력의 의지를 분명하게 드러냈다. 이 법령은 도서과의 『불온간행물기사집록』(1934)에서 엿보이는 특징과 마찬가지로, 기사·시가·소설·격문·삐라와 같은 간행물뿐 아니라, 문집·유언장·묘표(墓表)·만사(輓辭) 등 개인과 문중(門中)의 기록까지 검열 대상으로 삼았다.[11] 이러한 특징은 검열 권력이 공적·사적 영역을 구분 없이 포섭하며 조선인의 언행 전반을 권력의 시야 안에 위치시켰음을 잘 보여준다.

이어서 1941년 제정된 「조선임시보안령」은 전시체제의 논리와 결합하며 검열의 범위와 대상을 극단적으로 확장시켰다. 이 법령은 '안녕질서의 유지'를 명분으로 삼아 언론·출판·집회·결사의 자유를 사실상 전면적으로 봉쇄했다. '일체의 불온 언동의 철저한 예방·

11.　　조선총독부경무국, 『불온간행문기사집록』, 여강출판사, 1986.

진압'에 목적을 두고 있었다는 점을 통해서도 알 수 있듯이, 단속 범위와 내용은 규정이 불가능할 정도로 무한히 확대되었다. 이 법령은 '시국'과 관련된 모든 발화와 행위를 잠재적 범죄로 규정하고, 사실 여부와 무관하게 처벌을 가능하게 하는 법적 근거를 제공했다. 그리하여 검열은 더 이상 특정한 사건이나 개인에 한정되지 않았으며, 조선인의 일상 전반을 감시와 규율의 대상으로 삼는 무형의 위협이자 항구적인 통치 장치로 기능하게 된다. 식민 권력의 불온 언동을 반도로부터 일소할 결의가 선언되면서 조선인의 삶은 비상시(非常時)의 항구적 상태에 처하게 되었던 것이다.

식민지 조선에서 검열은 일상적 통치의 핵심 메커니즘을 보여주는 대표적 기제였다. 조선인은 '조선인'이라는 사실 그 자체로 인해 잠재적 불온분자가 되었으며, 식민 권력하에서 끊임없이 자기 증명의 과정을 강요받아야 했다. 검열제도는 단지 억압과 삭제의 도구가 아니라, 권력이 무엇을 보이고 무엇을 감추며, 어떤 감각과 정서를 통치의 대상으로 삼았는지를 드러내는 복합적 장치였다. 만약 보이지 않는 전염의 가능성을 상상하는 권력이 부재하다면, 검열은 불필요한 것이 될 것이다.

이러한 맥락에서 근대 이후 조선 반도를 떠돌던 '불령선인(不逞鮮人)'과 '불온문서(不穩文書)'라는 용어는 불온성의 내재적 유동성과 확장성을 보여주고 있어 주목된다. 이 개념들은 식민지 검열 권력의 작동 방식을 집약적으로 보여주는 대표적 기호였다. '불령선인'은 잠재적 반역자로 상상된 조선인에게 특정한 형상을 부여하는 명칭으로 기능했으며, '불온문서'는 그러한 불온성을 탐지하고 단속하기 위한 제도적 기제로 작동했다. 즉, 이는 단순한 행정적 분류 표식이 아니라, 피지배 민중을 통치하기 위해 고안한 언표적 장치로서 저항적 움직임을 규율하고 범주화하는 제도적 도구라는 점에서 그 중요성을 확인할 수 있다.

　‘불령(不逞)’이라는 표현은 ‘순종하지 않는 자’ ‘감히 원한이나 불만을 품는 자’라는 의미를 내포한다. 같은 맥락에서 ‘불령선인’은 ‘불온하고 불량한 조선인’을 뜻하는 용어로서 일제의 검열자적 시선을 깊이 투영하고 있다. 식민 권력은 독립운동가나 정치적 반대자뿐 아니라 일상적 규율에 불응하거나 질서를 어지럽힌 이들까지도 모두 ‘불령선인’으로 명명했다. 이러한 명명 권력은 개인의 차원을 넘어 조선인으로 특정되는 존재 전체를 잠재적 범죄자로 전환시키는 효과를 낳았다. 언제든 부과될 수 있는 ‘불령’의 낙인은 피지배자에게 자기검열을 강제했고, 억압을 내면화하게 만들었다.

　마찬가지로, ‘불온(不穩)’이라는 표현도 불복종의 태도를 가리키는 말에 그치지 않았다. 그것은 특정한 사상이나 행동을 규제하는 지시어이자, 시대의 분위기·공기·기류 같은 감각적 층위까지 포섭하는 감지의 언어였다. 당대 문헌에서 ‘불온’이 자주 ‘형세’나 ‘기분’과 같은 단어와 결합되어 사용된 것은, 권력이 미묘한 정서와 기류까지 포착하고자 했음을 보여준다. 따라서 ‘불온문서’라는 언명은 특정한 출판물이나 문학작품, 혹은 전단이나 유인물에 부여된 낙인이었지만, 식민지 사회 전반의 발화 가능성과 임계를 사전에 선별하고 규율하는 제도적 장치로 기능했다는 점에서 그 궁극적 목적과 효과를 엿볼 수 있다. 즉 ‘불온’이라는 언어는 문학을 포함한 모든 언어적 실천을 잠재적으로 예속시키는 통치의 도구였다.

　불령과 불온의 의미 작용에 주목해야 하는 이유는, 이것이 식민 권력의 통치 논리와 그에 내재되어 있던 모순을 암시하기 때문이다. ‘불령선인’은 주체를 규율하는 호명으로, ‘불온문서’는 발화를 통제하는 규범으로 기능했다. 위험한 존재와 언어를 지시하는 이 용어들은 서로 보완적으로 작용하며 식민지 조선을 끊임없이 관리되어야 할 불안정한 통치 공간으로 재정의했다. 이 과정에서 검열은 단순히 반응적 억압이 아니라, 불안과 예측 불가능성을 관리하는 기술로서 작동하게 된다. 문학 역시 이러한 체제의 질서 속에서 생존할 수밖에 없었다. 문학은 검열의 시선을 우회하거나 전유하며 새로운 표현의 가능성을 모색하는 혁명적 장소가 되기도 했지만, 그러한 희망의 가능성은 언제나 사산될 위험 속에서 피어났다.

1937년 요절한 작가 이상의 문학과 생애를 떠올리게 되는 것은 이러한 맥락에서이다. 조선인 작가들이 처했던 현실의 참혹함은 무수한 사례를 통해 확인할 수 있겠으나, 이상의 죽음만큼 선연하게 시대를 비추는 거울은 아마도 많지 않을 것이다. 그의 죽음은 식민지 조선에서, '불령한 것'이란, '불온한 것'이란 대체 무엇이었는가를 되묻게 한다.

상(箱)의 숙소는 구단(九段) 아래 꼬부라진 뒷골목 2층 골방이었다. 이 「날개」 돋힌 시인과 더불어 동경(東京) 거리를 만보(漫步)하면 얼마나 유쾌하랴 하고 그리던 온갖 꿈과는 딴판으로 상(箱)은 「날개」가 아주 부러져서 기거(起居)도 바로 못하고 이불을 뒤집어 쓰고 앉아 있었다. 전등불에 가로 비친 그의 얼굴은 상아(象牙)보다도 더 창백하고 검은 수염이 코 밑과 턱에 참혹하게 무성하다. 그를 바라보는 내 얼굴의 어두운 표정이 가뜩이나 병들어 약해진 벗의 마음을 상해올까보아서 나는 애써 명랑을 꾸미면서

『여보, 당신 얼굴이 아주 「피디아스」의 「제우스」 신상(神像) 같구려』

하고 웃었더니 상(箱)도 예의 정열 빠진 웃음을 껄껄 웃었다.[12]

---

12.   김기림, 「고(故) 이상(李箱)의 추억」(『조광(朝光)』 3권 6호, 1937.6), 『김기림 전집 5 — 소설·희곡·수필』, 심설당, 1988, p. 417.

1936년 말 동경으로 건너간 이상은 이듬해 2월, 일본 경찰에 의해 '불령선인'이라는 혐의로 불시에 검문을 당한 뒤 체포되었다. 그에 따르면, "공교롭게도 책상 위에 몇 권의 상스러운 책자가 있었고 본명(本名) 김해경(金海卿) 외에 이상(李箱)이라는 별난 이름이 있고 그리고 일기 속에 몇 줄 온건하달 수 없는 글귀를 적었다는 일"[13]로 인해 옥고를 치르게 되었다고 한다. 니시칸다(西神田) 경찰서에서 34일간(2월 12일~3월 16일) 구류 상태에 있다가 보석으로 풀려났지만, 결국 4월 17일 동경제대 부속병원에서 생을 마감했다.[14] 그 후 이상의 갑작스러운 죽음 앞에 절망하던 김기림은 한 편의 추도문을 통해 이상의 마지막 순간을 또렷한 언어로 기록해두었다. 이 글에는 식민지 조선에서 살아간 작가들의 모습과 시대의 잔영이 지워지지 않는 얼룩처럼 남겨져 있다.

　　김기림과 이상은 구인회 활동을 하며 모더니즘 문학을 주도한 대표적 작가였다. 이상은 1936년에 출판된 김기림의 첫 시집 『기상도(氣象圖)』의 장정(裝幀)을 맡기도 했는데, 그만큼 이들의 우정은 각별했다. 1937년 6월 『조광』에 발표된 김기림의 추도문에 유독 이상에 대한 깊은 애정과 그리움이 묻어나는 것은 이 때문이다. "상(箱)을 잃고 나는 오늘 시단이 갑자기 반세기 뒤로 물러선 것을 느낀다"[15]는 문장이 보여주듯, 김기림은 이상의 문학적 성취를 높이 평가했고 동료이자 한 사람으로서 그를 무척이나 아꼈다.

　　그런가 하면, 김기림의 추도문에는 이상의 마지막 모습이 생

13.　　같은 글, p. 418.

14.　　김윤식, 「배천·성천·동경 체험」, 『이상문학전집3 ── 수필』, 김윤식 엮음, 문학사상사, 1993, p. 13.

15.　　김기림, 같은 글, p. 417.

생하게 담겨 있기도 하다. 인용했듯이, 그는 "병들어 약해진 벗"과 "캄캄한 방"에서 나눈 애틋한 시간들에 대한 기억으로 지면을 채워나갔다.[16] 동경의 어느 뒷골목에 자리한 해가 들지 않는 외딴 방에서, 상아보다 더 창백하고 참혹한 얼굴로 죽음 앞에 서 있던 벗의 모습은 차마 온전히 기록될 수 없는 순간처럼 남겨졌을 것이다. 김기림은 이 서글픈 만남을 뒤로하고 4월 20일경 동경에서 다시 반갑게 만나자 약조하며 이상과 헤어졌다. 그는 이 마지막 순간을 다음과 같이 기록했다.

> 그때까지는 꼭 맥주를 마실 정도로라도 건강을 회복하겠노라고, 그리고 햇볕이 드는 옆방으로 이사하겠노라고 하는 상(箱)의 뼈뿐인 손을 놓고 나는 동경(東京)을 떠나면서 말할 수 없이 마음이 캄캄했다.[17]

그러나 오래지 않아 이상은 끝내 유명을 달리하고 만다. "그럼 다녀오오. 내 죽지는 않소".[18] 마지막 유언 같은 이 말을 선연히 떠올리며, 김기림은 비통한 마음을 가눌 수 없었다고 적었다. 그리고 자신에게는 아직 못다 한 '의무'가 남아 있다는 사실을 잊지 않고 있다고 되새겼다. 그것은 바로 황망하게 세상을 등진 "상(箱)의 피 엉킨 유고(遺稿)를 모아서 상(箱)이 그처럼 애써 친하려고 하던 새 시대에 선물하는 일"[19]이었다. 비록 죽음을 되돌릴 수는 없지만, 그의 문학만큼은 되살아나게 할 수 있으리라는 간절한 믿음이 밴 말이었다.

아마도 이상의 죽음은 김기림에게만 각별한 의미로 남지 않았

16.	같은 글, pp. 417~18.
17.	같은 글, p. 418.
18.	같은 글, p. 419.
19.	같은 쪽.

을 것이다. 우정의 언어로 쓰인 이 추도문은 식민지 조선의 현실에서 검열이 특정한 작품이나 작가에게만 그 칼날을 드리우지 않았음을 환기시킨다. 읽은 것과 말한 것, 그리고 신원(身元) 자체를 불온한 것으로 규정하는 식민지 현실 속에서, 검증도 확증도 불가능한 혐의가 어떻게 조선인 작가의 문학과 삶, 더 나아가 존재 전부를 옥죄고 있었는지를 보여주기 때문이다. 그런 의미에서 김기림의 글에 남겨진 슬픔과 비통한 마음은 한 문인의 죽음만을 향해 있지 않다. 그것은 폭력의 시대를 견뎌야 했던 수많은 작가들, 이상과 김기림으로 말해질 수도 있고, 또한 무수한 동시대 문인의 이름으로도 이야기될 수 있는 피식민 주체들의 실존적 삶과 내면을 그 어떤 기록보다 더 또렷하게 드러낸다.

사실 이상 자신도 이러한 현실과 치열하게 대결하고 있었다. 그는 안회남에게 보낸 편지에서 동경행의 이유를 "살아야겠어서, 다시 살아야겠어서 저는 여기를 왔습니다"[20]라고 적었다. 그러나 '기어코' 향했던 동경에서 그가 맞닥뜨린 것은 가난과 고독, 그리고 식민 치안 권력의 냉혹한 응시였다. 김기림에게 부친 편지에서, 마치 거대한 단절을 경험한 듯 말하며 자신의 동경행이 "도원몽(桃源夢)"[21]에 불과했음을 뼈아프게 깨닫는 중이라고 적었던 것은 이 때문이다.

1937년 초 조선으로 부쳐진 이 편지들에는 식민지 현실에서 비롯된 부조리와 피식민 주체의 절망, 그리고 무엇보다 간절했던 생의 의지가 분명한 언어로 새겨져 있다. 이상이 삶을 지속시키기 위해, 즉 "살아야겠어서, 다시 살아야겠어서" 감행한 동경행의 귀결은 그러나 끝내 죽음으로 맺어졌다. '불령선인'이라는 불명예스러운 오욕의

---

20. 이상, 「사신(私信) 9」, 『증보 정본 이상문학전집 3 — 수필·기타』, 김주현 주해, 소명출판, 2009, p. 270.

21. 이상, 「사신(私信) 8」, 같은 책, p. 268.

이름을 안고 그는 끝내 귀환하지 못한 채 미망에 사로잡힌 시대 속에서 사라져갔다. 근대라는 시대에 식민지 현실을 통과해야 했던 작가들과 그들의 문학을 통해 어떤 검열 장치로도 온전히 통치될 수 없는 것의 잔여와 대면하게 되는 것은 이러한 맥락에서다. "살고 싶다"는 절박한 언어로 새겨진 간절한 생의 의지는, 그 포획 불가능한 잔여를 증언하는 식민지 문학의 슬픈 자화상으로 기억되어야 할 것이다.

3. 문인간첩과 문예 재판 — 냉전기 독재정치와 비상시의 문학

1) 삭제된 이름들, 식민의 유산과 문학의 분단

식민지 시기에 등장한 '불령선인'과 '불온문서'라는 언표는 주체와 발화를 동시에 규율하는 통치 장치로 작용하며, 문학과 검열이 서로의 존재 조건이 된다는 사실을 드러냈다. 제국 권력은 불온성의 범주를 끊임없이 확장하며 조선을 불안정하고 위험한 공간으로 규정했고, 문학은 억압적 조건을 돌파하거나 전유하는 방식 속에서 생존의 가능성을 모색해야 했다. 그러나 이러한 관계는 식민지의 종식, 즉 해방과 함께 종결되지 않았다. 오히려 해방 이후 분단과 전쟁을 거치면서 검열은 식민의 유산을 껴안은 채 새로운 이념적 질서 속에서 재편되었고, 문학은 다시금 검열의 중심부에 위치하게 되었다. 식민지 검열 체제가 남긴 제도적 장치와 언어, 그리고 불온성의 논리는 해방 이후 한국 사회에서 계승되고 변형되며 작동했던 것이다. 따라서 검열과 문학의 관계를 이해하기 위해서는 식민지에서 냉전으로 이어지는 제도적 연속성과 변형의 계보를 살펴야 한다.

　　1948년 「국가보안법」, 1961년 「반공법」은 냉전 권위주의 체제에서 불온한 발화와 행위를 관리하는 대표적 법제가 되었다. 이 법들은 국가의 존립과 안전을 위협할 수 있는 모든 사상과 표현을 포괄적으로 제재하며, '국가의 적'을 식별하고 처벌할 수 있는 법적 근거를 제공했다. 특히 '전례 없는 위기 상황' '공공의 안녕과 질서' '사회 방위' '시민의 안전'과 같은 개념이 법적 담론 속에 스며들면서, 법은 사건을 사후적으로 규제하는 장치를 넘어 상황을 선험적으로 규정하는 힘을 내포하게 되었다. 이는 통치 불가능성의 위기를 '통치 가능성'의 언어로 전화하려는 시도였으며, 예외 상태의 제도화를 의미했다. 이러한 법적 장치 아래에서 국가 권력은 내부의 적을 공식적으로 관리·처벌할 수 있게 되었고, '위험한 적은 시민의 얼굴을 하고 있다'는 통치 담론을 통해 사회 전반을 관장하는 도저한 검열의 힘을 작동시켰다.

대한민국의 국민 누구나 언제든 잠재적 불온분자로 간주될 위험이 발생함에 따라 상호 감시 체제와 자기검열의 일상화는 더욱 공고화된다. 이러한 변화의 핵심적 문제는 불온성이 법제도적 차원을 넘어 사회적 관계와 주체의 내면에 각인된 통치 합리성으로 작동하게 된다는 데 있었다. 주체는 내부와 외부, 포섭과 배제의 이중 구조 속에 위치 지어졌다.

냉전 반공 체제의 형성은 문학의 제도적 환경에도 큰 영향을 미쳤다. 월북·월남 문화인의 이동, 국민보도연맹의 조직, 「국가보안법」의 제정 등 여러 요인이 복합적으로 작용하면서, 검열체제는 전환기를 맞이했다.[22] 해방 정국에서 문인들의 자기검열은 탈식민이라는 과업 속에서 새롭게 수행되었고, 냉전 국면으로의 전환이라는 또 다

---

22. 이봉범, 『전향, 순수, 전후, 참여——대한민국 문학의 형성과 매체』, 성균관대학교출판부, 2023, p. 77.

른 역사적 상황이 포개지면서 한층 복잡한 성격을 띠게 되었다. 1946년에 씌어진 채만식의 『민족의 죄인』과 이태준의 『해방 전후』는 자전적 성격의 소설로, 일제하 민족의 현실과 작가들의 문필 활동을 둘러싼 반성적 회고를 포함한다. 또한 여기에는 냉전적 이념 전선의 급격한 재편 속에서 과거와 현재를 재인식해야 했던 정황이 드러나 있다. 이 소설들은 다분히 자기변호적 성격을 가졌지만, 해방 직후 작가들이 처했던 곤혹스러운 상황과 복잡한 내면 상태에 다가가게 한다는 점에서 보편성을 띠기도 한다. 식민지하 행적에 대해 기록하고, 그에 들러붙어 있는 죄책감이나 부끄러움을 스스로 밝히는 일은 새로운 시대의 주체로 거듭나기 위해 필요한 통과의례적 과정으로서의 의미를 내포하기도 했다. 즉, 해방기 자기검열의 논리와 목적은 복잡한 역사적 국면 속에서 재구성되고 있었던 것이다.

한편, 1940년대 후반에 이르면 월북 문인에 대한 체계화된 제재 조치가 시행되면서 문학사의 분단을 낳게 된다. 이 시기 검열 정책은 전향하지 않은 좌파 문인만이 아니라 문화예술계 전체를 관리하는 수단으로 기능했다. 1949년 9월, 총 11종의 중등 교과서에서 좌익 작가들의 작품이 삭제되었고, 같은 해 11월 서울시 경찰국은 좌익 문화인의 저서 판매를 금지했다. 이러한 조치는 월북·재북 작가에 한정되지 않았으며, 전향을 거부한 문인들에게도 확대 적용되었다. 자진 전향을 거부한 이들에게 당국은 창작과 출판의 제약을 경고했고, 이로 인해 전향은 자율적 선택이 아니라 강제적 동원의 성격을 띠게 되었다.

또한 1951년 공보부는 월북 문인 75명의 명단을 공개하고 그들의 저작을 공식적으로 발매 금지시켰다. 김남천, 안함광, 오장환, 이기영, 이태준, 임화, 최명익, 한설야, 한효, 현덕, 홍명희 등 식민지 시기를 대표하는 작가들이 'A급' 대상자로 분류되었으며, 전후 월북 문인 24명은 'B급', 납치 및 행방불명 문인 13명은 'C급'으로 지정되어 검열의 주요 대상이 되었다. 이후 이들의 작품은 독서·출판·연구의 장에서 배제되었고, 문학사에서도 지워졌다. 그 결과 한국 현대문학사는 거대한 공백과 결락을 내포하게 되었으며, 편향된 서술과 왜곡된 인식이 오랫동안 전승되기에 이른다. 1988년 납·월북 문인 해금 조치가 시행되기 이전까지, 그들의 이름은 반체제성의 상징으로 낙인찍히거나 망각 속으로 밀려 들어갔다.

불원한 장래에 사어(死語) 사전이 편찬된다고 하면 빨갱이라는 말이 당연히 거기에 오를 것이요, 그 주석엔 가로되,

"1940년대의 남부조선에서, 볼셰비키, 멘셰비키는 물론, 아나키스트, 사회 민주당, 자유주의자, 일부의 크리스찬, 일부의 불교도, 일부의 공맹교인(孔孟敎人), 일부의 천도교인 그리고 주장 중등학교 이상의 학생들로서 사회적 환경으로나 나이로나 아직 확고한 정치적 이데올로기가 잡힌 것이 아니요, 단지 추잡한 것과 불의한 것을 싫어하고, 아름다운 것과 바르고 참된 것과 정의를 동경, 추구하는 청소년들, 그 밖에도 ×××과 ××××당의 정치 노선을 따르지 않는, 모든 양심적이요 애국적인 사람들 (그리고 차경석의 보천교니 전해룡의 백백교요 혹은 거기에 편입이 될 가능성이 있다) 이런 사람을 통틀어 빨갱이라고 불렀느니라."

하였을 것이었었다.[23]

1948년에 발표된 채만식의 소설 「도야지」는 이러한 냉전기의 검열

---

23.   채만식, 「도야지」(『문장』 통권 27호, 1948. 10), 『레디메이드 인생』, 동서문화사, 1984, p. 311.

과 언어 현실을 예리하게 포착하여 제시하고 있다. 그는 불원한 장래에 '빨갱이'라는 단어가 사어(死語)가 될 것이라고 예견하며, 그 기표가 포섭하는 범주를 길게 열거한다. 사회주의자, 자유주의자, 일부 종교인, 심지어 학생과 청년까지 모두 '빨갱이'라는 언표로 묶이는 현실은 이 용어가 제도적 차원을 넘어 일상적 수준으로까지 확산되어 폭력적으로 작용하고 있음을 보여준다. 즉, '빨갱이'라는 기표는 국가 권력의 담론일 뿐만 아니라, 일반 대중의 언어 행위 속에서 재생산되며 사회 전반에 포괄적으로 작용했다.

따라서 채만식의 소설은 풍자적 성격 이상의 의미를 내포한다. 이 소설은 '빨갱이'라는 기표가 사라지지 않고, 오히려 냉전 반공주의 하에서 더욱 강력한 통치 언어가 되는 불안한 미래를 암시하는 듯 보인다. '빨갱이'라는, 혁명적 가능성은 소거되고 기표만이 공허하게 남은 이 언어의 운명은 이후 반복될 비통한 폭력의 역사를 예고하고 있었던 것이다. 실제로 여순 사건과 제주 4·3 사건은 '빨갱이'가 '언제든 죽여도 되는 존재'로 전환되는 비극적 국면을 보여주었다. 이 사건은 언어가 폭력의 현실을 제도화하는 과정을 드러내는 사례이자 징후일 수 있음을 뼈아프게 상기시켰다.

새롭게 도래하는 비상시의 시대에, 문학과 검열은 또다시 서로의 존재 조건을 결정짓는 관계성 속에 놓였다. 문학이 현실로부터 비켜설 수 없던 것과 마찬가지로, 현실도 문학으로부터 벗어날 수 없었다. 분단 이후 안수길, 최인훈, 김수영, 이청준, 남정현, 김지하, 박순녀, 천상병, 박완서, 김원일, 현기영, 황석영에 이르기까지 많은 작가에 의해 통치성과 자유의 문제가 다루어졌다. 작가들은 때로 검열의 시선에 포획됨으로써 형언하기 어려운 고통과 대면해야 했다. 또한 어떤 작가들은 비켜선 자리에 자신의 장소를 마련해 곡예와 같은 방식으로 현실을 다룸으로써 존립의 가능성을 모색했다. 검열은 분명 문학에 있어 자유를 제약하는 부정적 힘이었지만, 때로 그것은 새로운 문학들을 열어가는 근원적 동력이 되었다. 검열로 인해 어떤 시대의 문학은 역설적으로 풍요로워질 수 있었다는 평가는 그것이 설령 사실이더라도 차마 적기 어려운 일일 것이다.

2) 문예 재판, 법 앞에 선 문학들

1960년대에 들어선 군사정권의 통치 체제하에서 검열제도는 새롭게 재편되었다. 이 시기에 열린 문예 재판은 박정희 정권하에서 문화예술을 통제하는 방식이 급격히 전환되는 국면을 상징적으로 보여준다. 1965년 남정현의 「분지」 사건은 한국 역사상 처음으로 「반공법」 위반 혐의로 작가가 구속되어 법정에서 처벌받게 된 사례였으며, 이후 동백림 사건(1967), 김지하의 「오적」 사건(1970), 문인간첩단 사건(1974) 등 일련의 시국 사건들은 문학과 예술이 정치적 불온성을 이유로 처벌 대상이 되는 과정을 인상적으로 드러냈다. 이 사건들은 문학과 권력의 대결 국면에서 주요 쟁점이 작품의 실제 내용에 국한되지 않았다는 사실, 즉 작가-예술가라는 존재와 그들의 주체성 자체가 문제시되는 상황을 직접적으로 보여주고 있어 주목된다.

그중에서도 「분지」 사건은 이러한 변화 국면이 어떠한 정치적·문학적 의미를 가졌는지에 관해 잘 보여준다. 1965년 봄 『현대문학』에 발표된 남정현의 「분지」가 검열 당국의 시선에 포착되었던 이유는 해당 작품이 북한 매체를 통해 소개되었기 때문이다. 작품이 발표된 직후에는 별다른 반응을 보이지 않았던 당국이 갑작스럽게 남정현을 소환해 수사에 착수했던 것은 북한 매체에 작품이 전재된 정황을 파악하기 위해서였다. 남정현은 이로 인해 같은 해 여름, 「반공법」 위반 혐의로 구속되었으며 무려 여덟 차례의 공판에 참여해 자신의 무고를 입증해야 했다. 당시 이 사건은 "우리 문단 초유의 불상사"(한국청년문학가협회)[24]로 이야기될 만큼 문단에서는 물론이고 사회 각계에도 큰 충격을 안겼다.

1960년대 중반 「분지」 사건은 출판물 규제의 차원을 넘어, 문학의 재현 방식, 작가의 이념적 성향, 그리고 국가 권력이 규정하는 불온성의 의미를 둘러싼 전면적 논쟁으로 확대되었다. 사건을 맡았던 김태현 검사는 공소장을 통해, 남정현의 작품이 북한의 '간접 침략 전략'에 부응하는 선전물로서의 성격을 가진다는 점을 주장하며, 작품에 나타난 계급의식·반정부 의식·반미 사상 고취의 특성을 주된 용공 혐의의 증거로 삼았다. 이 공소장에 따르면, 작가의 사상적 성향에서 분명한 문제점이 발견될 뿐만 아니라, 언뜻 민족주의적 발언으로 보이는 서술들 역시 '위장된 민족 주체성'의 증거로 해석되기에 충분했다.[25]

이러한 상황에서 남정현의 변호인단은 크게 두 가지 논거를 통해 반박의 논리를 펼쳐나갔다. 첫째, 작품이 다룬 가난, 실업, 미군 문제 등은 이미 사회적 담론의 일부로서 이를 소설화했다고 해서 불온시할 수 없다는 점, 둘째, 문제로 삼고 있는 장면들은 우화적·환상적 장치를 통해 구성된 허구일 뿐이라는 점이다. 이러한 항변은 타당한 것이었으나, 변호의 과정에서 때로 논리적 충돌이 발생하기도 했다. 사실적 반영을 강조한 논리와 우화적 허구성을 강조하는 논리가 특정 국면에서는 긴장 관계를 형성함에 따라, 변호 논리 전체의 일관성을 확보하기 어려운 상황에 봉착했던 것이다.

이 사건에서 또 한 가지 주목할 점은 이번 재판이 법정을 일종

---

24.   한승헌, 「남정현의 필화, '분지' 사건」, 『남정현문학전집3 — 연구자료 및 논문』, 국학자료원, 2002, p. 293.

25.   김태현, 「공소장 — 북괴의 적화전략에 동조 말라」, 같은 책, p. 303.

의 '문학비평의 장'으로 전환시켰다는 데 있다. 먼저, 검찰은 귀순자와 복역 중인 간첩을 증인으로 내세워 북한의 선전술과 작품의 유사성을 입증하려 했는데, 이로 인해 증인들은 (그들의 신분에서 비롯되는 문제성에도 불구하고) 아이러니하게도 '북한 전문가'로서의 권위를 획득하게 되었다. 즉 그들은 신뢰할 만한 증인으로서 법정에 서게 된 것이다. 더 정확하게는 법정에 서게 됨으로써 신뢰성을 획득했다고 할 수 있다. 예컨대, 대남 간첩으로 복역 중이던 최남섭은 수갑을 찬 채 법정에서 '작품 내용이 북괴의 선전과 동일하다'고 증언했으며, 함흥 공산대학 출신으로 군에 복무하던 이영명은 '철두철미한 공산 작가가 쓴다 해도 이 이상일 수 없다'고 주장했다.[26] 이러한 장면은 반역적 정체성이 오히려 공신력을 획득하며 제도 권력의 논리에 기여하는 아이러니를 드러냈다. 반면, 변호인 측은 역으로 '북한에서는 오히려 이러한 소설이 창작될 수 없다'는 논리를 내세우며, 이러한 표현 가능성 자체가 남한 사회의 민주적 질서를 증명하는 것임을 강조했다. 그러나 검찰은 '한국의 특수 사정상 작가가 삼가야 할 표현의 정도가 있다'는 모호한 기준을 내세워, 문학적 재현의 자유를 국가 정체성 관리의 논리로 환원시켰다. 이는 곧 문학적 재현과 발언의 임계를 새롭게 설정하는 과정이자, 표현의 자유가 국가 안보 논리에 종속되는 국면을 보여주는 것이었다.

이번 재판의 핵심 쟁점은 '작가의 고의'에 대한 법적 입증이 어떻게 가능할 것인가 하는 데 있었다. 여러 차례에 걸쳐 제기된 '작가의 내심까지 알 수 있는가?'라는 질문은 이 재판의 본질을 분명하게 드러냈다. 검찰은 피고인의 진술을 불신하며, 남정현의 사상적 성향을 밝히기 위해 「부주전상서」(『사상계』 1964년 6월호)를 비롯한 다

---

26.   「문학작품의 이해와 분석 싸고 논전(論戰)」, 『동아일보』 1967년 2월 11일 자.

른 여러 작품을 증거로 제시했다. 이는 소설을 법정 증거물로 전환시키켜, 문학과 법의 관계를 역설적으로 드러낸 사례로 기억될 만하다. 변호인단은 범죄 성립에 목적의식이나 고의 입증이 필수적임을 강조하며, 남정현의 진술과 증인 이어령의 의견을 근거로 삼아 무죄를 주장했다. 그러나 법원은 '의욕이나 목적이 없더라도 범의를 인정할 수 있다'고 판시하며, 의도 없음조차 유죄 판단의 근거로 삼는 모습을 보였다. 이는 주체의 내면을 자기 해명의 권리로부터 분리시키고, 해석 권한을 국가 권력에 귀속시키는 구조를 보여주는 것이었다. 즉 의도는 심리적 실재가 아니라, 권력이 부여하는 분류 효과로 재탄생한 것이다. 아울러 이번 사건에서 법률 그 자체가 해석의 대상이 되었다는 점역시 주목할 만하다. 변호인단은 「반공법」 제4조의 추상성과 불명확성을 지적하며, 죄형법정주의와 기본권 보장의 원리에 비추어 위헌성을 제기했다. 법은 곧 해석의 도구라는 전제를 전도하여, 법 자체를 해석과 논쟁의 대상으로 전환시키려는 시도였던 것이다.

오랜 공방 끝에 이번 사건의 1심 재판은 징역 7년 구형에 대한 선고유예로 마무리되었다. 일각에서는 「반공법」 사건임을 고려할 때 이러한 판결은 사실상 무죄에 가깝다고 평가하기도 했지만, 당대 작가들에게는 유죄 판결 자체가 표현의 자유에 대한 심대한 위협으로 인식되었다. 「분지」 사건의 본질은 작품의 이념적 위험성 자체가 아니라, 문학을 둘러싼 재현 가능성의 임계를 판별하는 주체가 누구인가 하는 질문에 놓여 있었다. 한편 이번 사건은 여러 부수 효과를 낳기도 했다. 대대적인 사건 보도 과정에서 수사 당국과 사법 당국이 수행하는 검열자로서의 역할이 가시화되기도 했으며, 작가 남정현의 이름이 전국적으로 널리 알려지기도 했다. 또한 이 사건으로 인해 남정현의 작품은 '저항적 문학'으로서의 상징적 의미를 획득하게 되었다.

"부정부패에 대해 작가적 책임과 사명감을 자각하는 문학자라면 이 시의 풍자와 고발은 당연한 것이다"(박두진─ 인용자).[27]

이후 1970년에 발생한 김지하의 「오적」 사건은 불온한 문학을 처벌하는 권력의 방식이 예외적이거나 한시적인 형태로 발현된 것이 아니었음을 다시금 증명했다. 「오적」은 정치·경제·군·관료·언론 등을 '도적'으로 형상화하며 부패 구조를 고발한 장시였는데, 이 작품이 발표되고 나서 작가는 검찰에 의해 「반공법」 위반 혐의로 기소되었다. 이 시는 『사상계』와 『민주전선』에 연이어 게재되면서 사회적 관심과 파장을 일으켰다. 그리고 김지하를 둘러싼 문예 재판 사건은 문학적 논쟁을 넘어 정치권의 정쟁, 야당 기관지 탄압, 영향력 있는 잡지의 폐간, 언론 자유의 억압 등의 광범위한 사회적 문제로까지 비화되었다. 이번 사건은 법정, 나아가 국회가 문학비평의 장으로 전환되는 풍경을 보여주었으며, 검열이 행정적 규제에 머물지 않을 뿐만 아니라 법제도나 정치적 투쟁과 결합되면서 사회문제화되는 국면을 드러내기도 했다.

1970년 7월 7일 열린 「오적」 사건 첫 공판에서는 부완혁(『사상계』 대표), 김용성(『민주전선』 편집인), 김영일(필명 김지하) 등의 피고인에 대한 사실 심리가 진행되었다. 이날 재판장에는 장준하, 함석헌 등을 비롯해 200여 명의 방청객이 몰렸다.[28] 남정현의 사례와 마찬가지로, 피고인들은 「반공법」 위반 혐의를 적용받았고, 작품이 북한의 대남공작사업에 이용될 위험성이 있다는 점이 유죄를 인정하는 근거로 제시되었다. 창작의 의도, 작품의 내용, 수록 매체와 유통 경

27.　「22일로 공판 연기, 「오적」 필화 사건」, 『매일경제』 1970년 9월 8일 자.
28.　「「오적」 사건 첫 공판 사실 심리」, 『경향신문』 1970년 7월 7일 자.

로 등의 전 과정이 범의(犯意)와 유죄 인정 여부를 확인하기 위한 검토 대상으로 확대되었던 것이다.

또한 재판 과정에서 「오적」의 계급의식 고취 여부와 사회 현실의 재현 방식이 민감한 쟁점으로 대두되기도 했다. 변호인 측은 시의 내용이 기밀에 해당하지 않고 사회 고발적 성격을 지니는 한 검찰 측의 논리가 처벌의 근거가 될 수는 없음을 주장하는 한편, 북한에서 작품이 알려질 가능성 자체를 작가의 의도나 책임 문제와 결부 짓는 시도는 문제적이라고 지적했다. 김승옥, 박두진, 선우휘 등 동시대 작가들 역시 김지하의 변론에 참여해 문학비평에 가까운 감정서를 제출하거나 증인으로서의 역할을 수행했다. 이들은 「오적」을 현실 풍자의 차원에서 해석해야 하며, 시의 표현을 형사처벌의 대상으로 삼아서는 안 된다는 입장을 견지했다. 김지하 자신도 '오적이 있으니까 「오적」을 썼을 뿐'이라고 항변했는데, 이는 자신의 무고를 입증하는 말이었지만 작품의 정치성과 현실성을 역설적으로 드러내는 것이기도 했다.

「오적」 사건이 정치적 성격을 분명하게 내포하고 있었다는 점은 이번 재판과 『사상계』의 폐간이 이어져 있었다는 사실을 통해서도 확인할 수 있다. 『사상계』는 종합지로서 1950년대 중반 이후부터 1960년대에 이르기까지 학계와 일반 사회에 널리 영향을 미치며 지식 생산의 중심처로서 기능해왔다. 『사상계』의 정치적 입장은 반공 이념에 입각한 자유민주주의를 기조로 삼았으나, 역사적 대결 국면에서는 정권과의 불화를 뚜렷하게 나타냈다. 1964년 한일협정 반대 투쟁이 전개되는 과정에서 해당 잡지는 박정희 정권과 크게 대립하며 비판적 담론 생산의 기지로서 활약하게 된다. 그런 점에서 『사상계』의 폐간 사태는 출판·언론의 제도적·경제적 통제가 어떻게 비판 담론의 봉쇄를 위한 기제가 될 수 있는지를 잘 보여준다. 요컨대, 「오적」 사건은 문학과 권력, 표현과 통제, 주체성과 이데올로기가 교차하는 복합적 장면을 제공함으로써, 1970년대 한국 사회에서 국가가 지식인 주체와 비판 담론을 어떤 방식으로 규율했는지를 드러낸 상징적 사례였다고 할 수 있다. 작품을 둘러싼 여러 주체·매체·담론의 복잡한 교차는 문학 검열의 논리가 점차 정교화되고 고도화되었음을 시사한다.

3) 문인간첩, 검역적 통치성과 연합의 정치

1970년대 유신체제하에서 문학과 검열의 관계는 또다시 새로운 국면에 접어들었다. 그 전환을 가장 극명하게 드러낸 사건이 바로 1974년의 '문인간첩단 사건'이다.

> "대다수의 동포들이 빈곤과 압제에 시달리며 민족의 존망 자체가 위태로운 이 어려운 시기를 맞이하여 문학인들은 더 이상 침묵할 수 없다."[29]

1960년대 후반 이후 잇달아 발생한 대규모 간첩단 사건은 '간첩'이라는 단어가 일상적 수준에서 공포를 각인한 언어로 뿌리내리게 하는 데 중요한 영향을 미쳤다. 동백림 사건(1967)에서부터 통혁당 사건(1968), 유럽간첩단 사건(1969), 재일교포 유학생 간첩단 사건(1971), 나아가 문인간첩단 사건(1974)에 이르기까지 일련의 간첩단 사건은 학생·지식인·예술가와 같은 사회 집단 전체가 공안 사건의 잠재적 연루자로 재현되는 구조를 만들었다. 이들 사건의 명칭은 단순히 첩

29.　「문인 61명 개헌서명 지지」, 『동아일보』 1974년 1월 7일 자.

보 조직을 가리키는 것이 아니라, 특정 집단의 정체성 자체를 불온한 것으로 규정하는 효과를 낳았다. 특히 문인간첩단 사건은 문학인 집단을 전면적으로 표적화했다는 점에서 기존 사건들과는 차별화된 의미를 지녔다.

이 사건의 배경에는 1971년 국가비상사태 선포와 1972년 유신체제 출범이 자리한다. 박정희 정권은 '북괴'라는 외부 위협과 더불어 '혹세무민하는 지식인·예술가'라는 내부의 적을 병치시키며, 지식인·예술가 집단의 발화를 국가 위기와 직결된 위험 요소로 규정했다. 이러한 통치 담론은 실제 사건으로 구체화되었다. 1974년 1월 7일 문인 61명이 「유신헌법」에 반대하는 성명을 발표하자, 정부는 '긴급조치 제1호'를 발동해 비판 여론을 원천 차단했다. 성명서 발표 직후 시위에 참여한 문인들은 중앙정보부로 연행되어 갔으며, 서명에 동참한 문인들에 대한 조사도 이루어졌다. 1월 14일~17일경에는 일부 문인들을 대상으로 보안사의 불법 연행 및 구금 조치가 행해졌고, 여기서 문인간첩단 사건의 서막이 열렸다.[30]

당시 연행된 인물은 임헌영(본명 임준열, 문학평론가·대학강사), 이호철(소설가), 김우종(문학평론가·대학교수), 장백일(본명 장병희, 문학평론가·대학강사), 정을병(소설가) 등이었다. 이들은 구금 과정에서 강압적 조사를 받고 자백과 자필 진술서 작성을 강요당했으며, 저의를 짐작하기 어려운 질문들에 지속적으로 노출되었다. 예컨대 '일본에 다녀온 적이 있는가'라는 질문은 심문당하는 이로 하여금 불길한 위험과 불안감을 갖게 만들었다.[31] 왜냐하면, 이전 간첩단

---

30. 국사편찬위원회 수집 구술자료, 『소설가 이호철의 삶과 문학』(국사편찬위원회 구술자료 번호 OH_09_027_이호철_11), p. 52(이호철 2차 구술, 2009년 6월 23일).

31. 임헌영, 「내가 겪은 사건——74년 문인간첩단사건의 실상」, 『역사비평』 1990년 겨울호, p. 288.

사건들이 예시한 바 있듯이 이 질문은 '일본=재일조선인=북한'이라는 단순화된 도식을 전제하고 있었기 때문이다. 여느 사건들에서처럼 해당 도식은 간첩 혐의를 구성하는 손쉬운 프레임으로 작동했고, 문인들 역시 이 논리망 속에서 간첩으로 의심받을 위험에 처했던 것이다. 실제로 이호철의 경우, 일본 방문 중에 가진 우연한 만남이 간첩 혐의를 입증하는 증거로 제시된 바 있다.

　　한편 검찰은 사건을 발표하며 압수품 목록을 공개했는데, 여기에는 불온서적, 외화, 카메라, 라디오, 녹음기 등이 포함되어 있었다. 이 물품들이 모두 '정보의 매개체'라는 공통적 성격을 지녔다는 사실에 유의해야 한다. 책과 잡지는 지식의 유통을, 카메라와 녹음기는 정보 기록을, 그리고 라디오는 전파 수용을 상징했다. 권력은 이 대상들을 불온성의 증거로 환원시켰는데, 이로 인해 미디어 전체가 '간접 침략'을 수행하는 위험한 도구이자 통로로 재구성되는 역설적 상황이 초래되었다.

　　문인간첩단 사건은 한국의 현대사에서 문학이 '국가 안보'라는 명목 아래 직접 규율된 대표적 사례로 볼 수 있다. 이는 단순한 검열을 넘어, 발화와 저작물, 나아가 미디어와 지식의 순환 전체를 통제 대상으로 삼는 문화적 검역 체제를 드러낸다. 국가는 문인의 언행을 제약하는 것에 그치지 않고, 수사와 재판 과정을 대대적으로 공개 보도하고 사건을 스펙터클화함으로써 사회 전역에 그들의 이름이 불명예스럽게 회자되도록 만들었다. 재판이 끝나기도 전에 해당 사건이 '간첩단 사건'으로 명명된 바 있으며, 당사자들의 신원이 전면 공개되었다는 사실은 권력의 의도와 효과를 잘 보여준다. 사법적 판결과 상관없이 '간첩'이라는 명명의 효과가 이미 발동됨으로써 문인들은 사회적 낙인을 감수해야 했다. 그런 점에서 이 사건은 개별 문학작품이나 작가에 대한 처벌이 그 목적이었다고 보기 어렵다.

이 사건의 법적 쟁점은 일본에서 발행하는 잡지 『한양』과의 관련성 여부에 있었는데, 만약 이 논리대로라면 수많은 지식인과 문인이 재판에 회부되어야 했다. 따라서 특정 문인들만 선별적으로 기소된 것은 법리적 판단이라기보다, 직전의 '문인 개헌 성명'을 주도한 집단을 겨냥한 보복적 의도가 반영된 결과였다고 할 수 있다. '문인간첩단'이라는 사건 명칭 자체가 집합적 주체인 '문인'의 이름을 권력이 점유한 방식을 드러내는 것이었는데, 이는 작가 및 지식인의 정치적 발화를 무력화시키려는 전략의 일환으로 이해될 수 있다.

무엇보다 이 사건이 남긴 가장 뚜렷한 흔적은 감정의 정치학이다. 위험한 세력과 내통하고 부끄러움 없이 매문(賣文) 행위를 일삼는 문인들의 이야기는 사건의 엄중함과 별개로 일종의 스캔들로서 사건을 소비하게 만드는 효과를 발생시켰고, 이것은 문인 집단을 둘러싼 부정적 인식의 형성에 기여했다. 동시에, 문인 집단에 속하는 구성원들에게는 공포의 학습을 통해 자기검열을 내면화하는 계기가 되었다. 동료 문인들은 구명운동을 벌이며 "누구나 혐의 대상이 될 수 있다"는 현실을 절감해야 했다.

피고인들이 재판 과정에서 불안과 공포뿐 아니라 치욕, 모욕, 참담함을 강렬하게 경험했다는 사실에도 유의해야 한다. 이 복합적 감정은 국가 권력의 시선 때문만이 아니라, 동료와 사회적 시선 앞에서 끊임없이 발화하고 무죄를 증명해야 하는 상황에서 증폭되었다. 더 나아가 모욕감은 창작 활동의 조건 자체를 뒤흔들었다. 임헌영이 일기를 불태운 사건에서 보듯, 엄혹한 감시 체제는 작가들이 자기의 글을 스스로 검열하고 파기하게 만들 수 있다.[32] 이는 개인적 기록이 외부의 검열자에 의해 오용되거나 오독될 소지를 우려한 결과 나

---

32.   임헌영, 같은 글, p. 287.

타난 현상이었지만, 그것이 남긴 상흔은 그리 간단치만은 않다. 자기 검열은 작가로 하여금 자신의 정체성과 신념을 지키지 못했다는 무력감과 수치심에 휩싸이게 했다. 또한 '간첩'이라는 낙인은 작품과 작가의 이름에 부정적 흔적을 덧씌워, 그들의 이름이 사회의 지면에서 더럽혀지고, 문학사와 예술사에서 배제되거나 지워지게 만들었다. 요컨대 문인간첩단 사건은 1970년대 한국 사회에서 권력이 어떻게 문학적 주체를 스캔들의 대상으로 만들고, 명명 권력을 통해 존엄의 파괴와 수치의 감정을 경험하게 했는지를 보여준 대표적 사례라고 할 수 있다. 물론 이 사건이 부정적 효과만을 낳지 않았다는 사실에도 주목해야 한다. 이 사건은 문인들로 하여금 집단적 연대와 결속을 통해 저항의 전선을 새롭게 정비하도록 이끌었다는 점에서 특별한 의미를 지닌다. 문인들은 수많은 고유명으로 구성된 집단의 이름을 내걸고 자유의 억압에 대항하는 전략적 방법들을 더욱 전면적이고 본격적인 방식으로 모색하기 시작했다.

사실 문인간첩단 사건의 성격을 더 깊이 이해하기 위해서는 앞선 문예 재판들과의 연속성과 차이를 살펴야 한다. 남정현의 「분지」 사건(1965)이나 김지하의 「오적」 사건(1970)은 특정 문학작품의 정치적 위험성을 문제 삼아 작가와 출판 관계자를 법정에 회부한 사례였다. 이 사건들에서 쟁점은 주로 작품의 이념적 함의—가난과 불평등, 부패와 착취의 재현이 '용공' 내지 '반정부적'이라는 의혹—였으며, 따라서 논쟁은 문학의 재현 범위와 장르적 특성, 그리고 표현의 자유를 어디까지 인정할 것인가에 집중되었다. 다시 말해, 문학 텍스트 자체가 법적 판결의 대상이었던 것이다.

반면, 1974년 문인간첩단 사건은 개별 작가나 특정 작품을 둘러싼 논쟁을 넘어서는 측면을 가졌다. 문학인이라는 집단적 정체성 자체가 간첩 혐의와 직접적으로 연결됨에 따라 문제의 초점이 '문학이 무엇을 말했는가'가 아니라 '문학인이 누구인가'로 이동한 것이다. 이는 문학 텍스트의 불온성이 곧바로 작가의 존재를 위법성의 근거로 환원시키는 주체 규율의 체제로 전환되었음을 의미한다. 또한 사건 입증의 근거로 제시된 것은 소설이나 시가 아니라 책·잡지·라디오·카메라 같은 미디어 전반이었다. 따라서 문학 검열은 개별 텍스트의 의미 해석 문제에 국한되지 않고, 지식과 매체의 유통 전반을 통제하는 방향으로 확장되었다.

이러한 맥락에서 문인간첩단 사건은 「분지」나 「오적」 사건이 보여준 '문학과 정치의 충돌'이라는 구도를 넘어, 문학인 집단과 매체 환경 전체를 통제의 대상으로 포섭하는 권력의 새로운 국면을 표상한다. 기존의 검열이 특정 구절을 삭제하거나 출판을 금지하는 방식으로 작동했다면, 문예 재판은 작품을 창작한 작가의 일신을 구속하는 형태로 처벌의 방식이 확장되고 강화되었음을 보여준다. 나아가 문인의 이름을 내걸고 시작된 문인간첩단 사건은 문학인과 매체 환경 전체를 잠재적 위험 요소로 규정하면서 포괄적 관리 방법으로서의 검역 체제를 구축하는 통치 방식의 전환을 목도하게 했다. 이는 검열censorship에서 검역quarantine으로의 전환, 즉 텍스트 단위의 국지적 통제에서 주체·매체·수용 환경을 아우르는 전방위적 관리 체제로의 이행을 보여준다. 따라서 이 문학 관련 사건들은 단순한 검열의 실례가 아니라, 권위주의 시대의 문화 권력이 '검역적 통치성'을 실험한 사례로 이해할 필요가 있다.[33]

이러한 통치 방식은 크게 세 가지 특징을 보인다. 첫째, 불온성의 기준이 작품 자체에 고정되지 않고 주체의 정체성, 인적·물적 네

---

33. '문인간첩단 사건'에 관해서는 임유경, 「낙인과 서명 — 1970년대 문화 검역과 문인간첩」, 『상허학보』 제53집, 상허학회, 2018 참조.

트워크, 매체 환경으로 확장되었다. 둘째, 처벌은 금서 조치에 그치지 않고, 공표와 보도에 의거한 사건의 스펙터클화를 통해 특정한 사회적 낙인과 부정적 확산 효과를 추가로 발생시켰다. 셋째, 불온성의 혐의는 언제든 예방적 조치로 발동될 수 있었고, 그 결과 문인 집단 전체가 잠재적 피의자로 간주되었다. 따라서 문인간첩단 사건은 '검열의 시대'에서 '검역의 시대'로의 전환을 인상적으로 표상한다. 문학은 더 이상 개별 작품의 의미를 둘러싼 논쟁에만 갇히지 않고, 통치성의 실험장이자 사회적 위험 관리의 모델로 편입되었다. 이러한 맥락에서 '검역'이라는 개념은 권위주의 체제하의 문화 통제를 이해하는 데 핵심적 도구가 되어, 문학과 정치의 관계를 새로운 차원에서 조망하게 하는 전환점을 마련한다.

4. 문학의 미래

1970년대의 '문인'이라는 호칭은 단순한 직업적 직함을 넘어, 언어를 다루는 예술가이자 지식인을 상징하는 사회적 정체성으로 작동했다. 따라서 '문인'이라는 이름으로 성명을 발표하거나 시위에 참여하는 행위는 개인의 정치적 의사 표현을 넘어, 집단 전체의 존재를 사회적으로 가시화하는 수행적 효과를 낳았다. 개별 작가가 동의하지 않았더라도 '문인'이라는 이름은 구성원 전체를 포괄하기에, 이 명칭을 둘러싼 긴장과 부담은 언제나 내재해 있다.

　　문인간첩단 사건이 발생했을 때, 동료 작가들은 구명운동의 일환으로 대규모 서명운동을 전개했다. 297인의 이름이 기록된 진정서는 수백 명의 문인을 대신하는 기호이자 하나의 집합적 연대로 작동했다. 서명은 대리적 성격을 가지지만 동시에 대체 불가능한 원본

성을 지니기에, 강력한 현전성을 발생시켰다. 이러한 연대적 결속의 시도는 국내에 한정되어 발생하지 않았다. 일본 문인 42명의 탄원 참여는 국제적 지지와 비판 여론을 확산시켰고, 이는 동백림 사건 당시 해외 예술가들이 보여준 연대 방식과 마찬가지로 국가 권력에 대항하는 세력화를 촉발했다.

그러나 권력의 관점에서 성명(聲明) 발표에 동참하는 일은 정치적 입장을 표명하는 행위로 해석될 수 있었고, 이는 곧 감시의 대상이 되는 원인이 되기도 했다. 실제로 성명서 발표를 불온한 언동으로 규정하며, 집단행동을 체제 전복적 행위이자 권위에 대한 모독 행위로 간주한 사례는 수다했다. 그중에서도 대표적으로 '문인간첩단 사건'은 문인 전체를 불온한 집단으로 표상한 사례라는 점에서 주목된다. 간첩 혐의가 재판 과정에서 입증되지 않았음에도 불구하고, '간첩'으로 이미 명명된 이들의 고유명은 오명에 의해 더럽혀졌다. 이러한 사실은 명명 권력이 국가에 의해 독점되어 있었음을 극명하게 보여준다.

2009년 '진실·화해를위한과거사정리위원회'는 이 사건을 중대한 인권침해로 재규정하며 국가의 공식적 책임을 확인했고, 피해자와 가족의 명예 회복을 위한 조치를 권고했다.[34] 그러나 여기서 말하는 '명예'는 단순히 사회적 평판을 회복하는 차원을 넘어선다. 그것은 주체가 자기의 존재를 다시 증명하고, 훼손된 존엄을 회복하는 실존적 복권의 과정을 수반한다. 사건에 연루된 문인들은 재판 기록, 옥중기, 증언, 회고록, 인터뷰 등의 다양한 발화 방식을 통해 지속적으로 자기 구명을 수행했다. 이는 모욕과 허위 진술, 자기검열의 경험을

---

34. 「문인 간첩단 사건」, 『2009년 상반기 조사보고서』 5, 진실·화해를위한과거사정리위원회, 2009, p. 401.

정면으로 마주하면서 다시금 발언의 권리를 되찾으려는 시도로 이해될 수 있다. 그런 점에서 이 사건은 여전히 진행 중이며, 아직 끝나지 않았다.

　　문인이라는 이름의 상징성, 집단 연대의 수행성, 명명 권력과 검열의 효과, 그리고 명예 회복의 정치성은 여전히 중요한 문제로 남아 있다. 이는 1970년대의 역사적 사건에 국한되지 않는다. 2025년 탄핵 정국에서 발표된 작가들의 성명서는 문학이 지금도 자기의 고유한 이름을 걸고 싸우고 있는 현실과 마주하게 한다. 시대가 바뀌어도 계속되는 이러한 작가들의 연대는, 오늘날에도 검열과 분투하며 생존하는 문학의 형상을 또렷하게 부조한다. 그리하여 아마도 다가올 이후의 시대에도 작가들은 이렇게 말할 것이다. "더 이상 이 소설을 포기하지 않아도 된다."[35] 문학은 다시, 검열과 함께 태어날 것이다.

35.　　한강, 「출간 후에」, 『빛과 실』, 문학과지성사, 2025, p. 41.

중지한다, 금지한다, 너의 죽음을

—5·18 소설을 중심으로 본 애도의 문학사

권희철

1. 매장되지 않은 죽음

한강의 장편소설 『작별하지 않는다』에는 '매장(埋葬)되지 않은 죽음(또는 잘못 매장된 죽음)'이라는 문제가 반복해서 나온다. 첫 장면에서부터 그런데, 꿈에서 경하는 무덤이 많은 낯선 장소를 걷다가 시퍼런 바다가 밀려들어와 무덤을 허물고 뼈들을 다 쓸어가 버릴 기세인 것을 보고 항의하듯 묻는다. "왜 이런 데다 무덤을 쓴 거야?"[1] 무슨 연유로 이 죽음은 잘못된 자리에 묻힌 것일까? 그 바람에 위태로워진 죽음을 이제 어떻게 해야 할까? 『작별하지 않는다』는 이 물음을 추적하며 이야기를 이어나간다.

경하는 처음에 그 무덤 꿈이 1980년 광주에서의 훼손된 삶과 죽음을 상연하는 것이라고 생각했다. 광주에서 벌어진 학살을 소설로 써서 2014년 5월에 책을 낸 경하는(『소년이 온다』의 실제 출간 시

---

1. 한강, 『작별하지 않는다』, 문학동네, 2021, p. 10. 이하 고딕 강조는 인용자, 이탤릭체는 원문 표기임. 본문에서 작품을 인용할 경우 쪽수만 표기한다. 『작별하지 않는다』 외에 이 글에서 인용하는 작품은 다음과 같다. 임철우, 『봄날』 전 5권(문학과지성사, 1997~1998. 이하 본문 인용 시 권 차는 로마 숫자로 기재하고, 쪽수는 ':'로 구분함), 『백년여관』〔한겨레출판, 2004; 본문 인용은 재출간본(문학동네, 2017) 참조〕, 김경욱, 『야구란 무엇인가』(문학동네, 2013), 이해경, 『사슴 사냥꾼의 당겨지지 않은 방아쇠』(문학동네, 2013), 김희선, 『무한의 책』(현대문학, 2017), 박솔뫼, 「그럼 무얼 부르지」〔『작가세계』 2011년 가을호; 본문 인용은 『그럼 무얼 부르지』(자음과모음, 2014) 참조〕, 한강, 『소년이 온다』(창비, 2014).

기와 일치한다. 여러 이유로 소설 속 인물 경하에게서 작가 한강을 보지 않기란 어렵다.『작별하지 않는다』에 "소년이 온다"라는 제목이나 '광주'라는 지명이 직접 노출되어 있지 않지만 논의의 편의를 위해 '그 책'을『소년이 온다』로 이해하고 '그 도시'를 광주로 옮겨 쓴다) 그 참혹한 사건들을 상세히 조사하고 소설화하는 내내 악몽에 시달려왔으므로, 무덤 꿈을 5·18의 악몽의 연장으로 받아들이는 것은 당연한 일이다. 경하는 오랜 친구 인선에게 반복되는 무덤 꿈을 이야기하고 그 꿈에 응답하는 프로젝트를 함께 구상한다. 묘비처럼도 보이고 사람처럼도 보였던 꿈속의 검은 나무들을 구현하기 위해, 바닷물이 들지 않는 적당한 자리를 골라 통나무를 심고 먹을 입혀 눈이 내리기를 기다려 촬영하기로 한 것이다. 경하가 생각하기로 그것은 망자(亡者)들에게 "깊은 밤으로 지은 옷을 입히"는 것이고 **"영원히 잠이 부스러지지 않도록"** 해주는 것이며 "바다 대신 흰 천 같은 눈이 〔……〕 그들을 **덮어주길 기다"**리는 일이다. 잘못된 자리에 잘못 묻혀 위태로워진 망자들을 적당한 자리로 옮겨주고 밤의 검은 옷과 눈의 흰옷으로 "정성스럽게"(p. 24) 두 번 감싸 **다시 묻어주기. 제대로 된 영면(永眠)을 선물하기.**[2]

---

2.   '매장되지 않은 죽음'이라는 문제가 예컨대 다음의 장면들에서 반복해서 환기된다는 사실도 언급해두고 싶다. 인선의 어머니 강정심은 국민학교 졸업반 시절인 4·3 때 군인들의 총에 맞아 죽은 뒤 함부로 버려져 있는 시신들을 바로 눕히고 그 위에 내린 눈〔雪〕을 닦아가며 죽은 얼굴들을 하나씩 확인해야 했다. 가족들의 시신을 찾아 장사(葬事) 지내야 했으므로. 보도연맹 사건에 휩쓸려 경산의 코발트 광산에 암매장됐다가 4·19가 지나고서야 발견된 유해들, 아직도 다 수습하지 못한 그 많은 유해 속에 오빠 강정훈이 있기를 바라는 마음(그래야 오빠의 유해를 수습해 제대로 매장할 수 있을 테니까. 동시에 거기에 없기를 바라는 마음(그래야 코발트 광산에서 3,500명이 총살되고 암매장될 때 기적적으로 살아남았으나 이후의 행방이 알려지지 않은 단 한 명의 생존자가 오빠일 수도 있으니까) 사이에서 분열된 채로 강정심은 오랜 세월 오빠의 행방을 추적해왔다. 인선의 아버지는 4·3 때 죄 없이 잡혀가 15년간 복역한 뒤 바닷가의 낯선 집을 찾아가 물어야 했다. *"바닷갓에 떠밀려온 아기가 있었느냐곡. 그날 아니라 담날이라도, 담달에라도"*(p. 231). 1948년에서 49년으로 넘어가는 겨울, 그 바닷가 모래밭에서 군인들이 어린이와 아기를 안은 여자까지 모조리 총살한 뒤 시신들을 바다에 던져 넣은 일이 있었다는 사실을 알게 됐으므로. 이제 와서 어찌해볼 수 없다는 것을 알지만

그것은 경하가 혼신의 힘으로 해냈던 일을 다시 한번 해내는 일이기도 하다. 1980년 광주의 압도적인 고통과 슬픔을 2014년 이후의 현재로 다시 불러내는 소설을 쓴다는 것은, 어떤 의미에서는 **언어적 건축물**을 만들어 그것을 훼손된 삶과 죽음을 위한 **새 무덤**으로 또는 **사원**으로 바치는 것이기 때문이다. 그러니까 경하는 과거에 문장 속에 묻었던 것을 이번에는 인선과 함께 영상 속에 다시 묻으려 하는 것이다. 그러므로 무덤 꿈에 대한 경하의 첫번째 응답, 인선과 함께하는 그 검은 나무 프로젝트를 **(재)매장 프로젝트**라고 부를 수도 있겠다.

(재)매장 프로젝트는 경하가 4년 전에 쓴 소설을 잇는 것이기도 하지만, 혹은 그런 식으로 『작별하지 않는다』가 『소년이 온다』를 잇는 것이기도 하지만, 보다 큰 맥락에서 보면 '**애도의 문학사**'를 잇는 것이기도 하다. 국가폭력에 의한 감당할 수 없는 고통과 슬픔을 현재화하는 언어적 건축물을 세워 매장되지 않은 죽음 혹은 부적절하게 매장된 죽음을 삶과 죽음의 위엄과 슬픔에 합당하게 다시 매장하는 새 무덤 혹은 사원으로 삼는 일은 '애도의 문학사' 전체에서 반복해서 시도된 일이기 때문이다.

이 대목에서 '**안티고네의 주장**'을 떠올려볼 수도 있겠다. 매장되지 않은 죽음에 대해 항의하고 목숨을 걸고서라도 그 죽음에 합당한 슬픔을 표현하기 위해 분투하기로는 안티고네에 선행하는 인물을 찾기 어렵기 때문이다. 매장을 금지하는 것은, 죽음과 상실에 대한 슬픔의 표현을 금지하는 것이고, 그렇다는 것은 망자의 삶이 존중받거나 보호될 만한 삶이 아니었다고 선언하면서 이미 죽은 망자의 삶을 한 번 더 훼손하고 그 죽음을 한 번 더 죽이는 것이다. 안티고네가 테베의 왕 크레온의 명령("아무도 그를 위해/장례를 치르거나 애도하지 말

매장되지 못한 죽음의 흔적만이라도 가능한 한 끝까지 쫓아가야 했으므로.

고, 그의 시신을/묻히지 않은 채 버려두어 새 떼와 개 떼의/밥이 되고 흉측한 몰골이 되게 하라"[3])을 어기고 오빠의 시신을 매장한 것은 단지 관습적인 장례 절차를 관철시킨 것만은 아니다. 그것은 폴리네이케스의 죽음이 슬퍼할 가치가 없다는 국가의 판정에 대한 이의 제기이고, 그런 것을 국가가 함부로 판정한다는 것에 대한 항의이며, 그의 삶이 결단코 존중받고 보호되어 마땅한 삶이었다는 선언이다. 안티고네가 한 일은 표면적으로 크레온의 명령에 저항한 것이지만, 그것은 그 심부에서 '존중받고 보호받을 만한 삶과 그렇지 못한 삶' '슬퍼할 만한 죽음과 그렇지 못한 죽음'을 분할하는(그렇게 해서 억압해도 되는 자와 억압할 수 있는 자의 구도를 재확인하는) 국가의 권위를 뒤흔드는 것이고("한낱 인간에 불과한 그대의 포고령이/신들의 변함없는 불문율들을 무시할 수/있을 만큼 강력하다고는 생각지 않았어요" "만일 이번 일에 그녀가 이기고 그 대가를 치르지/않는다면, 내가 아니라 그녀가 남자일 것이오"[4]), 우리가 그러한 분할 너머로 삶과 죽음을 받아들일 수 있게 해주는 아직 알려지지 않은 방법을 모색해야 한다고 은밀히 요구하는 것이다.

애도의 문학사에 합류하는 작가들은 그런 의미에서 저마다 조금씩은 안티고네다. 우리의 일차적인 관심은 우리 시대의 안티고네들이 어떤 방식으로 '매장되지 않은 죽음'이라는 문제에 응답해왔는가를 살펴보는 데 있다. 그러므로 이 글은 '매장되지 않은 죽음'이라는 모티프를 개별 작품의 독해에서 중요한 실마리로 다루게 될 것이지만 이 글의 목표가 무덤이라는 '기호'나 매장이라는 '행위' 혹은 '사건'에 대한 서술로 한정되는 것은 아니다. 우리는 이 글의 끝에 가서 무

3.　　소포클레스, 「안티고네」, 『소포클레스 비극 전집』, 천병희 옮김, 숲, 2008, p. 103.

4.　　같은 책, pp. 113~14.

덤 꿈에 대한 경하와 인선의 응답이 소설의 중반부를 넘어서면서 급격히 변화하고 그 변화가 '매장되지 않은 죽음'이라는 문제 자체를 바꿔놓고 있다는 사실을 확인하는 방식으로 『작별하지 않는다』를 다시 독해할 것이다. 그러면서 우리 시대의 안티고네들이 '안티고네의 주장'과는 다른 주장을 시작하고 있는 것은 아닌지에 대해서도 생각해볼 것이다. 그것은 우리 문학이 애도, 상실, 그리고 삶과 죽음을 어떻게 이해해왔는지에 대한 하나의 고찰이기도 할 것이다.

애초에 이 글은 '애도의 문학사—전쟁과 국가폭력, 참사 트라우마 이후 문학의 전개 양상'을 살펴보는 것으로 기획되었지만, 주제와 소재의 방대함을 감당하기 어려워 '매장되지 않은 죽음을 묻기'의 관점에서 5·18 문학의 일부를 다시 읽는 것으로 서술 목표를 제한했다. 5·18 문학을 다시 읽기로 한다면, "시인 황지우와 더불어 광주 문제를 가장 먼저, 그리고 가장 본격적이고 집요하게 형상화했던 문인"[5]인 임철우 작가의 "광주항쟁을 정면으로 다루고자 하는 최초의 소설적 시도라는 사실 자체만으로도 기념비적"[6]이라고 평가되는 『봄날』에서부터 논의를 시작하는 것이 편리할 것이다.

2. 애도의 애도, 기억의 기억, 부활의 부활

『봄날』에는 다음과 같은 것들이 얼른 눈에 띈다. 에필로그를 포함한 87개의 절 모두가 '5월 18일 16:00, 충장로 3가' '5월 19일 14:00, 금남로 2가' '5월 21일 16:00, 도청 앞 광장' 하는 식으로 구체적인 시간과

---

5.   서영채, 「1980년대적 주체의 탄생—임철우의 『백년여관』을 중심으로」, 『죄의식과 부끄러움—현대소설 백년, 한국인의 마음을 본다』, 나무나무출판사, 2017, p. 322.

6.   서영채, 「『봄날』에 이르는 길」, 『문학의 윤리』, 문학동네, 2005, p. 343.

장소를 특정하면서 구획되고 그 안에 세부 사항이 빼곡히 채워져 있다. 소설 속에 표현된 믿기지 않는 잔혹한 사례들이 허구적인 것으로 이해되기를 거부한다는 듯 각주의 형태로 그것이 실제 사건임을 표시하고 자료의 출처를 밝힌다거나(IV: p. 94; V: pp. 112, 201, 206, 207, 212 등) '많은 사람들이 죽거나 다쳤다'고 추상화해 쓰는 대신 실제 사망자와 부상자의 명단을 실명으로 제시하거나(IV: pp. 224~25; V: p. 412), 광주 지역 대학생 혹은 활동가 들이 만들어 배포한 유인물(Ⅰ: pp. 110~11, 204~205; Ⅱ: pp. 315~16; Ⅲ: pp. 15~16; V: pp. 54~55 등) 또는 『광주오월민중항쟁사료전집』(한국 현대사사료연구소 엮음, 풀빛, 1990)의 증언록 일부(2권 30절, pp. 187~89)를 소설 본문 안에 삽입하거나, 실제 자료의 직접 인용이 아니라 하더라도 당시 상황을 정보의 형태로 요약하는 계엄군의 내부 브리핑 자료(Ⅱ: pp. 28~30), 공무원들이 작성한 도청 상황일지(Ⅲ: p. 215), 기자의 메모(Ⅲ: pp. 27~32) 등을 노출하고 있다. 마치 소설이기보다 잘 정리된 자료로 보이길 원한다는 듯이. 특히, 5월 27일 새벽 최후의 도청 진압 직전 원구와 무석 사이에 있었던 전화 통화 장면을 두고 소설의 전개에는 꼭 필요했지만 실제로는 불가능한 일이었음을 주석을 통해 밝혀놓음으로써(V: p. 379, 소설에서는 전화 통화가 새벽 3시 30분경 이뤄진 것으로 서술돼 있지만 광주의 시내전화망은 자정경에 이미 차단되었다), 사실로부터의 이와 같은 사소한 이탈도 표기하지 않을 수 없을 만큼 『봄날』은 모든 장면이 객관적 사실에 부합한다고 은근히 주장하고 있는 것처럼 보인다.

간단히 말해서 『봄날』은 1980년 광주의 비극을 효과적으로 표현할 수 있는 결정적인 인물과 사건 그리고 유기적으로 조직된 서사를 '허구'로 만들어내는 대신에, "실제 벌어진 당시의 모든 상황과 정황을 최대한 사실적으로 담아내"고 "단지 소설로서만이 아니라

〔……〕 사실에 충실한 하나의 기록물로서도 남"[7]기려는 작가의 의도에 충실한 결과물인 것이다. 다음과 같은 평가도 이러한 사정에 따른 것이다. "『봄날』은 '오월문학사'의 거대한 분수령이다. 〔……〕 '오월'에 대한 문학적 사실 복원 작업의 정점에 이 작품이 있다".[8] "『봄날』의 작가는 임철우가 아니"고 "『봄날』의 모든 디테일 속에 생생하게 살아 있는, 『광주민중항쟁사료전집』을 위시한 증언록 속의 인물들이야말로 『봄날』의 진정한 작가다. 임철우는 그들에 의해 선택된 무당에 지나지 않았다".[9]

　『봄날』이 '객관적 사실에 대한 기록물'을 자임하고 실제로 그런 방식으로 구현된 것은 광주항쟁의 진실이 그 시작부터 당국에 의해 조작되고 은폐됐다는 사실에 대응한다. 흑색선전이라 해야 할 당시 정부의 공식적인 담론, 그리고 철저한 통제 속에서 이를 반복 재생산하는 언론 보도에 따르면, 광주항쟁 참여자들은 '폭도'였고 '광주사태'는 사회 혼란을 틈타 깡패, 무직자, 노동자, 거지 등 룸펜 프롤레타리아 계층이 평소 지니고 있던 막연한 불만과 원한을 폭력과 방화 등으로 표출한 것에 지나지 않는다. 부당한 폭력은 폭도들이 행사한 것이지 계엄군이 행사한 것이 아니다. 오히려 사회질서를 회복하기 위해 이 폭도들을 진압해야 했고 그 과정에서 무력 사용은 불가피한 것이었다. 혹은 '광주사태'는 고정간첩이나 김대중 추종집단의 조작과 선동에 따라 일어난 것이고 순진한 사람들이 유언비어에 휩쓸려 시위에 가담한 것일 뿐이지 광주 시민들이 정부나 계엄군에 반감을 갖고 저항해야 할 아무런 이유가 없었다. (정부의 논평이 계속해서 바

7.　임철우, 「책을 내면서」, 『봄날』 1, 문학과지성사, 1997, pp. 13~14.

8.　김형중, 「『봄날』 이후」, 『5월문학총서 4 — 평론』, 5월문학총서간행위원회 엮음, 5·18기념재단, 2013, p. 265.

9.　서영채, 「『봄날』에 이르는 길」, p. 369.

뀌기는 했지만 적어도 5월 20일 계엄사령부의 최초의 발표에서) 광주에서 죽거나 크게 다친 사람은 아무도 없었고 연행된 사람들도 모두 귀가 했다. 다치거나 구속된 사람이 일부 있다 하더라도 당국은 그들을 잘 치료하거나 보호하고 있었다. 나중에 사망자가 많이 발생하기는 했지만 그 원인은 무법천지가 된 광주에서 교통사고 및 시민군들 사이의 오발 사고가 빈번히 일어나고 강경파와 온건파 사이의 충돌로 인해 살인이 자행된 탓이며 그 외 폭동 저지 과정에서의 사망자 수는 17명뿐이다.[10] 이와 같은 정부의 공식 담론과 다르게 말하는 것은 모두 유언비어이고 유언비어를 유포하는 자들은 처벌받아 마땅하다.[11]

  3,000명에 육박하는 고도로 훈련된 정예부대가 자국민을 대상으로, 그렇게 해야 할 아무런 합리적 이유가 없는데도, 그토록 잔학한 폭력을 거리낌 없이 행사하고 그렇게 많은 사람을 죽이고 다치게 하고 끌고 갔다는 사실은, 게다가 그런 상황 속에서 의식화·조직화되지 않은 많은 시민이 자발적으로 참여해 마치 죽음을 두려워하지 않는다는 듯 공수부대와 싸우고 잠시나마 물리치고 공권력이 사라진 그 공간에서 기존의 계급이나 소유관계와는 다른 질서를 만들어내고 얼마 뒤 계엄군이 탱크와 헬기 등을 동원해 재진입했을 때 패배와 죽음이 확실해진 상황에서도 끝까지 저항한 사람들이 있었다는 사실은, 상식적인 차원에서는 믿을 수도 없고 이해할 수도 없는 전대

---

10. 『5·18진상규명조사위 보고서』(2024)에 따르면, 열흘의 항쟁 기간 동안 민간인 사망자 수는 166명이었고 이 가운데 153명이 계엄군에 의한 총상·자상(대검)·둔격(곤봉)에 의한 손상으로 사망했다. 이 숫자에는 2,617명의 상해 피해자 중 항쟁 이후 기대수명보다 현저히 이르게 사망한 경우나, 행방불명·암매장된 경우 등이 포함되지 않았다. 이 보고서는 5·18기념재단 홈페이지에서 확인할 수 있다(https://518.org/base/contents/view?contentsNo=359&menuLevel=2&menuNo=119).

11. 시기별로 미묘하게 변화해온 1980년대 5·18 담론의 실상은 최정운, 「폭력과 언어의 정치—5·18담론의 정치사회학」, 『오월의 사회과학』, 오월의봄, 2012(초판은 풀빛, 1999)에 잘 정리돼 있다.

미문의 것이라 할 만하다. 철저한 언론 통제를 뚫고 전달된 광주항쟁의 소문을 사람들이 믿을 수 없어 했던 것은 어쩌면 당연한 일인지도 모른다.

하지만 1985년에는 광주항쟁에 관한 최초의 기록물인 『죽음을 넘어 시대의 어둠을 넘어』가 출간됐고[12] 1987년 6월 항쟁을 거치며 여소야대의 국회가 구성되자 1988년에는 5·18 청문회가 열렸으며(그러나 철저한 진상규명은 이뤄지지 않았고 책임자 처벌은 어림도 없었다) 1990년에는 『광주오월민중항쟁사료전집』이 나왔다. 1992년 대통령으로 당선된 김영삼은 문민정부가 '5·18을 계승한다'고 밝혔고(그러나 진상조사와 가해자 처벌은 훗날의 역사에 맡기자고도 했다) 1995년에는 「5·18 민주화운동에 관한 특별법」이 제정됐으며 이 법에 따라 1996년에는 전두환과 노태우에 대한 재판이 시작됐다. 1997년 대법원은 5·18이 '내란 및 내란 목적을 위한 살인 행위'였다고 판결, 두 사람에게 각각 무기징역, 징역 17년을 선고했으며(그러나 같은 해 두 사람은 특별사면 됐다), 이제 5월 18일은 국가기념일로 지정됐다.[13] 『봄날』은 이와 같은 흐름 속에서 씌어진 것이다.

당시 1980년대, 90년대엔 그것이 여전히 **유언비어로, 또 폭동으로** (……) 아니, 지금 이 순간까지도 그렇게 믿거나, 그걸 정치적으로 이

12.　　그러나 출간 즉시 판매금지 된 것은 물론이고 대표 작가로 이름을 올린 황석영과 출판사 대표 나병식이 체포되기까지 했다. 당국은 여론을 자극하지 않기 위해 유명 작가인 황석영을 국내에 머물지 않는다는 조건으로 석방했지만 나병식은 구속 상태로 재판을 받아야 했다. 이 책은 비밀리에 유통될 수밖에 없었고 1987년이 되어서야 시중 판매가 가능했다. 이 기록물을 출간하기 위한 준비 작업과 이후의 상황 등에 대해서는, 이 책의 실질적 집필자인 이재의가 쓴 「항쟁 기록의 또다른 역사」(황석영·이재의·전용호, 『죽음을 넘어 시대의 어둠을 넘어』(전면개정판), 창비, 2017)에 잘 나와 있다.

13.　　5·18 진상규명의 연대기는 정문영, 「진실을 향한 투쟁」, 『너와 나의 5·18』, 5·18기념재단 기획, 오월의봄, 2019 참조.

용하고 있는 자들이 엄연히 존재하지 않는가. 그래서 그것과 싸우고 싶었다. 5·18 자체를 복원하겠다는 건 그 때문이었다. 의심에 찬 저 눈들, 저 사람들에게 이거다 하고 보여주고 싶었는데 그러려면 결국은 철저하게 사실에 입각해서 써야 한다. 〔……〕 평범한 사람들만 의심한 게 아니라, 지식인들조차 그랬다. 지식인들, 아주 냉철하고 알려진 사람들 중에도 그 무렵 얘기를 나누다보면 은연중에 의심이 남아 있다는 걸 느꼈다. 어디까지가 사실이고 어디까지가 과장일까, 그런 눈빛으로 내 말을 듣고 있더라. 〔……〕 어떻게 그런 시민의 자발적인 투쟁이 그런 엄청난 규모가 가능하겠느냐. 〔……〕 도대체 그저 평범한, 일상에서 순전히 이기적이고 무지한 각개 일반인들이 자발적으로 일어나, 목숨 아까운 줄 모르고 뛰어든다는 일이 어떻게 가능하단 말이냐.[14]

우리의 맥락에서 같은 말을 다르게 표현하면, 1980년 5월 광주에서의 그 슬프고 억울하고 비참하고 장엄한 죽음이 거짓·모독·의심으로 잘못 매장되어 있으니 진실한 새 무덤을 쓰고 다시 애도하기 위해 『봄날』이 씌어진 것이다. "마치도 억울한 망자들의 넋이나마 한사코 건져내야겠다는 듯이".[15] 진실한 기억 없이는 애도가 성립하지 않는데, 오월 광주의 진실이 끊임없이 위협받고 있으니, 『봄날』을 쓰고 읽는 것이 곧 '기억을 위한 투쟁'이고 '애도를 위한 투쟁'이라고 할 수 있다.

하지만 우리에게는 이 점이 더 중요한데, 거짓·침묵·망각의 먼지로 뒤덮여 모욕당한 죽음을 위한 진실한 새 무덤 쓰기 혹은 애도를 위한 투쟁이라는 것은, 5·18 '이후'의 과제이기만 한 것이 아니었다. **광주항쟁 그 자체가 이미 애도의 투쟁이었다.** 적어도 『봄날』은 광주

---

14. 최정운·임철우·정문영, 「5·18 광주민주화운동 34주년 기념 대담: 절대공동체의 안과 밖—역사, 기억, 고통 그리고 사랑」, 『문학과사회』 2014년 여름호, pp. 348~49.

15. 임철우, 「책을 내면서」, 『봄날』 1, p. 10.

항쟁을 그렇게 그려냈다. 그러니까 우리의 초점은 임철우가 『봄날』을 씀으로써 애도의 투쟁을 실천했다는 것이 아니고(물론 임철우는 그와 같은 실천을 해낸 것이지만), 『봄날』이 광주항쟁을 '애도를 위한 투쟁'으로(민주화운동이 아니라) 재현했다는 것이다.

소설 속에서 가두방송에 나선 의문의 젊은 여성(전옥주)이 처음 등장하는 5월 20일 오후 2시를 묘사하는 장면을 보자(사흘째 공수부대원들의 잔학 행위가 이어지는 가운데, 운수노동자들의 차량 시위로 항쟁의 분위기가 고조되기 몇 시간 전이고, 도청 스피커에서 애국가가 울려 퍼질 때에 맞춰 공수부대가 집단발포 하기 하루 전이다).

"……광주 시민 여러분, 〔……〕 지금 이 시각에도 시내 곳곳에서는 잔악한 계엄군의 총칼에 죄없는 젊은이들이 죽어가고 있습니다. 무고한 우리 동생, 우리 형제들을 살인마 전두환의 꼭두각시들이 잔인 무도하게 살육하고 있습니다아…… 〔……〕 여러분, 광주 시민 여러분! **원수를 갚아주세요오**. 그래서 사랑하는 우리 조국에 민주주의가 불꽃처럼 부활하는 날, 불쌍하게 죽어간 저희들의 넋을 달래주십시오오……"

〔……〕 확성기 속에서 흘러나오는 젊은 여자의 목소리는 어느덧 처절한 흐느낌으로, 절규로, 애원으로 변해가고 있었다. 〔……〕 그 목소리를 따라서, 이윽고 네거리를 중심으로 도로를 가득 채운 사람들의 물결이 일제히 시가지를 향해 출렁이기 시작했다. 〔……〕 불현듯 어디서부터 시작했는지 모를 애국가가 입에서 입으로 번져나가기 시작한다.

무석의 눈에 그 모습은 얼핏 **거대한 장례식의 추모 행렬**처럼 보였다. 그들의 입에서 흘러나오고 있는 노래는 **만가의 가락**처럼 들렸다. 한없이 엄숙하고도 처절한 장례식. 추모객들은 갈수록 늘어가고, 행

럴은 영원히 멈추지 않고 이어질 것만 같다. (Ⅲ: pp. 132~34)

지금 이 장면에 모여든 사람들은 엄밀히 말해서 민주화를 요구하는 것이 아니다. 심지어 계엄군의 철수를 요구하는 것도 이들의 핵심은 아니다. 그저 계엄군이 물러나는 것으로 이 사태가 종결된다면 그 억울한 죽음들은 다 어떻게 되는 것일까. 이 사람들은 달래지지 않은 넋의 억울함에 반응하고 그것이 억울한 죽음이었음을 공표하고 인간의 삶과 죽음이 이렇게 함부로 다뤄져서는 안 된다고 목숨을 걸고 외치고 있는 것이다. 지금 이들이 행하고 있는 것이 곧 '애도의 투쟁'이다. 그러므로 무석이 시위 행렬과 추모 행렬을 혼동하는 것은 이 장면의 의미를 날카롭게 파악하는 것이다.

가두방송을 하고 있는 전옥주는 망자들에게 빙의했다는 듯이 망자들의 목소리로 원수를 갚아달라고 말했지만, 그 말을 내전을 일으켜 군인들을 죽여달라고 이해한 사람은 없었을 것이다. 여기서의 '원수를 갚아달라'는 말은, 잔인한 폭력을 전시하는 방식으로 **가해자들의 강력한 '비인간성'을 과시**하는 동시에 공포·굴욕·수치심을 주입해 **폭력의 피해자들 역시 비인간화**해서(『봄날』의 상당 부분이 이 잔혹한 장면들에 대한 세밀한 묘사에 바쳐져 있다) 결과적으로 상황 속의 모든 인간을 비인간화하는[16] 국가폭력이 승리하게 내버려둬서는 안 된

---

16.   이 글에서 자세히 다룰 수는 없지만 다음의 사항을 언급해두고 싶다. 『봄날』이 반복해서 묘사하거나 암시하는 장면들 가운데 하나는 폭력을 당하는 인간은 그 폭력이 어느 수준을 넘어서면 인간 이하의 존재로 전락하게 된다는 것이고("얼핏 그들은 **인간이 아닌 것처럼 보였다. 그것은 한 무리의 가축이거나 혹은 벌레** 같았다"(Ⅱ: p. 63), 그리고 Ⅱ: pp. 126, 231, Ⅲ: pp. 101~102, 271~72, 274, 304 등), 다른 인간을 인간 이하로 만드는 데 가담하는 인간 또한 이미 인간 이하의 존재로 길들여져 왔고("수백 개의 관절로 이어진 **한 마리 거대한 파충류**처럼 〔……〕 꿈틀꿈틀 기어오기 시작했을 때"(Ⅰ: pp. 306~307), 그리고 Ⅱ: pp. 25, 143, 149, 224, 227~28, 231 등) 그 때문에 힘과 폭력을 숭배하면서 그와 같은 악마적인 일에 가담하게 된다는 것이다("병사들은 그 휘황한 별빛을 지켜보며 저마다 숨을 죽인다.

다는 뜻으로 이해해야 할 것이다. 당시 많은 사람에게 강한 인상을 남겼던 전옥주의 가두방송은 사람들에게 대항폭력을 부추긴 것이 아니라, 삶과 죽음이 그와 같이 훼손될 수는 없다고 주장하고 싶어 했던 사람들의 마음에 표현을 부여하고 표현된 마음들을 연결한 것이다. 그들은 먼저 죽은 사람들의 죽음을 슬퍼하면서, 어떤 의미에서 삶과 죽음에 대한 국가의 평가(너희들의 삶과 죽음은 추하고 무의미하다, 너희들은 인간 이하다, 그러니 처분하는 대로 처분될지어다)를 단호하게 거부한 것이었고, 그러니 그것은 '민주화운동'이기 전에 '애도의 투쟁'으로 행해진 것이었다.

『봄날』 5권 중반 이후 여기저기 흩어져 빈번하게 나오는 투쟁의 방법과 의미에 대한 여러 사람의 고뇌를 다음과 같이 하나로 모여드는 생각으로 재서술하는 것도 불가능한 일은 아닐 것이다. 무기를 버리고 무의미한 희생을 줄여야 한다는 주장은 하나라도 더 많은 생명을 살려야 한다는 점에서 옳다. 하지만 생명이란 무엇이며 생명을 살린다는 것은 또 어떤 것인가. 누군가가 처참하고 비루하게 죽임 당하는 일을 문제 삼고 그에 대해 항의하고 인간이 감히 다른 인간에게 그럴 수 없다고 주장하기를 멈추지 않는 것이야말로 생명을 살리는 일이 아닌가. 살인적인 고통을 주입하고 목숨을 위협하며 그와 같은 주장을 짓이기러 오는 힘에 맞서 목숨을 걸고 삶과 죽음의 위엄을 주장했던 사람들이야말로 생명이 무엇인지를 보여줬던 것이 아닌가. 살기 위해 목숨을 걸 수 있다는 논리가 여기서 생겨난다. 민주주의나

〔……〕 조국과 집단에의 충성, 〔……〕 일당백의 용기, 불가능을 가능케 만드는 확신과 믿음의 신앙 또한 그 별의 자식이었다. 의리와 동료애, 삶과 죽음의 선택권 역시 모두가 그 신성한 별로부터 시작되고 또한 별에서 끝나야만 하는 것이었다"(Ⅰ : pp. 220~21. 그리고 Ⅱ : p. 146 등). 폭력의 가해자와 피해자 양쪽에 일어나는 비인간화의 메커니즘에 대한 이야기 또는 인간을 인간 이상으로 끌어올리는 힘과 인간을 인간 이하로 끌어내리는 힘이 교차하는 이야기로 『봄날』을 읽는 것도 가능한 일일 것이다.

자유나 정의를 위해서가 아니라, 억울하게 죽고 피 흘린 사람들이 있으니 비인간화하는 폭력이 두렵지만 그에 항의하고 삶과 죽음의 위엄에 합당한 행위를 요구해야 한다는 사람들이 생겨나는 것이다.

> 수많은 사람들. 그들은 모두 이미 죽었거나 피를 흘리고 쓰러졌다. 〔……〕 이유는 그것만으로도 충분해. 민주주의니, 자유니, 정의니 하는 거창한 주제 따위를 생각해본 적은 별로 없어. 난 다만 이 추한 현실을 용서할 수 없었을 뿐이야. 인간이 인간에게 이렇게까지 할 수는 없다는 것. 사람이 이렇게 개나 돼지처럼 처참하고 비루하게 죽임을 당할 수는 없다는 것. 그래서 나도 모르게, 정말 어쩌다가 보니까 총을 들게 되었을 뿐이지. (V: p. 404)

여기에는 정당방위처럼 자기 목숨을 지키기 위해 폭력에 폭력으로 대응하는 것이 허용되어야 한다는 것과는 다른 차원이 있다. 자기 목숨을 위해서가 아니라 다른 누군가의 억울한 죽음에 반응하며 총을 든 것이기 때문이다. 가두방송의 최후의 메시지는 '살려주십시오'이며 '잊지 말아주십시오'인데(V: pp. 402~403), 아마도 그것은 '**기억하는 것이 그들의 죽음을 살려주는 것**'이니, 억울한 죽음이 있었고 그 억울함을 기억하고 항의하는 사람들이 있었고 거기에 삶과 죽음의 위엄이 깃들어 있다는 엄연한 사실을, 기억을 통해 시간과 장소의 벽을 뚫고, 미래의 어딘가에서 부활시켜달라고 요구한 것일 테다.

> 설사 우리가 죽게 되더라도, 여러분은 반드시 살아남아서 훗날 오늘의 싸움을 세상 사람들에게 얘기해주어야 합니다. 그것이 여러분이 해야 할 몫이라고 생각합니다. 자, 어서 집으로 돌아가시오. (V: p. 383).

물론 그날 그들의 패배는 막을 수 없고 돌이킬 수 없다. 그러나 그들이 끝까지 잊지 않았고 저항했다는 바로 그 사실이, 그리고 그 기억을 훼손하려는 시도에 대한 저항이 끈질기게 이어지고 있다는 사실이, 다른 시간 다른 장소에서도 비인간화하는 폭력으로 사람들을 굴복시키려는 세력이 최종적인 승리를 가져갈 수 없게 만들 것이다. 기억 속에 남아 있는 투쟁의 꿈을 누군가가 이어갈 수 있고 그렇게 또 다른 싸움이 시작될 것이기 때문이다. 새로 일어나는 싸움 속에서 망자들은 부활하는 것이다.

> 우리 모두가 총을 버리고 그냥 이대로 아무 저항 없이 이 자리를 넘겨줄 수는 결코 없습니다. 〔……〕 시민들의 그 뜨거운 저항을 완성시키고, 고귀한 희생들의 의미를 헛되게 하지 않기 위해서는 누군가가 이곳을 마지막까지 지켜야만 합니다. 저는, 끝까지 여기 남겠습니다. (V: p. 391)

> 저 불의한 압제자들에게 이 자리를, 아무 일도 없었던 것처럼, 그냥 고스란히 내어줄 수는 없어. 절대로. 그것이야말로 저들의 승리를 완전히 인정해주는 것이 되고 말 터이므로…… 이 싸움은 아직 끝나지 않았어. 설사 이 순간엔 우리의 싸움이 패배한다고 할지라도, 그것은 결코 끝이 아니라 또 다른 시작일 뿐이야. 훗날 다른 누군가가 이 싸움을 다시 시작하겠지. (V: pp. 400~401)

그것 이외에 "수많은 억울한 죽음의 정당한 대가를 받아"(V: p. 247)낼 수 있는 방법은, "무고하게 희생된 수많은 광주 시민의 목숨"을 "보상받"(V: p. 358)을 수 있는 길은 없는 것이다.

다시 말하지만, 객관적 기록물임을 자임하는 『봄날』이 재현한 바에 따르면, 망자들의 죽음을 애도하고 그 죽음을 훼손하려는 폭력이 얼마나 부당한 것이었는지를 기억하고 그 부당한 것들에 굴복하지 않으려는 사람들의 저항을 기억하면서 저항을 이어나갔던 그 모든 행위들은 최후의 항쟁 이후에 벌어진 일이 아니다. 이미 그 자체로 저항인 애도와 기억 행위가 모여 거대한 항쟁을 만들어가다 최후의 순간에 이른 것이다(그러나 그것이 정말 최후였을까?). 광주항쟁 그 자체가 기억과 애도의 투쟁이고 부활을 위한 기억과 애도의 투쟁인 것이다.[17] 앞에서 『봄날』이 광주항쟁을 기억하고 애도하기 위한 투쟁에 해당한다고 썼다. 그리고 여기서는 광주항쟁이 그 자체로 기억하고 애도하기 위한 투쟁이며 부활을 위한 기억과 애도의 투쟁이라고 썼다. 그렇다면 『봄날』은 애도를 애도하고 기억을 기억하며 부활을 부활시키는 소설이라고 해야 할 것이다.[18]

---

17. 최정운의 『오월의 사회과학』 중에서도 특히 2부 「폭력과 사랑의 변증법——절대공동체의 등장」과 3부 「삶과 진실——해방광주의 고뇌」를 참고했다. 내게는 『오월의 사회과학』이 『봄날』에 대한 탁월한 해설처럼 읽힌다. 『봄날』의 여기저기에 흩어져 있는 생각과 표현들을 하나로 모으고 의미화할 수 있는 이론적 틀을 『오월의 사회과학』이 제공하기 때문이다. 하지만 그 전에 광주항쟁에 참여한 사람들 제각각의 마음의 투시도를 제공한 『봄날』이 『오월의 사회과학』을 집필하는 데 상당한 기여를 했을 것이다. 이 글의 논지를 한발 먼저 "애도가 봉기이고 봉기가 곧 애도"(「봉기와 애도——광주항쟁과 세월호 참사 사이에서 공동체를 생각하다」, 『공동체의 경계』, 전남대학교출판부, 2016, p. 148)라고 인상적으로 요약한 한보희의 글도 최정운의 연구와 임철우의 소설에 빚진 바가 있을 것 같다.

18. 이 점에서 『죽음을 넘어 시대의 어둠을 넘어』(전남사회운동협의회 엮음, 풀빛, 1985)의 내러티브와 『봄날』의 내러티브가 미묘한 대조를 이룬다. 『죽음을 넘어 시대의 어둠을 넘어』는 그것이 불가능한 상황에서 광주항쟁에 대한 최초의 기록물이 되었다는 점에서 커다란 의의를 지닌다. 소설 쪽에서의 최초의 재현은 아마도 임철우의 단편소설 「봄날」(『실천문학』, 1984)인 듯하지만 홍희담의 「깃발」(『창작과비평』 1988년 봄호(복간호))이 나오기 전까지 5·18 소설은 항쟁 이후의 트라우마를 다루거나 항쟁 주체가 아닌 자의 시선으로 간접화되어 있어 항쟁의 전모를 보여줄 수 없었다. 80년대 독자들에게 광주항쟁을 종합적으로 이해하는 데 『죽음을 넘어 시대의 어둠을 넘어』가 많은 도움을 주었지만, 머리말과 1장의 내러티브는 광주항쟁을 '한국 사회가 민주화라는 결과에 도달하기 위해 거쳐야 했던 각별히 중요한 과정'으로 이해하게 만드는 측면이 있다. 그렇게 되면, 과감하게 말해서, 광주항쟁의 피와 눈물이 **민주화를 위한 '희생'의 과정**이었던 것이 된다("이제는 **민주화 운동의 제단에 바쳐진**

3. 포스트역사주의 5·18 문학의 발생
─ 애도 중지, 해원에서 복수로

5·18 문학에 대한 평문을 꾸준히 발표해온 한 문학평론가는『봄날』
이 '오월'에 대한 문학적 사실 복원 작업의 정점이라고 평가하면서,
『봄날』이전까지는 진상규명과 함께 가야만 했던 5·18 문학이『봄날』
이후에는 다른 방향을 모색해야 하리라고 진단한 적이 있다.[19] 이 진

영령들의 뜨거운 피로써 광주정신의 전 민족화를 동시대 사람들에게 갈망해야 한다"("광주의
5월항쟁을 〔……〕 **80년대 민족운동의 지평**으로서 온몸으로 드러내는 일이 우리 앞에 남아
있다"(p. 8)〕. 그런데 우리가 어떤 장면을 '희생'의 논리로 이해하게 될 때, 그 장면은 특정한
결과로 '회수'되기 위해 치렀어야 할 값이 되고, 그렇다면 죽음은 숭고한 것으로 미화되거나
공적화(功績化)되어 받아들일 수 있는 것이 된다. 이 경우의 상실은 결코 받아들일 수 없는 것,
두 번 다시 되풀이되어서는 안 되는 것이 아니게 된다. 단적으로 말해 희생의 논리는 죽음과
상실에 대한 깊은 슬픔과 항의에 대립한다.『죽음을 넘어 시대의 어둠을 넘어』가 광주항쟁에
대한 기억의 투쟁의 역사에서 갖는 지위는 어떤 방식으로도 훼손될 수 없겠지만, 그럼에도 그
내러티브 안에 애도를 거스르는 뭔가가 있다는 점에 대한 고려가 필요하다. '희생의 논리'와
애도의 대립에 관해서는 다카하시 데쓰야, 「애도작업을 가로막는 것 ─ '희생의 논리'를
넘어서」,『애도의 정치학 ─ 근현대 동아시아의 죽음과 기억』, 길, 2017 참조. 한편 다카하시
데쓰야는 그 글에서 다만 '희생의 논리'를 경계하는 것을 넘어서 희생의 논리로조차 기억되지
않고 방치된 죽음에 유의해야 한다고 덧붙였다. 본문에서 다루지는 못했지만 여기서 공선옥의
「은주의 영화」(『창작과비평』 2016년 봄호, 아래의 인용은 소설집『은주의 영화』(창비,
2019) 참조)를 언급해두고 싶다. 이 소설이 희생의 논리로조차 기억되지 않고 방치된
삶과 죽음, 5·18 '피해자'도 6·10 민주화운동 '유공자'도 될 수 없었던 사람들을 조명하기
때문이다. 80년 5월 계엄군의 총질에 자신이 부상을 입었던 것이 아니라 기르던 개와 닭이
죽고 다치는 것을 '보고' 몸이 굳어 절름발이가 된 이상희, 89년 5월 꽃놀이를 다녀오느라
어린 아들을 혼자 집에 남겨뒀다가 우연히 그 아이가 경찰이 수배자를 쫓는 과정에 휩쓸려
죽게 된 바람에 아이를 잃게 된 박선자, 이 두 사람이 감당해야 했던 그러나 의미화하기
어려운 수치와 모멸이 이 소설에 소상히 그려진다. 지명수배 중 의문사한 것은 조선대 학생
이철규(실존 인물이다)인데, 박선자의 어린 아들 이름은 박철규였고 아이 잃은 엄마는 나중에
이렇게 말한다. "사람들이 철규의 죽음을 밝혀내라고 데모를 한다고 하더라고. 대학생 철규가
부럽더라고, 그때는. 우리 철규는 어떻게 죽었는지, 열한살 우리 철규의 죽음을 밝혀내라는
사람은 아무도 없었어. 내가 혼자 어떻게 해. 우리 철규는 대학생도 아닌데. 그래도 이상해.
철규를 살려내라는 말이 꼭 나한테 하는 말 같아, 나보고 철규 살려내라고 사람들이 종주먹을
들이대는 것 같아"(p. 130).

19.　　김형중, 「『봄날』 이후」, 『내일을 여는 작가』 2002년 여름호.

단은 특별법이 제정되고 국가기념일로 지정되었으며 공식 행사로 추
념되거나 축제화되는 등 5·18이 '제도화'되면서 오히려 그 위태롭고
혁명적인 힘을 잃어가고 있다는 판단과도 함께 가는 것이었다. (이 글
의 4장과 5장에서 다루게 될) 2010년대의 포스트역사주의 소설[20]이라
할 만한 작품들의 출현, '객관적 사실에 충실한 기록물이 되려는 의지'
로부터 자유로운 차세대 5·18 문학의 출현이 앞선 진단에 대한 적절
한 응답이 될 수 있을까? 가장 두드러지게 포스트역사주의적인 5·18
문학은 2017년에 출간된 김희선의 SF 장편소설 『무한의 책』일 것이
고, 논의의 여지가 큰 것은 각각 2011년과 2021년에 발표된 단편소설
「그럼 무얼 부르지」(박솔뫼)와 「쿄코와 쿄지」(한정현)이며, 그들 사
이에 놓인 2013년의 가상의 복수담인 『야구란 무엇인가』와 『사슴 사
냥꾼의 당겨지지 않은 방아쇠』 역시 포스트역사주의 소설이라는 범
주 아래서 읽어볼 만하다. 하지만 그 전에 임철우가 『봄날』 이후 내놓
은 첫 장편소설인 『백년여관』(2004)과 『봄날』 사이의 '간극'을 먼저
보이고 싶다. 여기에 이미 '포스트역사주의 5·18 문학'의 특성 및 그에
대한 비판이라고 할 만한 것이 함께 들어 있다고 생각되기 때문이다.

　『백년여관』은 간단히 말해서 광주항쟁을 포함해 우리 역사의
비극적인 장면들을 두루 환기하면서 억울하게 죽은 탓에 이승을 떠

20.　'포스트역사주의 소설'이 일반적으로 통용되는 용어는 아니다. 객관적 사실의 기록물임을
　　자임하는 『봄날』과는 달리 역사적 사실들을 자유롭게 편집하거나 때로는 무시하고
　　왜곡하기까지 하는 새로운 소설들을 지칭하기 위해서 다음의 사항들을 참조해 임의로 붙인
　　이름이다. 어떤 현상이든 그것이 끼워 넣어져 있는 역사적 맥락과 그 세부와의 엄격한 연관
　　속에서만 그 의미와 가치를 평가할 수 있다는 **역사주의**, E.L. 닥터로의 **포스트모더니즘
　　역사소설**'을 두고 역사를 재현하지 못하는 대신 과거에 대한 '생각'을 재생하는 것이라는
　　프레드릭 제임슨의 평가(『포스트모더니즘, 혹은 후기자본주의 문화 논리』, 임경규 옮김,
　　문학과지성사, 2022, p. 79), 개념이나 이론을 생산하는 대신에 다양한 역사적 장면들 사이를
　　신나게 미끄러져 다니는 즐거움을 만끽하는 것일 뿐이라는 **신역사주의** 비판(「7장 포스트모던
　　이론적 담론에서 내재성과 유명론」, 같은 책 참조).

나지 못하는 허다한 망자들을 위해 살아남은 사람들이 경이로운 월식 때에 맞춰 **굿판**을 여는 이야기다. 그러니 『봄날』의 뒤를 잇는 『백년여관』이 다시 한번 '매장되지 않은 죽음'이라는 문제를 환기하고 '애도를 위한 투쟁'과 무리 없이 연결되는 것처럼 보이기도 한다. 하지만 『백년여관』에는 『봄날』과의 뚜렷한 차이점이 있는데, 그 차이는 (『봄날』에서 이미 한원구의 과거를 통해 한국전쟁과 광주항쟁을 희미하게 연결 지으려는 시도가 없었던 것은 아니지만) 『백년여관』이 광주항쟁을 하나의 예외적인 사건으로 클로즈업하기보다 한국 현대사 전체를 관통하는 거대한 폭력의 역사 가운데 다른 장면들과 특별히 구분되지 않는 것으로 보이게끔 만든다는 것이다.

'백년여관'의 주인사내 강복수는 제주도 출신으로 그의 할아버지 강만득은 **일제** 말 징용으로 끌려가 탄광에서 일하다 폭발 사고로 죽었다. **아시아 – 태평양전쟁** 말기 미군의 폭격으로 강만득의 며느리와 손자들도 죽었다. 일본 제국주의가 물러간 뒤 미군정을 거쳐 남한 단독 정부가 수립되는 과정에서는 다른 많은 제주 사람들이 그랬듯 강씨 일가도 4·3 때 국군에 의해 억울하게 몰살되고 강만득의 아내 설분네와 며느리 화북댁, 손자 강복수 셋만 살아남아 '영도'로 건너왔다. 한편, 어려서 입양돼 미국으로 건너간 요안은 어느 날 문득 "돌아와! 이젠 때가 되었다!"(p. 112)는 환청을 듣고는 어린 시절을 보냈던 '영도'로 돌아와 잃어버린 기억을 되찾아 부모가 **보도연맹** 사건에 휩쓸려 살해됐었다는 것, **끔찍한 기억을 망각하지 않고는 살아남을 수 없었기 때문에 그 기억을 봉인한 채 살아왔다는 것**을 알게 된다. 요안과 마찬가지로 이진우는 어느 날 문득 "시간이 없어! 시간이!"(p. 23)라는 환청을 듣고 얼마 전 죽은 친구 케이의 흔적을 찾아 '영도'를 찾아와 **광주항쟁**을 통과하며 자신에게 새겨졌던 비밀스러운 죄책감을 고백하는 동시에 케이의 죄책감에 대해 전해 듣는다.[21] 강복수, 김요안, 이진우가 모여 있는 이곳 '백년여관'에는 허드렛일을 돕는 허문태가 있는데 그는 **베트남전쟁**에서 민간인 학살에 가담한 적이 있다는 사실 때문에 괴로워하고 있다. 한편 4·3 때 너무 많은 귀신들을 만나는 바람에 무당이 된 귀덕녀는 "험악한 죽임을 당한 억울한 혼령들"을 "하나하나 불러내어" "치성을 드려 저승으로 떠나보내주"(p. 159)는 일을 하다가 나중에는 끝도 없는 귀신들을 다 감당할 수 없어 제주도를 떠나 영도로 왔다. 이제 그 딸 조천댁이 죽은 귀덕녀를 대신해 무당 역할을 하며 앞서 소개된 인물들을 모아 굿판을 벌이고 아직 이승을 떠나지 못한 무수한 '손님'들이 저승으로 갈 수 있게 해준다.

이처럼 『백년여관』은 『봄날』에서 시야를 확장해 광주 5·18을 아시아 – 태평양전쟁, 제주 4·3, 보도연맹 사건, 베트남전쟁과 연결한다. 『백년여관』은 이 굵직한 역사적 사건들이 저마다 독립해 있는 개별적인 장면이 아니고 본질적인 차원에서 서로 다르지 않은 국가 폭력이며 연쇄적인 폭력의 파동들이 지난 백 년간 우리의 삶과 죽음을 지속적으로 파괴해왔다는 사실을 보여준다. 『봄날』이 그 자체로 애도의 투쟁인 광주항쟁을 다시 애도하고 그것을 '부활의 이야기' 속에 묻고 심어서 다시 부활하게 하는 것이라면, 『백년여관』은 5·18을 다른 역사적 장면들과 나란히 엮어놓으면서 한국 현대사 백 년에 대한 조망을 그려내려는 시도인 셈이다.

그런데 바로 이 대목에서 『백년여관』에 **포스트역사주의 소설**의 모습이 얼핏 비치는 것 같다. 이 소설이 신비한 자연 현상들을 의미

---

21.   광주항쟁을 세밀하게 다루는 다섯 권짜리 장편소설을 쓴 작가로 되어 있는 등 여러 이유로 이진우는 『봄날』의 작가 임철우를 떠올리게 한다. 작가 임철우가 등장인물 이진우를 통해 내밀한 '고백'을 하는 양상에 대해서는 다음을 참고할 것. 서영채, 「1980년대적 주체의 탄생――임철우의 『백년여관』을 중심으로」, 『죄의식과 부끄러움――현대소설 백년, 한국인의 마음을 본다』, 나무나무출판사, 2017.

심장하게 다룬다거나 굿을 통해 망자들을 저승으로 돌려보내는 마법적인 일을 중요한 과제로 다룬다는 점 때문이 아니라, 만약 포스트역사주의 소설이 객관적 사실에 충실하기보다 사실의 조각들을 기호화하고 그 기호들을 가지고 자유롭게 유희하며 허구와 엮어 실제 역사와는 다른 새로운 이야기를 만들어내는 소설이라고 한다면, 『백년여관』에도 그와 유사한 특성이 있기 때문이다. 이 소설은 역사적 장면들의 세목 또는 각각의 사건이 서로에게 뻗어나가는 구체적인 경로를 추적하는 대신 '그 사건들은 서로 연결되어 있다'는 추상적 인식을 이야기의 원리로 마련해두고, 개별 인생들의 얼크러짐을 통해서가 아니라 그 추상적인 인식에 따라 여러 사건이 각각의 인물에게 배당되고 그 인물들이 약간은 작위적인 계기를 통해 각자의 사연을 품고 한곳으로 모여들기 때문이다. 이 이야기는 저마다 특정한 역사적 장면을 대표하는 강복수, 김요안, 이진우, 허문태를 우연과 운명의 목소리가 한자리에 불러 모으면서 가능해진 것이지 역사의 복잡한 흐름 속에서 무엇인가가 포착된 것이라고는 생각하기 어렵다.

　　여기에 더해 이 소설에서 굿의 역할이 망자와 생자의 '**분리**'라는 점도 『봄날』과 대비된다는 점을 지적해야 한다. 『봄날』에는 망자의 삶과 죽음을 생자의 삶 속에서 기억, 애도, 보존하고 부활시키는 것이야말로, 다시 말해서 망자와 생자의 '**미분리**' 상태를 만들어내는 것이야말로 막중한 과업이었는데 그것이 『백년여관』에서는 정반대로 뒤집혀 있다. 예컨대 "아지망, 뱉어버립서! 가슴속에 맺힌 응어리를 하나 남김없이 칵, 칵, **토해냅서! 그것을 몸안에 담고서는 살아갈 수도, 죽을 수도 없수다게!**"(pp. 190~91)라고 외칠 때 『봄날』의 과업은 영험한 무당 귀덕녀에 의해 불가능한 것 혹은 중단해야만 하는 것으로 선언된다. 기억은 투쟁의 목표나 수단이 아니고 그저 감당 불가능한 시련일 뿐이다. 망각 없이는 살아가는 것은 물론 제대로 죽는 것도 불가능하다. 강복수도 그와 비슷한 생각을 한다. "이 세상에서 살아남으려면 어떻게든 지옥에서의 기억을 완벽하게 지워버려야 했다. **망각만이 유일한 구원이었다.** 잊지 않으면 미쳐버리거나, 심장이 터져 죽고말 터였다. 살아야 했다. 살고 싶었다. 잊어라. 잊어야 한다. **아무 일도 없었던 것처럼……**"(pp. 191~92) 어린 시절 지옥과 같은 일을 겪고도요안이 살아남을 수 있었던 것도 그가 스스로를 보호하기 위해 지난일들을 '망각'했기 때문이다.『봄날』에서는 삶과 죽음에 행해진 잔학한 일을 두고 아무 일도 없었다는 듯이 구는 일이야말로 견딜 수 없는 일이었고 그에 항의하느라 목숨이라도 걸어야 했던 것인데,『백년여관』에서는 반대로 아무 일도 없었던 것처럼 잊고 사는 일이야말로도달하고 싶은 목표 지점이 됐다.

그런데 기억을 지우는 것 또한 불가능하다. 원통하게 죽은 혼백이 저승에 가지 못하고 이승을 떠돌기 때문이다. 망자들이 생자들과 섞여 살고 있는 탓에, 생자들이 사는 곳이 이미 반쯤은 저승이 됐고 그래서 죽음에 육박하는 망자들의 원한과 고통이 생자들에게도고스란히 느껴지기 때문이다. 기억이 지워지지 않는 것은 그것이 과거의 흔적이 아니고 반쯤 살아 있는 죽음과 반쯤 죽어 있는 삶이 혼거하는 현재이기 때문이다. 망자를 기억하는 생자는 망자와 함께 사는 것이라기보다 망자와 함께 죽지도 못한다.

> 이승과 저승이 한 마을에 나란히 놓였고, 죽은 자와 산 이가 한집에서 오글오글 함께 섞여서들 살아. 육신은 살아 있으되, 사실은 한이맺혀 벌써 죽은 지 오랜 사람들이고, 살점이랑 창자는 오래전 썩어문드러졌으되 원통해서 차마 고향을 떠나지 못하니 아직 살아 있는사람들이여. (p. 162)

그런데 망자들은 반죽음 상태가 된 생자들을 염려하느라 더더욱 저승으로 가지 못하고 이승을 떠돌고 있다.

> **산 자의 슬픔과 고통이 혼령들의 발목을 붙잡고 놓아주지를 않아.** 그리하여 천지에 가득한 고통의 윤회, 슬픔의 쳇바퀴는 영원히 멈추지를 않아. (p. 331)

이 엉켜 있는 상황을 끊어내기 위해서는 생자와 망자가 서로에게 **작별 인사를 해야** 하며 그것을 위해 마지막 장면에서의 영험한 굿판이 필요한 것이다. 생자와 망자를 분리하는 굿판이. 요점은, 망자들의 평안을 위해서라도 생자들이 먼저 슬퍼하기를 그쳐야 한다는 것이다. 그렇게 해달라고 망자들이 요청하는 것이다. 말하자면 애도 중지를.

> "오오, 사랑하는 이승의 자식들아. 이젠 그만 우리들을 놓아다오. 〔……〕 부디 너희의 눈물과 통곡과 슬픔을 이제는 거두어다오. 고통 속에 사로잡힌 너희를 두고서는 우리가 차마 떠날 수가 없으니…… **부디 잘 있거라.** 사랑하는 내 아들, 가엾은 내 딸들아……" (p. 373)

그러면 망자들 또한 슬픔과 고통을 잊고 편안히 저승으로 돌아갈 수 있게 되고, 망자들과 생자들의 혼거가 끝이 나고, 그렇게 해야 반죽음의 세계가 다시 살아 있는 세계가 될 수 있다는 것이다. 인과관계가 뒤집힌 이 이상한 해법(반죽음의 세계가 그대로인데 슬픔과 고통을 어떻게 지울 수 있을까)은 다른 합리적인 방법으로는 수행 불가능하니 '굿'이라는 마법이 동원된다. 역사를 다루는 소설에 마법적인 것이 동원되었다는 것이 문제가 아니고, 여기서의 욕망이 역사의 구체성과 그 실감을 망각을 통해 제거하고 싶다는 것이니, 여기서부터 포스트

역사주의 소설이 번성할 토양이 마련된다는 것이다.

"저 영원한 망각의 세상에서 이제는 깊이 잠들고 싶다……" (p. 373)

그런데 왜 『봄날』 이후 이러한 변화가 일어난 것일까? 아마도 아래의 인용문이 그 답이 될 것 같다. 굿이나 한국 현대사 백 년의 요약적 서술보다 이쪽이 『백년여관』의 참주제가 아닐까.

책(『봄날』)이 출간되고 난 얼마 후 (……) 뉴스 화면에선 학살의 주범들이 개선장군처럼 파안대소하며 교도소 문을 걸어나왔다(1997년 12월 22일 전두환과 노태우 특별사면). 이젠 모든 걸 과거로 묻어둡시다. (……) 대통령 당선자(김대중)가 마이크 앞에서 말했다. (……) 당신은 화장실 변기에 얼굴을 처박고 뱃속의 것을 모조리 쏟아냈다. **세상은 그해 봄을 그렇게 간단히 뭉뚱그려 치워내고 있었다.** (pp. 290~91)

(1999년 12월 문인들의 송년회 술자리에서 오가는 대화들) "한국소설은 역사나 정치에 대한 과도한 집착, 그 고질병이 문제야. 전쟁이니 분단 따위 민족 내부의 지엽적 소재만 가지고 지난 수십 년간 어지간히 우려먹었잖아." (……) "역사나 정치의식 과잉이라는 것도 벌써 한참 지난 시절 얘기죠. 요즘이야 사정이 엄청 달라진 거 아닌가?" (……) "요즘 젊은 친구들 (……) '우리'니 혹은 공유해야 할 무슨 엄숙한 가치니 따위는 말짱 헛거라는 건데, 사실 당연한 얘기지 뭐." (……) "들으셨지요, 선생님. (……) **우리는 앞 세대한테 빚진 거, 없습니다. 진짜, 아무것도요.**" (pp. 20~21)

세상은 어느덧 그날, 그 도시, 그 기다림의 기억을 말끔히 지워버리고 말았

다. 〔……〕 잊자. 잊어라. 더 나은 미래를 위해서 잊어버리자. 너나없이 입을 모아 외치며, 세상 사람들은 일제히 앞만 보며 내달리고 있다.

　그렇다면, 이들〔80년 오월 광주에서 항쟁파로 참여했고 나중에는 5·18에 관한 연극을 만들어오다 죽음에 이른 케이를 애도하기 위해 모인 사람들〕은 대체 누구인가. 〔……〕 죽어 묘지에 묻혀 있는 사람들과 마찬가지로, 이들도 이젠 '역사' 속에 박제될 존재들인가? 〔……〕 영안실의 〔……〕 반지하 벽면 한쪽에 뚫린 쪽창으로 손수건만큼의 바깥세상이 내다보였다. 〔……〕 질주하는 자동차 소음과 함께 부근 전자 상가에서는 숨가쁜 랩 음악이 부카부카 터져나왔다. (pp. 298~99)

쿵작 쿵작 쿵자작.

　별안간 큰길 쪽에서 확성기 소리가 커다랗게 울려나왔다. "주민 여러분. 금일 저녁 읍내 신부두 부지에서는 국제항 승격 기념축제가 화려하게 막을 올립니다. 국내 유명 가수들과 톱 탤런트들을 특별 초청하여……" 〔……〕 마침내 월식이 시작되었다. 〔……〕 당신들은 일제히 숨을 죽인 채, 빠르게 어둠에 묻혀가는 우주의 바다를 지켜보았다. 〔……〕 한순간 느닷없이 엄청난 굉음이 터져나왔다. 〔……〕 멀리 맞은편 신부두 쪽이었다. 〔……〕 본격적인 축제의 시작이었다. 빨 주 노 초 파 남 보. **밤하늘을 미친 듯 휘저어대는 휘황찬란한 폭죽의 광기가 순식간에 우주의 어둠을 완전히 삼켜버리고 말았다.** (pp. 356, 372, 374)

내란 우두머리들이 유죄 판결을 받고 감옥에 갇히고 5·18이 국가기념일이 되기까지의 기억과 애도의 투쟁에 『봄날』은 합류하고 또 기여했다. 그것은 그 억울한 죽음, 장엄한 죽음을 살아 있는 자들의 기억 속에 보존하는 일이었고, 그렇게 해서 광주항쟁 당시에 순간적으로 나타났다 사라진 뭔가를 현재의 삶 속에 부활시키려는 것이었다. 하지만 97년 체제의 현실 세계는 광주항쟁을 '지나간 역사'로 박제시켰다. 어떤 의미에서 광주항쟁은 모두에게 기억됐지만 다른 많은 것들과 함께 낡은 기억의 창고 속에 처박힌 케케묵은 것이 됐다. 이 경우의 기억은 망각과 다름없는 것이 된다. 광주항쟁은 이제 '과거' 속으로 잘못 매장됐고 5·18의 피와 눈물을 끝까지 애도하는 사람들까지 그 잘못된 무덤에 함께 생매장될 판이다. 이제 세상은 그들의 삶과 죽음을 쓰레기를 매립하듯 망각 속에 파묻어버리고 굉장한 속도로 어딘가를 향해 질주하며 거기서 나는 굉음을(쾌락의? 광기의?) 감추려 들지 않는다. 축제의 승리가 모든 것을 뒤덮고 망각 속에 파묻어버렸다. 임철우 소설의 정치의식이나 역사의식이 후퇴한 것이 아니라, 『백년여관』이 애도의 애도, 기억의 기억, 부활의 부활을 수신 거부하는 세기말의 새로운 현실을 반영해야만 했던 것이다. 목숨을 초월해 시간과 공간의 벽을 뚫고 전달하려 한 무엇인가가 수취 거부된 세계에서, 애도가 중지되고 억울하게 죽은 사람들은 물론 그 죽음을 기억하고자 하는 살아 있는 사람들까지 살지도 죽지도 못하는 지옥에서, 『백년여관』은 애도 중지를 선언하고 『봄날』의 잔해를 수습해 **망각을 허용하는 '해원(解冤)의 애도'**로 감싸려 한 것이다. 이 점에서 보면 소설 속에 소설가로 등장하는 이진우만이 임철우가 아니다. 망자들에 대한 원통한 기억을 토해버리라고 울부짖는 귀덕네도 임철우고, 살고 싶어서 잊으려 했다는 강복수도 임철우이며, 망각을 통해 겨우 목숨을 이어갈 수 있었던 김요안도 임철우다. 굿판에 찾아와 망각의 숨구멍을 찾는 이들 모두가 임철우다.

　　그런데 해원의 애도는 몹시 불안정하고 문제적이다. 예컨대 친구 케이의 영혼이 나타나 마지막으로 건네는 작별 인사도 그 자체로 일관되지 못하고 동요하고 있다.

"그래. 결코 지난날들을 잊어서는 안 돼. 망각하는 자에게 미래는 존
재하지 않아. 기억해. 기억해야만 해. ……하지만 친구야. 그 기억 때문에
부디 네 영혼을 피 흘리게 하지는 마."(p. 372)

기억을 더는 살아 있는 것이 아니게 만들고 중화시켜 박제해버리는
것 이외에 그 원통한 삶과 죽음을 피 흘리지 않고 기억할 수 있는 방
법이 어떤 것인지 『백년여관』은 답해주지 않는다. 이런 모호한 처방
으로는 임종 때의 설분네의 외침〔"못 가! 이대로는 절대 못 가!"(p. 67)〕
이 해소될 수 없다. 97년 체제 이후 세계 전체가 애도를 거부하고 망
각을 요구하는데, 망자들의 삶과 죽음에 대한 합당한 애도 없이 해
원이 어떻게 가능할 것이며 작별 인사가 어떻게 가능하겠는가. 그러
니 생자들은 계속해서 반죽음 상태로 남아 있고 망자들도 이승을 떠
날 수 없을 것이다. 그러니 해원의 애도는 자기모순적이고 성립 불가
능하다. 해원의 굿판은 이진우(임철우)의 다음과 같은 생각을 해소할
수 없다.

학살자들 못지않게, 세상 사람들의 망각과 편견과 냉소가 바로 그를 죽
음으로 몰아갔다고 당신은 확신했다. 당신은 세상을 **용서할 수 없었다.**
(p. 349)

해소를 거부하는, 해원의 애도로 잘 감싸지지 않는,[22] 이물질과도 같

22.　남진우는 『백년여관』에서 행해지는 애도 작업이 "충분히 죽지 못해 떠도는 존재들"의 "죽음을
　　완성시키는 것"(「유예된 송사(送死), 지연된 애도──임철우 소설의 상상세계」, 『폐허에서
　　꿈꾸다』, 문학동네, 2013, p. 291)이라며 중요한 가치를 부여하고 있지만 다음과 같은 구절을
　　남겨놓는 것을 잊지 않았다. "이것은 혹시 모든 갈등이 자연스럽게 소거되고 예정된 화해로
　　귀결되도록 한 작가의 용의주도한 서사가 빚어낸 착시는 아닐까. 진정한 구원이라고 여겼던

은 저 생각이 이 텍스트의 참주제다. 이 텍스트가 스스로는 해원의 애도를 말하고 있다고 믿고 있을지라도 실제로 말하고 있는 것은 '용서할 수 없음'이다. **과거의 학살자들 이상으로 현재의 망각자들을 용서할 수 없음.** 그렇다면 『백년여관』은 한편으로 실현 불가능한 기억의 과업을 마법의 해원으로 해소하려 하면서 역사의 중력으로부터 자유로운 포스트역사주의 5·18 문학의 출발을 알리고 광주항쟁의 환원 불가능한 특이성을 한국 현대사의 흐름 속에서 다른 사건들과 함께 몽타주할 수 있는 무엇인가로 다룰 수 있는 길을 열어놓았지만,[23] 다른 한편으로는 광주항쟁에 대한 기억을 거부하고 기억을 고수하려는 자들까지 생매장하려는 세계에 '용서할 수 없음'이라는 표식을 은밀히 새겨놓은 것이기도 하다. 이 표식은 10년 가까운 시간이 흐른 뒤에 『야구란 무엇인가』와 『사슴 사냥꾼의 당겨지지 않은 방아쇠』가 각각의 방식으로 변형해서 인수하게 될 것이다.

것이 실은 일정한 방향으로 인도되는 서사가 조장한 일시적 효과에 그치는 것은 아닐까"(p. 292).

23.   지면의 한계로 본문에서 다룰 수 없었지만 한정현의 「쿄코와 쿄지」(2021)가 이 흐름의 연장선상에 있다는 점을 지적해두고 싶다. 「쿄코와 쿄지」는 광주와 오키나와를 연결할 수 있고 어디서나 퀴어─페미니즘 투쟁을 발견할 수 있다는 인식을 앞세우고 그 인식을 뒷받침해줄 사례로 여러 인물들의 행적을 제시하지만 그 인물들의 구체적 삶, 그 삶이 끼워 넣어져 있는 역사적 현실의 세부 사항을 재현하려 하지 않거나 부정확하게 재현하고 있기 때문에 최종적으로는 이 소설의 주제라고 할 수 있는 역사 인식을 믿기 어려운 것으로, 그게 아니라면 적어도 단순화·추상화된 것으로 만든다. 역사에 대한 추상적인 '인식'을 앞세우는 바람에 삶과 역사 그 자체와 멀어지는 이 역설적인 상황을 포스트역사주의라고 부를 만하다.

4. 포스트역사주의 소설 1
― 복수하는 이야기와 복수하지 않는 이야기

선행 작품에서 제기된 문제가 다음 세대 작가들의 개별 의식 속에서 일일이 검토되었을 리 없지만, 해결되지 않은 문제가 남아 있다는 점을 한국문학의 무의식이 잊지 않고 있었다고 한다면 어떨까. 아무 일도 없었다는 듯이 굴 수는 없었지만 그것을 끝까지 기억하고 부활시키며 살아가는 것 또한 불가능한 상황 속에서 '해원의 애도'라는 자기모순적이고 불만족스러운 절충안이 제시되었으며 그 때문에 지불해야 할 '피의 값'이 여전히 문제적으로 남아 있다는 것을 잊지 않았다고 한다면. 해원의 애도 속에 또다시 잘못 매장된 죽음이 피의 값에 대한 격렬한 상환 요구로 돌아올 수 있다는 점을 잊지 않았다고 한다면. 그 때문에 김경욱의 『야구란 무엇인가』(2013)와 이해경의 『사슴 사냥꾼의 당겨지지 않은 방아쇠』(2013)와 같은 '복수하는 이야기'가 나와야만 했던 것이 아닐까?[24] 비록 그것이 망상 속에서의 소원 성취이며 광주항쟁의 진실을 기억하고 부활시키는 일과는 거리가 멀다 해도, 포스트역사주의적 시류 속에 '살인마 전두환을 찢어 죽여라!'는

---

24. 이 소설들이 출간됐을 당시 이에 대한 몇 가지 해석이 제출된 바 있다. 첫째, (이 두 편의 장편소설이 아니라 2007년 발표된 손홍규의 단편소설들에 대한 평가이기는 하지만) 제도화되고 공식화되었으며 심지어 축제화된 5·18이 본래의 혁명적 성격을 잃어버렸으므로 잃어버린 그 혁명성이 '복수'의 형태로 귀환한 것이다(김형중, 「33년, 광주 2세대의 아포리아」, 『후르비네크의 혀』, 문학과지성사, 2016). 둘째, 이즈음 우리 사회가 이명박 ‒ 박근혜 정권을 거치면서 보수화되었을 뿐 아니라 용산참사와 같은 국가폭력에 의한 사회적 재난을 겪어야 했으므로 사회적 분노가 축적되고 작가들의 정치적 사안에 대한 관심이 고양된 탓에 당시 정치 체제의 비교적 가까운 기원인 전두환에 대한 복수를 픽션의 형태로 표현하게 만든 것이다(서영채, 「광주의 복수를 꿈꾸는 일 ― 2013년의 김경욱과 이해경」, 『죄의식과 부끄러움 ― 현대소설 백년, 한국인의 마음을 본다』, 나무나무출판사, 2017). 셋째, 다른 무엇보다 '살인마 전두환'이 아무 일 없었다는 듯 잘살고 있다는 사실이 복수의 욕망을 자극한 것이다(김형중, 「총과 노래1 ― 최근 오월소설에 대한 단상들 1」, 같은 책).

80년 오월 광주의 목소리를 끼워 넣을 수는 있었으니까?

　　『야구란 무엇인가』가 80년 오월 광주의 '매장되지 않은 죽음'(혹은 잘못 매장된 죽음)을 문제 삼고 있으며, 이 문제를 '복수'를 통한 '피의 값의 상환'으로 대응하려 한다는 점, 여기에 망자의 죽음과 살아남은 자의 고통을 없는 셈 치기로 한 세계의 논리가 개입한다는 점은 비교적 분명해 보인다. 주인공 '사내'가 염소에게 복수하러 나서도록 만드는 다음의 세 가지 계기 때문에 그렇다. 첫째, 동생은 망월동 묘지에 "머리가 깨지고 어깨가 부서지고 폐가 찢어진" 채 "누워 있"(p. 91)고, 아버지는 **"동생의 원한을 풀어주기 전에는 편히 누울 수 없다"**(p. 86)는 유언에 따라 관을 수직으로 세워 매장했으며, 돌아가신 어머니를 어디에 모셔야 할지 알 수 없어 사내는 어머니의 유골함을 차에 싣고 돌아다니는 중이다. 둘째, 아무리 화가 나도 친구를 때리면 안 된다고 가르치는 사내에게 어린 아들이 "화낸 게 아니야. 복수한 거야. 〔……〕 **화내지 말고 복수하라고 했어"**(p. 75)라고 항변하자 사내는 계시라도 받은 듯 복수를 결심한다. 셋째, 사내는 오랫동안 "5월의 고요한 하늘에서 얼룩무늬 강철 군화가 쏟아"지는 소리, "강철 군홧발이 부드러운 5월의 땅을 얼룩덜룩 폭격"(p. 76)하는 소리에 시달려왔고 "누가 제발 저 얼룩무늬 미친 소리 좀 멈춰"달라고 반응할 수밖에 없었는데 아내의 반응은 **"제발 그만 좀 해. 산 사람은 살아야 할 것 아냐"**였다. 사내의 고통은 아내에게조차 이해될 수 없었고, 그렇게 애도의 가능성은 고립됐다. 그런데 "산 사람은 살아야 한다면 **죽은 사람은 죽어야 한단 말인가?"**(p. 77) 아내를 통해 대변되는 세계의 논리가 망자와 생자를 분리하고 망자의 죽음과 살아남은 자의 고통을 없는 셈 치기로 했으므로, 문제의 상황을 해결하고 싶다면(『백년여관』에서는 마법적인 힘이 개입해 해원의 굿판을 열었지만 그것 또한 가능한 방법이 아니었다고 한다면) 직접 나서서 복수하는 길밖에 없다. 그렇게 해서 사내는 30년 전의 일을 복수하러 어머니의 유골함을 싣고 길을 나선다.

하지만 『야구란 무엇인가』는 통쾌한 복수담이 되지 못한다. 어째서인지 사내는 예전에도 사소한 실수나 망설임 때문에 복수를 지연시키다 기회를 놓친 적이 있고 이번에도 마찬가지다. 사내가 그를 붙잡기 직전에 '염소'(동생을 살해한 공수부대원)는 택시에 치어 의식불명 상태에 빠져 있다가 대부업자에 의해 장기가 털리고 시신이 버려진다(사내를 대신해서 세상이 복수해준 것인지 사내가 복수의 기회를 영영 잃은 것인지 알 수 없다). 거기에 그치지 않고 가족도 인수를 포기한 '염소'의 시신을 사내가 대신 인수해 화장해주고 그 뼛가루를 야구장에 뿌려준다('염소'의 죽음을 모욕하는 것인지 애도하는 것인지 알 수 없다). 『야구란 무엇인가』는 복수담처럼 보였던 첫인상과 달리 동생을 잔혹하게 살해한 '염소'의 죽은 몸을 찾아내 장례를 치러주고 대신에 짐칸에 실려 있는 어머니의 유골함은 잊어버리는 이상한 이야기로 바뀐다. 그것은 아마도 소설 초반에 해태 타이거즈(광주)가 다른 팀을 이길 수 있느냐 없느냐에 관심이 모아졌던 것이 후반으로 갈수록 아들이 그렇게 가고 싶어 했던 야구장에 가서 원한과 증오 대신에 "별세상"(p. 246)을 체험하는 이야기로 바뀌고(사내와 아들이 관람한 경기 결과는 무승부다), 홈 베이스를 향해 살아 돌아가야 한다는 "야구의 진실을" 받아들여 "그래. 집에 가자. 무사히, 살아서 집에 돌아가자"(p. 251)는 새로운 목표가 복수라는 과거의 목표를 대체하는 것과 함께 가는 것 같다. 명백히 '복수하는 이야기'로 시작된 『야구란 무엇인가』는 '복수하지 않는 이야기'로 불완전하게 끝난다(화해와 용서가 있는 것도 아니고, 동생과 아버지와 어머니의 매장되지 않은 죽음이라는 문제는 어느새 이야기의 시야에서 사라지고 만다).

그러므로 과감하게 말해서 『야구란 무엇인가』를 결함 있는 소설, 실패한 소설로 평가하는 것도 불가능한 일은 아닐 것이다. 하지만 이 소설은 '매장되지 않은 죽음'이라는 문제에 반응하는 오랜 전통에 합류하면서 『백년여관』의 '용서할 수 없음'을 인수하고 그것을 '복수'라는 과업으로 상속했다. 다만 '복수' 그 자체에 내포돼 있는 여러 문제들이 이 텍스트가 성공적인 복수담이 될 수 없게 만들었을 것이다. 자신이 상속한 과업에 문제가 있다는 것을 알아차린 이 텍스트의 무의식이 이야기의 성공적인 결말을 방해했고 작가는 그것을 억지로 완결시키려 하지 않았을 것이다. 『야구란 무엇인가』가 초반에 야구를 대리 복수전으로 이해할 때 비판적인 독자들은 당연히 이런 질문을 떠올리지 않을 수 없었을 것이다. 해태 타이거즈(광주)가 삼성 라이온즈(대구)를 야구장에서 이긴다 한들 그것이 무슨 중요한 일이란 말인가? 야구장 바깥의 현실은 그대로인데. 그런데 이 질문은 얼마든지 연장될 수 있다. 그렇다면 당시의 살인자들을 찾아내 복수한들 그것이 무슨 중요한 일이란 말인가? 개별적인 복수 행위 바깥에서 그들을 살인자로 길들이고 살인을 명령한 세력과 그 세력을 계승한 자들이 지닌 권세가 그대로인데. 그렇다면 그 우두머리인 전두환에게 복수한들 그것은 또 무슨 중요한 일이 될 수 있을까? 자기 세대의 또 다른 전두환을 대통령으로 뽑는 우리 사회의 욕망의 구조는 예전 그대로인데. 게다가 우리가 살인자를 단죄하기 위해 우리 자신이 살인자가 되기로 한다면 과연 그 행위 속에서 우리는 복수에 성공한 것일까, 아니면 폭력·억압·지배의 논리 속으로 최종적으로 삼켜지고 만 것일까?[25] 이런 질문들이 이 이야기가 스스로를 완결시키지 못하게 하는 것이다.

---

25.   서영채는 복수와 복수심의 구별을 통해 김경욱 소설에서 복수심을 표현해야만 하는 필요성과 복수에 실패해야 하는 필요성을 나누어 설명한다(「광주의 복수를 꿈꾸는 일 — 2013년의 김경욱과 이해경」).

　　그러니 이렇게 정리할 수 있다. 한편으로는 복수의 길을 택하는 것이 불가피하지만, 다른 한편으로는 삶과 죽음의 위엄을 증언하고 그것을 부활시키는 애도의 투쟁에 복수는 아무런 기여를 할 수 없고 오히려 심각한 문제를 발생시킨다. 그러므로 새로운 5·18 문학은 '복수하는 이야기'이면서 '복수하지 않는 이야기'여야 한다. 그러니『야구란 무엇인가』는 복수의 불가피함을 이야기하면서 동시에 복수를 거부하는 제스처의 불가피함을 드러내야 하기 때문에 균형을 잃고 비틀거리는 이야기가 된 것이다. 하지만 그 비틀거림은 꼭 이 소설만의 것은 아니고 2000년대에서 2010년대에 걸쳐진 시대의 것이기도 하다. 용서할 수 없지만, 복수할 수도 없는. 그것이『백년여관』에서『야구란 무엇인가』로 이어지는 이야기의 흐름이 보여주는 그 시대의 얼굴이다. 그것은 또 까다로운 문제를 가리켜 보이는 것이기도 하다. 용서할 수 없지만 복수도 할 수 없다면, 그렇다면 무엇을 해야 하는가?

＊

　　『사슴 사냥꾼의 당겨지지 않은 방아쇠』(이하『사냥꾼』)는 비슷한 시기에 출간된『야구란 무엇인가』와 여러모로 비교된다. 첫째, 이 소설에서 주인공 한수는 '미래 기억'이라는 신비한 능력으로 전두환을 제거하려 하는데 비록 암살에는 이르지 못하지만 부정적인 영향을 끼치는 데는 성공하므로(전두환이 1988년 11월 23일 도망치듯 백담사로 떠난 실제 사실은 소설에 따르면 한수의 초능력이 개입한 결과다),『야구란 무엇인가』에 비해 확실하고 성공적인 '복수하는 이야기'가 된다. 둘째,『야구란 무엇인가』를 포스트역사주의 소설로 분류할 수 있다면 그것은 이 소설이 있을 법하지 않은 사적 복수의 난관을 클로즈업하느라 몇몇 상징적 지표들(망월동, 오월, 얼룩무늬, 군화, 도청 등)

을 제외하면 80년 오월 광주를 구성하는 구체적인 장면들을 재현하려 들지 않거나 흐릿한 배경으로만 처리하고 있어 역사의 인식이나 재구성이라고 할 만한 것을 찾아보기 어렵다는 '소극적인' 이유 때문이겠지만, 『사냥꾼』은 (아래 보게 되는 것처럼) 한국사 연표에 나올 법한 1980년대의 인상적인 사건들을 날짜까지 구체적으로 표기하고 그 역사적 사실들 사이로 허구의 인물들이 마음껏 돌아다니며 사랑하고 복수를 꿈꾸게 하면서도 그로부터 모종의 역사 인식에 도달하려 하는 대신 사적이고 은밀한 감정들에 강렬한 관심을 보인다는 점에서 '적극적인' 포스트역사주의 소설이라고 평가할 수 있다. (연표에서 83년 겨울부터 86년 봄까지 비교적 긴 시간이 비어 있는 것이 눈에 띄는데, 이 기간 동안 한수 또한 실종 상태로 이야기의 시야에서 벗어나 있거나 착실한 카페 직원이 되어 아무런 사건에도 관여하지 않는다. 한수는 역사적인 장면들 사이를 돌아다닐 때에만 행동에 나서고 변화를 겪으며 사건에 개입한다. 그가 역사적 인물이기 때문이 아니고 역사적 장면이라는 무대 장치 없이는 이 소설에서 모험이 생겨나지 않는 것이다.)

　　1979년 10월 26일, 박정희 총격 암살: "1979년 10월 27일 토요일 아침. 〔……〕 긴급 뉴스를 전하는 아나운서의 목소리가 들려왔다. 〔……〕 간밤에 도심에서 살인사건이 일어났다. 피살자의 신원은 현직 대통령인 것으로 밝혀졌다. 죽을 때까지 자리에서 내려오지 않겠다는 그의 뜻이 이루어졌다."(p. 9) 〔이 혼란스럽고 불안한 상황에 휘말려 한수는 엄마와 다시 만날 기회를 놓치고 엄마는 그대로 광주로 내려가 5·18 때 사망하게 된다.〕

　　1979년 12월 12일, 군사반란: "그 밤, 서울은 아수라장이었다. 〔……〕 신흥 폭력조직의 두목과 〔……〕 일군의 무장 괴한들이 출현하여

〔……〕 총격전 끝에 공권력을 제압하고 〔……〕 테러와 납치와 공갈과 협박과 고문과 린치가 난무했다. 한마디로 그들은 폭도였다. 폭도는 폭도를 폭도라 부르지 못하도록 신문과 방송에 재갈을 물렸다."(pp. 112~13)

1980년 5월 15일, 서울역 회군: "종로 쪽이 조용했던 것은 사람들이 죄다 서울역 앞에 모여 있었기 때문이었다. 광장을 메우고 넘친 인파는 광장보다 넓은 도로에 가득 퍼져 건너편 대우빌딩 앞까지 넘실거렸다. 〔……〕 그것은 장관이었다."(p. 45) "서울역 광장의 분위기는 어수선했다. 광장을 빠져나가는 행렬이 곳곳에서 부딪치고 뒤엉킨 탓이었다. 〔……〕 벌써 끝내나. 〔……〕 긴 밤 지새우고/전두환은 물러가라/내 맘에 설움이 알알이 맺힐 때"(pp. 61~62) 〔이날 서울에서는 계엄 철폐 등을 요구한 대규모 시위가 있었지만 유혈 사태를 우려해 자진 해산한 사실이 있다. 이 인파로 인해 교통이 마비되지 않았더라면 거리가 최루탄으로 자욱하지 않았더라면 이날 우진과 한숙의 만남이 그렇게 애절한 방식으로 이어지지는 않았을 것이다.〕

1980년 5월 21일, 불타는 광주MBC 사옥: "슈퍼 안의 작은 흑백TV에서는 방송국이 불타는 장면이 방송되고 있었다. 한수의 친아버지가 태어난 도시에서 일어난 일이었다. 〔……〕 지난겨울 서울을 접수한 폭도의 세력이 제주도를 포함한 전국으로 뻗친 지 나흘째였다. 〔……〕 앵커와 기자는 '폭도'라는 금지어를 여러 번 입에 담았다. 그 방송 사고에 한수의 몸은 이상한 반응을 나타냈다. 〔……〕 슬픔과 분노와 부끄러움과 희열이 엇갈리고 뒤엉키는 마음의 소용돌이."(pp. 118~19) 〔공수부대의 잔학 행위에 침묵하던 광주MBC가 계엄사의 방침에 따라 시민들을 '소요 주모자' '범법 행위자'로 지칭하고 중상자는 없으며 연행된 학생들이 정성껏 치료받고 있다고 거짓 보도하자 광주 시민들이 5월 20일 문화방송 건물을 방화한 사실이 있다. 그것이 다음 날 보도된 것이다. 이 시점에서 광주 이외 지역 사람들이 이 사건의 의미를 파악할 수는 없었지만 소설 속 한수는 광주의 감정을 느끼고 있다. 이때부터 한수 안에 잠재해 있던 초능력의 근원, '이상한 피'가 깨어난다.〕

1981년 9월 30일, 88년 올림픽 개최 도시 발표: "자정이 막 지났을 때 장소에 어울리지 않는 박수소리와 환호성이 들려왔다. 카운터에 모여 TV를 보고 있던 일부 의료진과 환자 가족 들이 올림픽 개최 도시가 결정된 순간 터뜨린 소리였다."(p. 142) 〔올림픽 개최는 학살 위에 세워진 전두환 정권이 치부를 감추고 국제적으로 승인받는 모양새가 되어 신군부에는 각별히 중요한 사업이었고, 한수는 이때부터 과거와 현재와 미래를 혼동하기 시작하며 서서히 '미래 기억'을 향해 간다.〕

1982년 1월 6일, 야간 통행금지 해제: "한수가 놈을 제거하기로 결심한 날은 1982년 1월 6일이었다. 〔……〕 그날은 삼십칠 년 만에 통행금지가 풀린 날이었다. 〔……〕 사람들의 표정은 한결같이 들떠 있었다. 야간통행의 자유를 맛보려고 집에서 나왔거나 집으로 들어가지 않은 시민들이었다."(pp. 146~47) 〔야간 통행금지 해제는 막혀 있던 '시간의 길'을 연 셈이 됐다. 갑작스럽게 열린 '시간의 길'을 따라 유계(幽界)로 잘못 들어갔다가 소영이 기다리는 현계(顯界)로 돌아오지 못할 뻔한 일을 겪고 나서 한수는 소영과의 만남을 방해하는 존재를 제거할 결심을 하는데, 그 존재가 통행금지를 해제한 장본인, 전두환이라고 잘못 생각한다. 그런데 그 생각이 잘못된 것일까?〕

1983년 2월 25일, 북한군 조종사 귀순: "파상(波狀)의 사이렌 소리가 들리기 시작했다. 한 달에 한 번씩 들어서 익숙해진 소리. 〔……〕 이것은 실제 상황입니다. 국민 여러분, 이것은 실제 상황입니다. 〔……〕 휴가중인 장병들은 즉시 부대로 복귀하기 바랍니다."(p. 177) "오후의 서울 거리는 평온했다. 스물아홉 살의 망명객이 몰고 남하한 미그 19기는 F-5 전투기 편대의 보호를 받으며 수원비행장에 착륙했다."(p. 180) 〔'이 위태로운 실제 상황' 속에서 한수와 소영의 만남은 더욱 애틋하고 소중한 것이 된다.〕

1983년 10월 9일, 버마 암살폭발 사건: "그해 가을은 놈이 죽을 뻔한 일로 시끄러웠던 나날이었다. 〔……〕 묘지에서 놈은 살고 수행원 열일곱 명이 죽었다. 〔……〕 한수는 〔……〕 다 자신의 책임이라는 생각을 피할 수 없었다. 서둘러야겠어. 〔……〕 내가 해치울 수 있을까."(pp. 208~209)

1986년 5월 21일, 고(故) 박혜정 열사 투신: "좋아하는 사람이, 죽었어. 〔……〕 강물에 몸을 던졌어. 벌써…… 열흘 전이네. 〔……〕 사는 게, 부끄러웠나봐. 〔……〕 그 형은 시를 썼어."(pp. 249~51) 〔이 대목은 알아보기 어렵게 처리되어 있어 투신했다는 소영의 선배가 박혜정 열사인지는 불명확하다. 이어지는 장면에서 소영이 부른 노래는 광주항쟁을 기억하는 「오월의 노래」다.〕

1986년 10월 28일, 건국대학교 항쟁: "1986년 10월 28일. 한수는 〔……〕 건국대 안으로 들어갔다. 〔……〕 광장에는 학생들이 구름처럼 모여 있었다. 〔……〕 학생회관 쪽에서 엄청난 크기의 물체가 꿈틀거리며 다가오고 있었다. 그것은 무수히 많은 머리와 팔다리가 달린 괴물이었다. 〔……〕 쾅 쾅 콰앙! 괴물이 장착한 무기가 불을 뿜는가 싶더니, 학생들이 흩어지는 광장 곳곳에 하얀 연기가 자욱했다."(pp. 254~56) 〔한수는 건대에서의 '전두환 허수아비 화형식'과 경찰의 진압 과정을 목격한 뒤 잊고 있던 전두환 제거 프로젝트를 기억해낸다.〕

1987년, 6월 항쟁: "사람들은 그동안 입 다물고 살아온 세월이 지겨웠다. 놈은 무사히 살기를 원치 않는 사람들이 그렇게 많다는 사실을 받아들이기 어려웠다. 놈이 보기에 세상은 미쳐가고 있었다. 날이 더워지면서 어떤 이들은 넥타이를 풀어헤치고 거리로 뛰쳐나왔다."(p. 270)

1988년 9월 17일, 서울올림픽 개막식: "한수는 어떤 미래를 기억하기 시작했다./한수가 기억하기 원하는 단 하루의 미래는 1988년 9월 17일이었다. 그날 서울에서는 제24회 하계올림픽의 개막식이 열렸다. 행사가 절정에 달했을 때 잠실 스타디움의 한 곳에서 벌어진 장면을 기억하는 것"(p. 280) 〔한수의 초능력은 미래를 철저히 '기억'하면 그 미래가 현실화된다는 것이다. 하지만 철저한 미래 기억은 그것을 기억하는 자의 것이 된다. 즉 올림픽 개막식에서 전두환이 죽을 때 한수도 전두환의 고통을 함께 느끼며 죽게 될 것이다. 이 때문에 숙주와 함께 죽기를 원치 않는 '이상한 피'가 '미래 기억'을 완성하기 전에 한수에게서 빠져나가려 하고 한수는 이에 저항하지만 결국 실패한다. 한수는 이상한 피가 빠져나가는 마지막 순간 미래 기억을 바꾼다. 그렇게 해서 전두환이 올림픽 개막식에 불참하기로 한 것이다.〕

1988년 11월 23일, 전두환 백담사 줄행랑: "예비역 육군 대장 전두환은 영동고속도로를 달리는 검은색 세단의 뒷좌석에 앉아 있었다. 그것은 한수의 선택이었다. 〔……〕 둘 다 서울을 떠나 죽은 듯이 살다가 죽는다는 것."(p. 120) "압구정동에 만두 맛있게 하는 집 있는데 언제 한번 가자. 빈대떡도 잘해./한숙의 말에 고개를 끄덕이며 한수는 속으로 말했다. 그런 날은 오지 않을 거야."(p. 132) 〔수정된 미래 기억에 따라 한수는 사랑하는 사람들과 함께 있을 수 있는 기회를 포기하고 서울을 떠난다. 5공 비리 때문에 궁지에 몰린 전두환이 백담사로 도망친 것도 그 때문이다.〕

보기에 따라서 『사냥꾼』은 역사적으로 중요한 사건들을 단지 허구적 인물들의 모험을 돋보이게 하는 무대 장치로 동원할 뿐이고 이들의 경험을 개인적인 것(주로 연애 사건)으로 고립시키고 있다고, 그러니 이 소설을 두고 역사적 장면들이 허다하게 삽입되어 있는 겉모습과 달리 몰역사적이고 탈정치적인 것이라고 비판하는 것이 불가능한 일은 아닐 것이다. 『사냥꾼』의 관심이 한수와 소영, 한숙과 우진의 사랑과 그 좌절에 집중되어 있는 것은 사실이다. 하지만 이 이야기가 그와 같은 사적이고 내밀한 욕망의 사무조차도 역사적 파동과 무관한 진공상태에서 이뤄질 수 없다는 점을 보여주면서만 진행된다는 것도 사실이다. 게다가 그 '사랑의 감각' 덕분에, '복수하는 이야기'로 되어 있는 이 소설이 원한·증오·죄책감 등에 사로잡히기 쉬운 복수 그 자체보다 삶과 죽음의 간절함과 애틋함을 풍부하게 표현하는 데 성공하고 있다는 것도 사실일 것이다. 그렇게 해서 '복수하는 이야기'인 『사냥꾼』에서 결정적인 것은 복수가 아니게 되고, 그렇기 때문에 『야구란 무엇인가』에서처럼 복수를 갈망하면서도 거부하는 불균형한 태도를 견지해야 할 이유가 현저히 줄어든다. 애도와 거리가 멀어 보이는(한수에게는 전두환이 학살의 책임자라는 생각이 없다. 한수가 전두환을 제거하려 한 것은 매장되지 않은 죽음과 무관한 일이었고 누군가의 삶과 죽음을 기억하는 것도 한수의 과제는 아니었다. 한수는 스스로를 위한 성년식으로 부모의 묘지에 다녀올 생각을 한 적도 있지만 소영과의 데이트를 위해 고민 없이 애도 여행을 포기해버린다. 한수는 소영과의 만남을 방해하는 존재가 전두환이라고 생각하기 때문에 그를 제거하려 한 것이다) 이 소설이 독특한 방식으로 애도하는 이야기가 되는 것도 같은 맥락이다. 도저히 그 상실을 수용할 수 없게끔, 한수와 한숙 그리고 주변 인물들의 삶과 죽음의 간절함과 애틋함을 풍부하게 표현하는 데 성공하고 있다는 점에서 이 소설은 애도하는 이야기가 되는 것이다(이 경우 애도의 대상은 80년 오월 광주의 삶과 죽음은 아닐 것이다. 하지만 그와 단절될 수 없는 80년대의 젊은 영혼들의 꿈과 사랑을 애도하는 것으로까지 5·18 문학이 확장될 수 있지 않을까).

한수는 몰랐겠지만 소설이 끝나는 시점으로부터 9년 뒤 전두환은 특별사면으로 풀려나 연희동 자택으로 돌아온다. 그러니 실제 역사에 비춰볼 때 한수의 수정된 '미래 기억'은 최종적으로 패배한 것처럼 보인다. 하지만 이 소설에서 '복수'보다 '사랑의 감각'이 훨씬 더 중요하다는 점을 생각해보면 오히려 거꾸로 생각해야 할 것이다. 소영, 한숙, 우진과 다시 만나 사랑하기 위해 한수는 돌아와야만 했고, 그런 이유로 미래 기억이 깨진 것이고 그 때문에 전두환이 사면받을 수 있었던 것이라고. 그런데 그들이 다시 만나고 사랑하는 것이야말로 진정한 한수의 미래 기억이지 않았을까? 그렇다면 『사냥꾼』은 『야구란 무엇인가』에 비해 상대적으로 더 확실하고 성공적인 복수담이 되는 것이 아니라 더 확실하게 **복수에서 빠져나오는** 이야기가 된다. 복수하지 못하고 "전두환을 자연사시키는 게 한국 현대사의 가장 큰 수치가 될"[26] 수도 있겠지만, 전두환 따위의 말로가 어떻게 되느냐 하

---

26.   김홍, 『스모킹 오레오』, 자음과모음, 2020, p. 53. 이 책이 출간된 이듬해 전두환은

는 문제는 소영을 만나고 사랑하는 일에 비하면 아무런 의미도 가치도 없는 것이다. 그와 같은 마음의 체제를 만드는 것이야말로 어떤 의미에서는 진정한 복수가 되는 것이 아닐까.

5. 포스트역사주의 소설 2 — 진실에의 의지와 무의지

김희선의 『무한의 책』은 다음과 같은 다채로운 요소들을 현란하게 엮어내고 있어 인상적이다. ① 외계의 존재와 연관된 거대한 비밀을 풀어나가는 듯 증식시키는 새로운 스타일의 서사로 많은 인기를 얻었던 90년대 미국 드라마 〈X-파일〉, ② 얼핏 화사하고 동화적으로 느껴지지만 자세히 뜯어보면 기괴한 이미지들이 촘촘히 뒤엉켜 있어 끔찍하고 고통스러운 느낌을 주는 15세기 말 히에로니무스 보스가 그린 「세속적인 쾌락의 정원」, ③ 히에로니무스 보스는 원래 이탈리아의 화가 안젤리코 델 지오반니였으나 신성모독의 진실을 폭로한 탓에 화형당할 위기에 몰리고 그 때문에 상대적으로 자유로운 네덜란드로 도망쳐 다른 인물로 행세한 것이라는 소설 속 인물 로버트 와인버그의 음모론, ④ 테야르 드 샤르댕 신부가 창안한 것으로 되어 있는 '종교와 생물학의 통일장 이론'(히에로니무스 보스의 그로테스크한 종교화와 공명한다) 및 그를 제거하고 위험한 진실을 봉인하려는 천주교 비밀 조직의 음모론(2000년대 유행했던 댄 브라운의 소설 『다 빈치 코드』 등의 변주), ⑤ 공룡의 형상을 한 신들이 강림해 예고한 임박한 지구 종말〔소행성 충돌(90년대 후반의 영화 「딥 임팩트」 「아마겟돈」 등의 변주)〕, ⑥ 과거로 돌아가 특정한 변화를 일으켜 개인사를

자연사했다. 날짜는 11월 23일로, 백담사로 도망쳤던 날짜와 같다.

변형함과 동시에 임박한 종말로부터 인류를 구원하는 시간 여행(80년대 중후반의 영화 「터미네이터」 「백 투 더 퓨처」 등의 변주), ⑦ 자신의 희생으로 인류를 구원하는 희생자 – 구원자에 대한 계시(예수의 고난과 대속의 드라마의 변주), 그리고 다른 무엇보다 ⑧ "그해 5월"(p. 187) 한국의 남쪽 어느 도시에서 있었던 학살.

여기에는 너무나 화려하고 다채로운 요소들이 어지럽게 뒤엉켜 있는 데다가 각각의 요소들이 소설 안에서 '편집증적 망상의 소용돌이'일 뿐인지 아니면 '심오한 구원의 계시'인지 손쉽게 판정할 수 없게끔 서술되고 있기 때문에, 『무한의 책』에 비하면 『사냥꾼』은 상대적으로 정직하고 소박한 역사소설로 보일 정도다. 이 책에 덧붙여져 있는 해설은 『무한의 책』을 두고 '이야기의 클리나멘(시작도 끝도 없는 영원한 운동을 만들어내는, 예측 불가능한 이탈)'인 동시에 '클리나멘의 이야기'라고 평가하는데[27] 이와 같은 찬탄에 근거가 없지 않다. 어떤 단일한 방식으로도 이 소설을 규정할 수 없게 하는 이질적인 것들의 역동적 서술 체제를 만들어냈다는 점에서나, 결국에 가서는 이 일탈적이고 과밀한 요소들 가운데 어느 하나도 무의미한 곁가지로 남겨두지 않고 이야기의 본류로 끌어들인다는 점에서나 『무한의 책』은 서사물의 한계를 시험해본 특별한 사례로 평가될 만하다. 그럼에도 이런 질문이 남는다. 『무한의 책』은 5·18과 같은 심각한 역사적 사건을 다루면서 왜 이렇게까지 현란한 리듬으로, 역사의 진실이 이야기의 소용돌이에 빨려들어 가 사라지는 것처럼 보이는 방식으로 쓰여야 했는가?

엉뚱한 설명처럼 보일 수도 있겠지만, 우리에게는 이미 광주

---

27.   복도훈, 「이야기의 클리나멘, 클리나멘의 이야기 —— 김희선 장편소설 『무한의 책』에 부쳐」, 『무한의 책』 해설, 현대문학, 2017, pp. 496~97.

항쟁의 탁월한 문학적 재현이자 애도의 문학으로 『봄날』과 같은 기념비적인 작품이 있는데 왜 한강의 『소년이 온다』가 또 씌어져야 했는가를 묻고 답했던 한 평문[28]을 참고하며 앞의 질문에 답변을 시도해볼 수 있다. 간단히 말해서 김미정은 '정동 전쟁'이라고 부를 만한 상황에 응답하기 위해 한국문학의 정치적 무의식이 『소년이 온다』를 필요로 했다고 쓴다. 많은 부분에서 진상규명이 이뤄진 오늘날까지 1980년 군부의 흑색선전을 변주하며 광주항쟁을 폄훼하고 조롱하는 극우 담론이 활개 치고 있는데, 김미정에 따르면 그것은 역사 해석을 놓고 벌이는 해석 투쟁이거나 정치적 반동이기 전에 역사를 왜곡할 때 생겨나는 혐오와 조롱의 쾌락을 만끽하는 것이다. 그것이 인간 존엄에 대한 감각들과 충돌하며 '정동'의 전쟁을 일으킨다. "감정의 흐름에 대한 구체적이고 생생한 묘사들"[29]로 가득한 "인간 존엄을 위한 거대한 정동 네트워크"[30]를 구현하는 『소년이 온다』는 그래서 필요했던 것이다. 김미정의 논변에는 주목할 만한 내용이 많지만, 우리의 논의와 관련해서 주목하고 싶은 것은 『무한의 책』이 출간된 것과 비슷한 시기에 발표된 그 글이 한국문학의 무의식이 반응하고 있거나 반응해야 할 상황으로 정동 전쟁을 지목하고 있다는 것이고, 내가 여기에 덧붙이고 싶은 것은 김미정이 '정동 전쟁'이라고 이름 붙인 상황의 또 다른 이름이 '탈진실적 난동'일 수 있다는 것이며 여기에는 20세기 후반 이후의 미디어 환경과 연관이 있으리라는 것이다(2010년대라는 모호한 숫자와 관련해 여기서 환기해두고 싶은 것은 이런 것이다. 오늘날까지도 온라인 커뮤니티 가운데 극우와 혐오정치를 대표하는 '일베'가

---

28.   김미정, 「'기억 – 정동' 전쟁의 시대와 문학적 항쟁 —— 한강의 『소년이 온다』(2014)가 놓인 자리」, 『인문학연구』 제54호, 2017(『움직이는 별자리들』, 갈무리, 2019에 재수록. 본문 인용은 재수록 참조).
29.   같은 글, p. 262.
30.   같은 글, p. 269.

개설된 것이 2010년이고, 단행본 저서 가운데 이에 대한 진지한 대응으로는 처음이었을 박가분의 『일베의 사상』이 출간된 것이 2013년이다).

20세기 후반 이후의 매체 환경을 다음과 같이 이해할 수 있다. 우리가 많은 시간 들여다보게 되는, TV, 컴퓨터, 스마트폰 등의 스크린은, 풍부한 내용이 하나의 체계로 모여들어 고유한 건축물이 되기를 꿈꾸는 '책'과는 근본적으로 다른 환경을 제공한다. 우리는 하나의 스크린을 지켜보지만 리모컨 버튼을 누를 때마다 그 스크린으로 다양한 채널들이 '맥락 없이' 쏟아져 들어오고 단일한 채널을 오래 켜두는 경우라 하더라도 그 채널에서 방영되는 프로그램들이 하나의 의미망으로 모여드는 것도 아니다. 우리의 TV 체험은 특정한 프로그램의 특정한 내용에 있다기보다는, 스크린을 통해 다양한 프로그램과 채널들이 맥락 없이 절취되고 뒤섞이면서 우리의 정신 속으로 쏟아져 들어온다는 데 있다. 인터넷을 기반으로 한 개인용 컴퓨터와 스마트폰은 그와 같은 TV 체험이 가정집 거실에서의 특정 시간에 머무르지 않고 모든 공간, 모든 시간에 걸쳐 우리에게 침투하게 만든다. 이제는 우리가 리모컨 버튼을 발작적으로 누를 필요도 없이, 숏폼이 저 혼자서 끊어지고 다음으로 넘어가버린다. 그와 같은 '맥락 없는 파편들의 소용돌이 속에서, 그것들이 만들어내는 정신을 잃을 것 같은 현기증 속에서 살아가기', 그것이 20세기 후반 이후 가속화되어온 우리 삶의 형식이다.[31] 약간의 과장이 허락된다면, 그와 같은 파편들의 맥락 없고 정신없는 브리콜라주야말로 밀레니엄 이후의 우리의 정신 그 자체라고도 말할 수 있다.

무한 브리콜라주 기계인 미디어들은 특정 사안에 천착하거

31.　'채널 돌리기'로부터 가속화되는 파편화의 경향을 읽어내는 것은 프레드릭 제임슨, 『포스트모더니즘, 혹은 후기자본주의 문화 논리』, 임경규 옮김, 문학과지성사, 2022, pp. 660~81 참조.

나 그것의 진실성 또는 현실성 여부를 판명하고 그것이 보다 큰 맥락에서 어떤 의미를 띨 수 있는지 해석할 여유를 주지 않는다. 그와 같은 검사와 해석에 시간을 들여 속도를 줄이는 것은, 파편적 텍스트들이 무한히 혼합되면서 만들어내는 현란한 효과들을 약화시킬 뿐이다. 반대로 무한히 증식하고 떠돌아다니다가 맥락 없이 서로에게 들러붙었다 떨어지는 텍스트들은 기존의 현실 세계가 제공할 수 없었던 자유롭고도 짜릿한 자극을 주며 비인간적일 만큼 현란한 상품 세계의 리듬에도 부합하는 바가 있다. 그러므로 무한 브리콜라주 기계가 우리들에게 영향을 끼치는 것 이상으로 우리가 그 무한 브리콜라주 기계들을 가속화시킨다. 그 결과 서로 다른 기호, 의미, 장면, 사건들이 유기적으로 연결되어 보다 크고 역동적인 의미망을 이루는 것으로 이해되어왔던 '서사'라는 것이 이제는 불가능한 것, 비현실적인 것 그게 아니라면 최소한 낯설거나 시대에 뒤떨어진 것으로 여겨진다. 또한 텍스트들의 현란한 브리콜라주 그 자체가 부각되는 만큼 '텍스트'와 '그것이 의미하거나 표현하거나 재현할 수도 있는 것' 사이의 관계는 더 이상 중요한 문제가 되지 않는다. 이상의 설명에서 마지막 대목이 '탈진실'적 경향에 해당하고, 그 앞에 언급한 맥락과 의미망의 무분별한 파괴(파편화와 짜깁기)를 '난동'이라고 일컬을 수도 있겠다.

20세기 후반 이후 문화 영역에서 일어난 변화를 일괄적으로 '탈진실적 난동'이라고 평가할 수 없지만, 5·18의 진실을 훼손하고 모욕하는 다양한 텍스트들을 생산·패러디·증식시키며 그것을 즐거운 놀이쯤으로 여기는 행태는 탈진실적 난동이라 불러도 좋을 것이다. 그런 탈진실적 난동은 매체 바깥 어딘가에서 만들어진 뒤에 인터넷 커뮤니티를 통해 유통된다기보다 무한 브리콜라주 기계인 매체에 의해 생산되고 증식된다. 그게 아니라면 무한 브리콜라주 기계와 함께 가고 있는 우리 시대의 마음이 탈진실적 난동에 해당하는 텍스트들을 별다른 저항 없이 받아들이고 심지어 즐기는 것이다.

여기서 우리가 하려는 것은 도덕의 타락을 한탄하며 최신의 기술 문화를 타락의 원인으로 지목하는 것이 아니다. 특정한 시기의 현실을 구성하는 계기들 가운데 하나를 파악하고 그것을 계산에 포함하면서 우리의 읽기와 쓰기를 이어가려는 것이고 앞서 제시한 질문에 답하기 위한 것이다. 앞선 질문: '『무한의 책』은 5·18과 같은 심각한 역사적 사건을 다루면서 왜 이렇게까지 현란한 리듬으로, 역사의 진실이 이야기의 소용돌이 속으로 빨려들어 가 사라지는 것처럼 보이는 방식으로 씌어져야 했는가?' 이 지점에서의 답변: '5·18이 지나간 과거로써 그 진실이 역사적 진공상태에 보존되어 있는 것이 아니라, 항상 그것을 돌이켜 바라보는 우리 현실의 파동에 간섭되면서만 우리의 접근을 허용하는 것이라면, 살아 있는 5·18을 재현하거나 기억하거나 애도하는 그 일에 무한 브리콜라주 기계에 대한 고려를 포함해야 하니까.' 무한 브리콜라주 기계의 가속 운동이라는 현실을 감지하고 그것을 반영하면서 바로 그 현실로부터 바라다보이는 5·18을 재현하려 할 때 『무한의 책』과 같은 독특한 소설이 쓰이게 되는 것이 아닐까? 이와 같은 방식으로 읽기로 하자면, 『무한의 책』은 한편으로 무한 브리콜라주 기계의 한복판으로 뛰어드는 것이고[32] 다른 한편으로 그 현란한 리듬 속에서도 끝까지 '진실 찾기'를 포기하지 않는 것이 된다. 혹은 작가가 괴력을 발휘해 무수한 파편들을 하나로 끌

---

32.   복도훈의 해설도 이 점에 주목하고 있다. "2017년도의 한국 소설의 현장에서 레디메이드 문화상품을 새로운 형상의 성좌로 재배치하는 브리콜라주 텍스트 만들기는 더는 낯선 서사기법이 아니다. 〔……〕 브리콜라주는 〔……〕 쓸모없게 된 파손된 부품이나 설계에 맞게 쓰고 남은 자투리를 갖고 원래의 용도와는 전혀 다른 물건을 만들어내는 기법이거나 그 기법의 산물을 뜻하는 개념이다. 『무한의 책』은 당연히 브리콜라주 소설이지만, 더 공정하게 말하면, 브리콜라주적 상상력이 공룡의 제왕이라 할 만한 티라노사우루스급으로 집대성된 소설이다."(「이야기의 클리나멘, 클리나멘의 이야기」, pp. 499~500)

어모으고(“모든 파편적 사건들이 하나로 엮이는 신비로운 순간을 경험해보라고!”(p. 264)) 그 현기증 나는 속도와 리듬 속에 진실 찾기의 과업을 새겨 넣을 수 있을지를 시험해본 것이 된다. 바로 그 점에서 이 본격적인 포스트역사주의 소설은, 몹시 어지럽고 장난스러운 겉모습과 달리, 2010년대적인 현실에서 나름의 진지한 애도의 방식을 찾아내려 한 것이라고 말할 수 있다. 어떤 의미에서는 적들의 무기이기도 한, 돌이킬 수 없는 우리의 현실인, 무한 브리콜라주 기계를 가지고서 탈진실적 난동으로 훼손된 삶과 죽음을 위한 너무나 현대적인 사원을 세우려 한 것이라는 의미에서.

그리고 보면 다음과 같은 비판과 명령이 눈에 띈다.

사실은 [진실에] **눈만 감으면**, [……] 우린 히에로니무스 보스(어쩌면 안젤리코 델 지오반니)의 **지옥도 속에서도 충분히 즐겁고 행복하게 살아갈 수 있다.** 나와 당신(들), 세상의 모든 이들이 그러듯이. (p. 68)

“그래, 사람들은 스스로를 위로해주고 자기 자신을 동화시킬 수 있는 단 한 줄을 찾아 헤매는 거야. 그럴 때 문장의 **진짜 의미가 뭔지는 하나도 중요하지 않아.** 아니, 오히려 모호하고 애매할수록 더 좋아하겠지. 왜냐하면 그들이 원하는 건 **진실이 아니라** 오히려 그걸 옅은 파스텔 톤으로 덧칠해주고 부드럽게 가려줄 **반투명의 휘장** 같은 거니까.” (p. 149)

어찌됐든 간에, 소년은 **너와 자기 자신에 대해 알아야 할 의무**가 있어. 그리고 세계 역시 너의 희생을 **기억해야 할 책임**이 있고 말이야. (p. 169)

그러니 반드시 **기록하라고.** 어쩌면 그것만이, 너라는 사람이 한때 존

재했었다는 유일한 증거가 될지도 모르니까. (p. 419)

다시 한 번 말하지만, 이젠 받아들여. 꿈보다 현실이 더 악몽에 가깝더라
도 말이야. 〔진실에 눈 감고〕 네 안의 섬에 영원히 갇혀버리면…… 그
럼 정말 모든 게 끝이라고. (p. 422)

단적으로 말해서, 『무한의 책』에는 온갖 이야기들이 난무하지만 이
소설은 더 이상 진실에 신경 쓰지 않는 탈진실의 시대를 자신의 폭주
하는 서사들로 되비쳐 보여주면서 알아야 할 의무, 기억해야 할 책임,
기록의 필요에 대해서 말하면서 꿈이 아니라 현실을 받아들여야 한
다고 주문한다. 너무 많은 또 너무 흥미진진한 이야기들 속에 파묻혀
있어 잘 보이지 않는 것이 사실이지만, 그럼에도 『무한의 책』은 앞에
서의 비판과 명령을 명백히 광주항쟁에 관한 탈진실적 난동과 연관
해서 받아들이기를 요구한다.

처음엔 **거짓말**로 시작하지만 입 밖으로 나오는 순간 모든 건 진실
이 되고, 나는 그걸 믿어버리게 되는 거야. 그래, 지금처럼 말이야.
〔……〕 빨갱이 폭도 새끼들이 우릴 공격했고, 그래서 어쩔 수 없이 대응
사격을 했는데, 놈들은 모두 도망치고 애꿎은 중학생이 몇 죽게 됐다는 거.
〔……〕 아니, 생각해보니 다 잘못됐어. 〔……〕 나는 소총도 쏘지 않았고
〔……〕 그런 일은 일어나지도 않았어. 그해 5월, 〔……〕 세상은 너무 평
온해서, 중학생이 마을 냇가에서 수영하다 지나가던 군인들 총에 맞
아 죽는 일 따위 아예 일어날 수도 없었지. **생각해봐, 그게 진짜 일어났
던 일이라고 생각해? 몇 년 뒤에 올림픽이 열릴 나라에서?** (pp. 187~88)

그는 기이한 노트를 손에 넣었고, 그리하여 생각지도 못했던 것들을

꽤 많이 알게 됐다. 예를 들자면, 그가 태어나기도 훨씬 전 이 땅의 어느 도시에서 벌어졌던 학살극 같은 것들. 노트를 읽기 전 아르바이트생은, 그 사건이 실제일 거라고 생각해본 적이 없었다. 〔……〕 그러니까 교과서나 역사책, 혹은 **어쩌다 돌리는 채널**에서 방영되는 다큐멘터리에서나 언급되는 사건일 뿐, 현실적으로는 아무 감정도 느껴지지 않는 흘러가버린 과거에 불과했다는 뜻.
　　　그러나 이제는 〔……〕 그 일이, 입체적인 형태를 띠고 그에게 다가왔다. 왜냐하면 **모든 것은 실제로 일어났던 일들이기 때문이다!** (p. 302)

특히 마지막 인용문은 『무한의 책』이 독자들에게 어떻게 읽히고 싶어 하는지를 노골적으로 드러낸다. 인용문의 '그(아르바이트생)'는 이전에도 광주항쟁에 대해 모르지 않았지만 그것이 실제로 일어났던 일이라는 실감은 없는 채로였다. 하지만 '그'는 우리보다 먼저 『무한의 책』(보다 정확히 말하자면 『무한의 책』의 저본이 된 '번역 노트'의 '원본 노트')을 읽었기 때문에 그것이 실제로 일어났던 일이라고 느끼고 인정하면서 독자들이 이 책을 읽고 난 뒤 보여줘야 할 반응을 '그'가 모범적으로 먼저 보여준 것이다. '모든 것은 실제로 일어났던 일이다, 이야기일 뿐인 것이 아니다, 생생히 살아 있는 현실로 받아들이고 기억하고 기록하고 번역하라, 무한 브리콜라주 기계 안에서라고 해도……'
　　　하지만 '반영'하면서 '비판'하고 있다고 생각한 무한 브리콜라주 기계에 『무한의 책』이 말려들어간 것이라고 평가하는 것도 불가능한 일은 아니다. '그'가 번역했다는 '원본 노트'(『무한의 책』의 원천)가 실은 그 존재가 불확실하다는 점이, 다시 말해서 '진실을 기억하라'는 명령을 포함한 소설 속 모든 내용이 '그'의 망상일 수 있다는 점이

몇 차례 강조될 때, '모든 것은 실제로 일어났던 일이다!'가 '원본 없는 이야기의 증식은 이토록 자유롭고 흥미롭다'로 다시 전환되는 측면이 있기 때문이다. 이 경우 '진실에의 의지'라는 것은 이 소설의 무한 브리콜라주를 이루는 수많은 요소 가운데 하나에 지나지 않게 된다. 어쨌거나 이 소설에서 가장 두드러진 대목은 다양한 에피소드를 엮어가며 진실과 망상이 끊임없이 자리를 바꾸는 현란한 리듬이고 그것이 어딘가에 새겨진 '진실 찾기'의 과업조차 집어삼키는 것이다. 그리고 또 다른 문제. 지구 멸망의 위기에서 벗어나는 방법이 문제의 근원(박영식, 80년 오월 광주에 투입된 공수부대원, '원본 노트' 기록자 스티브의 아버지)을 과거에서 찾아내 미래로 보내는 것이라고 한다면, 여기서의 구원은 1958년(여덟 살의 박영식)부터 2015년(과거에서 온 여덟 살의 박영식 어린이를 만나 이 아이로부터 스티브가 기록한 '원본 노트'를 입수하는 '그')까지의 역사 가운데 비록 한 가닥이기는 하지만 일부 구간(여덟 살 이후의 박영식의 삶)을 지워버리는 행위를 통해서만 가능해진다. 그런데 이 **삭제 행위**는 '진실의 기억·기록'과 양립할 수 있을까? 그것이 과연 맥락들을 함부로 자르고 오려 붙이며 왜곡하는 탈진실적 난동과 다른 것일까? 악행의 한 줄기만을 지워버린 뒤 남겨진, 한 가닥의 예외를 빼면 예전과 똑같이 다시 태어난 세계가 '구원 받은 세계'라고 평가하는 이야기라면, 『무한의 책』은 '기존의 세계'가 충분히 옳고 변화 없이 반복될 가치가 있다고 주장하는 셈이 되는 게 아닐까? 말하자면 혁명 같은 건 필요 없다고 주장하는 이야기가 되는 게 아닐까?

간단히 말해서 무한 브리콜라주 기계에 도전한 『무한의 책』에는 **진실에의 의지**가 분명히 드러나 있지만, 같은 장소에 **진실에의 무의지**도 함께 자리 잡고 있는 듯하다. 이 소설에서의 진실에의 무의지의 원천, 그것은 아마도 무한 브리콜라주 기계의 그 현란한 리듬일 것이다.

*

무한 브리콜라주 기계의 화려함에 현혹되지 않고 자기만의 독특하게 무심한 리듬을 유지하며 있는 그대로의 상황을 솔직하게 표현하고 있는 듯한 박솔뫼의 「그럼 무얼 부르지」(2011)의 경우는 어떨까. 이 소설은 그동안 광주항쟁 미체험 세대에 속하는 작가가 같은 세대로 보이는 화자를 내세워 80년 광주에 대한 느낌과 생각을 솔직히 표현한 것으로 평가되어온 듯하다.[33] 하지만 '솔직하다'는 것이 소설에 대한 이해나 평가에서 어떤 의미를 지닐 수 있을까? (박솔뫼의 소설이 그렇다고 주장하려는 것은 아니지만) 솔직한 혐오 표현을 두고 솔직하기 때문에 의미나 가치가 있다고는 생각할 수 없다. 「그럼 무얼 부르지」를 두고 '솔직함'에 대해 이야기하는 것은 이 소설이 광주항쟁 체험 세대나 '광주 2세대'(김형중의 용어)에게 주는 당혹스러움과 반감을 감추려는 시도가 아닐까.[34] 애도 문학으로서의 5·18 문학의 일부

33.　손정수는 해설에서 "이 소설은 **미체험 세대가 '광주'라는 사건에 대해 갖는 솔직한 역사적 태도**를 드러내고 있다는 점만으로도 문제적이라고 할 수 있"(「모더니즘의 문체와 리얼리즘의 문제는 어떻게 하나의 이야기 속에 양립할 수 있었는가?──박솔뫼론」, 『그럼 무얼 부르지』 해설, 자음과모음, 2014, p. 248)다고 썼다. 김형중은 웹진문지문학상 '이 달의 소설 선정의 말'에서 "이 젊은 작가가 〔……〕 작가가 속한 **세대 특유의 '쿨함'**을 지녔으나 결코 냉소적이지는 않은 방식으로 오월이 자신들에게 무엇인지를, 무엇일 수 있는지를 이야기한다"(『제2회 웹진문지문학상 수상작품집』, 문학과지성사, 2012, p. 388)고 썼는데, 나중에는 "박솔뫼는 5·18에 대해 쓴 작가들 중 가장 **솔직한 작가**일지도 모"르지만 "1980년 5월 광주에 대한 **무심함을 아무렇지 않게 고백할 수 있는 세대**"가 "경험하지 않은 것을 **망각하는**"(「5·18을 가르친다는 것」, 『시절과 형식』, 문학과지성사, 2024, pp. 218~19) 이야기를 쓴 것이라며 기존의 평가를 수정한 것처럼 보인다.

34.　"젊은 작가 박솔뫼를 소환한 이유가 역사의 법정에 그와 그의 세대를 세워놓고 '역사의식의 결여'를 꾸중하고 질타하기 위해서는 아니다. 〔……〕 1985년에 태어난 주체에게 1980년의 일을 기억하지 못한다고 비난하는 일은 적절하지도 정당하지도 않다"(김형중, 같은 글,

를 살펴보고 있는 우리에게도 이 소설에는 당혹스러운 면이 있다.

「그럼 무얼 부르지」는 큰 틀에서 보면 80년 이후 광주에서 나고 자란 '나'가 2007년부터 2010년까지 버클리, 교토, 광주 세 도시의 카페나 술집에서 80년 광주에 대해 말하는 사람들을 우연히 만나 약간은 신기해하면서 또 약간은 무심하게 관찰하는 이야기이다. 그런데 이 소설의 서술 체계는 미묘한 방식으로 **80년 광주의 삶과 죽음 그리고 그에 대한 기억의 투쟁을 체로 걸러낸 뒤 그 나머지 것들만을 기록하려 한다**는 인상을 준다. 예컨대 이런 방식으로.

버클리 대학 근처에 있는 테이블이 넓은 카페, 목요일 오후 8시였다. 그날의 밤공기가 가볍고 건조했다는 것이 기억난다. 〔……〕 해나는 가방에서 스테이플러가 박힌 프린트물을 꺼내 사람들에게 건넸다. May, 18th에 관한 자료라고 했다. 아 5·18이 May eighteenth구나 당연한 것을 **신기하다**고 생각하며 그래? 거기는 내 고향인데 말했다. 〔……〕 그러고 보니 내가 샌프란시스코를 여행하던 그때는 5월이었

pp. 218~20) 같은 표현들이 내게는 그렇게 읽힌다. 1984년생인 노태훈 평론가가 같은 세대인 박솔뫼 작가의 망각과 무심함을 변호하는 표현과 비교할 때 더 그렇게 읽힌다. "이는 결코 비판의 지점이 될 수 없다. 세대적 정체성을 형성하는 것은 그 세대들이 아니라 그 세대를 둘러싼 세계이기 때문이다"(「누군가가 누군가를 만나는 것」,『현장비평』, 민음사, 2023, p. 347). 후자는 세계가 그렇기 때문에 우리도 어쩔 수 없다는 변명처럼 들리고, 전자는 잘못이 없는 건 아니지만 어리니까 봐준다는 양해처럼 들린다. 망각과 무심함을 솔직히 표현한 것에 대해 변호하는 것이 아니라 그 솔직해 보이는 표면 너머에 심각하고 진지한 문제의식이 있다는 평가도 있다. 김홍중은 이 소설이 "광주는 이미 기억의 시스템에 포섭되었"으므로 "'나'와 광주 사이에는 장막들이 있다"는 점을 감지하면서 "과거의 현장은 〔……〕 폐색되었다는 사실"(「탈존주의의 극장──박솔뫼 소설의 문학사회학」,『문학동네』 2014년 여름호, p. 95)을 확인하는 이야기로 해석하고, 박솔뫼를 생존주의 세대 안에서 '탈존주의'를 표방한 선구적인 작가로 평가한다. 김홍중의 글이 얼마나 아름답고 영감에 차 있으며 2010년대 중반 한국 사회를 날카롭게 묘사하고 있는가와는 별개로 그 글이 「그럼 무얼 부르지」라는 텍스트의 실상에 얼마나 부합한 평가를 내리고 있는가에 대해서는 좀더 따져봐야 할 것 같다.

다. 장소는 버클리 인근 카페로 **예상치도 못한** 곳이었다. 내가 태어난 곳에서 30여 년 전에 있었던 일을 듣게 되는 장소로는 말이다. 〔……〕 그때 내 맞은편에 있던 머리 긴 여자애는 커다란 밀크셰이크를 시켰고 나는 카푸치노를 시켰다. 낮은 잔의 카푸치노의 맞은편에는 기다란 유리잔의 밀크셰이크가 있었다. 모두들 한 모금씩 마시고 해나를 바라보았다. 〔……〕 해나는 설명하고 그러니까 이때 한국은 하고 시작하는 이야기들. 그런 것들을 말했다. 그 이야기는 틀리지 않았지만 한국어로 듣는 것과 영어로 듣는 것 사이에는 **몇 개의 장막이 있었다.** 〔……〕 **나는 커피를 한 모금 마시고 다시 자료를 보았다.** 흰 종이에 빽빽한 글씨와 몇 개의 사진, 뭉개진 얼굴의 남자와 트럭 위에서 깃발을 흔드는 젊은 남자 무릎 꿇은 사람들을 내려다보는 군인 그런 사진들이었다. **다시 커피를 한 모금 마셨다.** 〔……〕 샌프란시스코로 어학연수를 온 대학생이 massacre의 뜻을 물었다. 이거 무슨 뜻이지? 계속 나오는데 모르겠네. 누군가 쉽게 설명했다. 잔인한 방법으로 많은 사람들을 죽이는 것. **한국어로는 뭐니?** massacre, 학살하다. 대학생은 각주를 달 듯 massacre에 줄을 긋고 그 밑에 적었다. 학살하다. 〔……〕 그리고 그 자리는 끝이 났다. **뭔가 좀더 다른 이야기들이 나왔던 것도 같은데 기억나는 것이 없다.** (pp. 140~43)

'나'는 예민한 감각의 소유자로 한국어 상용자의 "5·18"이 영어 상용자에게는 "May, 18th"로 표기되는 '차이'를 무심히 넘길 수 없고 그런 것에 반드시 반응한다. 뒤에 가면 한국어 상용자가 아닌 해나가 한국어로 쓴 이메일에서 딱히 잘못된 것은 아니지만 어딘가 어색한 점이 있다는 것도 무심히 넘길 수 없고 그런 것에 반응하고야 만다.

한국어 덩어리들이 각각 뭉쳐져 화면에 점점이 찍혀 있는 것처럼 보

였다. 그건 나름대로 **묘한 분위기가 있었다.**" (p. 148)

'나'는 80년 오월 광주에 대한 이야기를 2007년 버클리에서 누군가 꺼낸다는 사실의 '의외성'을 음미하지 않을 수 없다. 나중에 교토에서도 광주 이야기를 듣고 한 번 더 음미한다.

> 버클리 대학 근처 카페와 교토의 시조 역 근처 바, **둘 중 어느 곳이 더 의외이려나.** (p. 145)

'나'는 그 밤의 공기가 가볍고 건조했다는 것을 느끼고 그것을 여타의 밤의 공기와 분간할 줄 알고 3년 전의 일인데도 그 밤의 감각을 여전히 기억한다. '나'는 카푸치노를, 맞은편의 '여자애'는 밀크셰이크를 주문했다는 것이나 그 잔들의 높낮이가 서로 어땠는지도 기억하고 있다. 하지만 그날 모임의 주제, 그러니까 광주항쟁을 두고 사람들이 무슨 이야기를 나눴는지는 "기억나는 것이 없다". 광주에 대한 해나의 설명이(그러나 그 설명 내용은 노출되지 않는다) '나'의 이해에 어긋나는 부분은 없었지만(하지만 '나'는 해나가 말한 것과 내가 알고 있는 것이 별로 다르지 않았다고 말하지 않고 해나의 설명이 틀리지 않았다고 '평가'한다), 해나가 영어로 말하고 있기 때문에 생겨나는 보이지 않는 '장막'까지도 '나'는 섬세하게 느낄 수 있지만, "뭉개진 얼굴의 남자와 트럭 위에서 깃발을 흔드는 젊은 남자 무릎 꿇은 사람들을 내려다보는 군인 그런 사진들"을 보면서는 아무것도 느낄 수 없고 다만 그 앞뒤로 커피를 한 모금씩 마셨을 뿐이다. 당시 행해졌던 '학살'에 대한 말들이 오가기는 했지만, 그 말은 단지 프린트물에 적혀 있는 영어 단어 massacre의 뜻을 한국어로 옮기기 위한 것이었을 뿐이다.

이 인용문에서 '학살'이라는 기호는 학살이라는 실제 행위와

분리돼 있다. 이 인용문이 세련된 '**무감각**'의 분위기로 충전되어 있다면, 그것은 이 '분리'에서 비롯되는 것일 테다. 살아 있는 삶으로부터 기호를 떼어내고 그렇게 해서 기호가 삶의 중력과 무관하게 구차함 없이 자유롭게 떠돌아다닐 수 있게 됐을 때의 독특한 분위기가 저 인용문을 구성하고 있는 스타일의 참주제라 할 만하다. 그런 세계에서라면 뼈가 부서지고 피가 흐르고 살이 썩는 광주항쟁의 진실은 기록되기가 어렵다. 인용문에 이어지는 장면에서 '나'는 해나가 건네준 김남주의 시 「학살 2」를 읽는데 이 시도 '나'에게 뭔가를 느끼게 하는 데 역부족이다. '나'는 그 시가 그저 "**외국 사람의 시** 같았다. 60년대 후반 **멕시코나 칠레**의 대학에 군인들이 들어섰을 때 그것을 숨죽이며 지켜본 누군가가 쓴 것 같았다. 〔……〕 **게르니카**에 대한 글 같았다. 1947년의 **타이베이**에 대한 글 같았다". "누가 때렸다고 하는 시. 〔……〕 그런 시였다"(p. 144)고 무심하게 읽어나갈 뿐이다. 김남주의 「학살 2」를 이루는 시어들은 '나'에게 아무런 실감을 주지 못한 채 중성화된 기호로 탈바꿈하고 광주로부터 미끄러져 타이베이로 게르니카로 멕시코나 칠레로 흘러 다닌다. 그렇다고 '나'가 다른 도시들을 잘 알거나 그 도시들의 역사에 대한 실감을 갖고 있는 것도 아니어서, 그와 같은 미끄러짐이 보편 역사에 대한 인식과 연관되는 것도 아니다. 다만 그 도시들을 사이로 미끄러져 돌아다닌다는 감각을 음미할 수 있을 뿐이다. 그것은 시 속의 도시들을 다만 기호적으로 돌아다니는 것이며 소설 속 '나'의 실제 경험이 버클리와 교토와 광주를 미끄러져 다니고 있다는 사실과도 함께 가는 것이다. 세 도시에서의 '나'의 경험 속으로 밀고 들어오는 낯선 삶의 지저분하고 소란스러우며 성가신 물성들도 개입하지 않는다.

　사람들은 **음악**을 이야기하고 나는 **차가운 맥주**를 마시며 그것은 언제나

변하지 않을 것들 중 하나였으며 나는 누가 죽이고 누가 죽고 그리고 아주 많은 것들이 남아 있고 그런 것들을 아는 사람들을 만나고 있었는데 **시간은 그 사이를 바람처럼 유유히** 지나가고 있었다. (p. 157)

그 모든 것은 끊어지지 않고 하나의 공기로 흐르고 있었다. 나는 3년 전의 시선으로 3년 후를 보았으며 내게는 그것이 자연스러웠는데 그 사이를 지나는 바람이 그대로였〔다〕 (p. 157)

교토에서도 비슷한 일이 반복된다. 버클리에서 밤공기와 음료와 잔을 잘 느끼고 기억했던 것 이상으로 교토의 '나'는 술집에서 조리되고 있는 무의 색과 그것을 어떤 문장으로 표현해야 하는지에 대해서는 몹시 예민하다.

그 사람은 물을 한 모금 마시고 니혼슈 옆에서 끓고 있던 무를 건졌다. 〔……〕 무는 장과 함께 오랫동안 끓였기 때문에 짙은 갈색이었다. 정말로 짙은 갈색이었기 때문에 앞서 말한 '장과 함께 오랫동안 끓였기 때문에'를 '장과 함께 오랫동안 끓여져야만 했기에'라거나 '장과 함께 오랫동안 끓여져버렸기 때문에', '장과 함께 끓이지 않으면 안 되었기 때문에'라고 말해야 할 것 같았다. 이 짙은 갈색을 설명하려면 말이다. (pp 146~47)

여기 제시된 여러 표현이 특별히 그 '짙은 갈색'을 저마다의 독특한 정교함을 가지고 구분되게 표현하고 있는 것 같지는 않지만, 어쨌거나 이 인용문은 그와 같은 변주와 나열과 표현들 사이의 미끄러짐을 즐긴다. 하지만 80년 오월 광주에 대해서는 무감각하고 관심이 없고 그러니 그에 대해서는 별다른 어휘를 투여하지 않는다. 그에 관한 사

진집을 펼쳐 보였을 때도 사진 속 남자들의 패션을 설명하는 어휘들
이 있을 뿐 사진 속의 사건이나 그 사건을 겪는 사람의 내부에서 일
어나는 일에 대해 (상상으로라도) 접근하려는 시도는 일어나지 않는
다.[35]

> 사진집을 하나 들고 왔다. [사진에 담긴 것은] 교토의 거리였고 **노천
> 카페였다.** 누군가가 의자에 앉아 **신문을** 펴서 읽고 있었다. **선글라스**
> 를 낀 젊은 남자였다. 신문에는 무릎을 꿇고 있는 남자가 트럭에 실려
> 가고 있는 장면이 크게 실려 있었다. 무릎을 꿇고 있는 남자는 **정장을**
> 입고 있었고 **회사원처럼 보였다.** 나는 그 페이지를 오래 보았고 그때
> 누군가가 바의 문을 열고 들어왔다. (pp. 147~48)

2010년 5월 18일, 민중항쟁 30주년 기념행사가 열리는 광주를 찾은
해나와 '나'의 경우도 크게 다르지 않다. 소설 속 설명으로는 광주 전
체가 이 두 사람과 별로 다르지 않다.

> **광주는 조용했고 딱히 다른 날과 다르지 않았다. 특별히 소리 내어 무언
> 가를 말하는 사람은 없었다.** 의외로 이곳에서 무언가를 말하는 사람은
> 없었다. 어떤 날은 큰 목소리로 무언가를 말했지만 다른 때는 입을 다
> 물고 아무것도 말하지 않았다. 아무 말도 하지 않았다 대개는. (p. 150)

광주의 그 밤에 특별히 크게 소리 내어 무언가 말하는 사람들은 없었
다. 우리가 오래오래 들어야 했던 것은 떡과 죽과 국수의 이야기뿐이었다.

---

35. "'광주'는 시간성과 공간성을 잃은 채, [……] **일종의 미디어적 사건과 같이** 존재하는 것이다",
     "미디어가 지배적인 영향력을 발휘하는 상황 속에서 **현실의 시간과 공간의 의미는 열어진 것이**
     사실이다"(손정수, 같은 글, pp. 249, 252).

> 그 사람은 다른 중요한 이야기는 없다는 듯이 그 이야기를 했다. (p. 164)

그때 광주가 실제로 조용했는가, 모두가 '다른 중요한 이야기'는 없다는 듯 굴었는가 하면 물론 그렇지 않았지만, 소설에서는 그렇게 처리돼 있다. 당시 대통령이었던 이명박이 광주항쟁 30주년 기념식에 참석하지 않았을 뿐 아니라 5·18 기념식에서 「임을 위한 행진곡」을 배제한 일 때문에 큰 논란이 있었는데, 그 대목이 이 소설에 반영될 때에도 미묘한 왜곡이 생겨난다.

> 그 노래 들어요. 그 노래. 그 노래는 그해에 서울에 있는 광장에서 **부를 수 없게 된 노래였다.**[36] 왜인지 납득이 가지 않는 이유로 부를 수 없게 되었고 그 때문에 노래를 부르고 싶은 사람들을 구차하게 만들었다. 〔······〕 **모멸감을 느끼게 했다.** 〔······〕
>
> "그 노래를 들어서 뭐해?"
>
> 〔······〕
>
> "왜 들으면 안 돼요? 안 되는 거야?"
>
> "듣기 싫으니까. 정말 듣고 싶지가 않으니까."
>
> "그럼 무얼 듣지? 무얼 불러야 하지?"
>
> 〔······〕 나는 키스하던 남자의 말을 중얼거려보았다. 무얼 듣지? 무얼 듣나. 무얼 부르지? **무얼 무얼 무얼 말하다 보니 부엉 부엉 하는 것 같았다.** (pp. 154~55)

---

36. 그런데 「임을 위한 행진곡」은 왜 "그 노래"로 블러 처리 되는 걸까? 이 소설에서 시종일관 작동하고 있는 이 블러 처리 기능은 「임을 위한 행진곡」 외에도 김남주와 김정환의 시를 비롯해 광주항쟁과 그에 대한 기억의 투쟁에 관한 모든 것에 적용되고 있다. 이 철저한 블러 처리 기능은 「임을 위한 행진곡」을 부를 수 없게 한 일과 얼마나 다른 것일까?

「임을 위한 행진곡」을 부를 수 없다는 것이 구차한 느낌과 모멸감을 줬지만 "노래를 부르고 싶은 사람들"이 그렇게 느꼈다는 것이지 그것이 '나'의 느낌으로 되어 있지는 않다. 그런데 그 노래를 부르고 싶은 사람들은 어떤 사람들일까. 그에 대한 서술은 없다. 다만 이 장면에서 그 노래를 틀어달라고 말하는 남자는 그 직전까지 (아마도 술에 취한 채) 모르는 사람들 앞에서 일행에게 키스하던 중이었고(점잖지 못하거나 아름답지 않다는 느낌을 주게끔 서술되어 있다) 노래를 틀어달라는 말도 취중의 맥락 없는 횡설수설처럼 처리되어 있다. 그래서 이 소설의 제목 '그럼 무얼 부르지'는 「임을 위한 행진곡」을 부를 수 없다면, 그땐 무엇을 불러야 하는가? 광주항쟁에 대한 애도의 투쟁이 또다시 억압되었을 때, 그때 나는 무엇을 할 것인가? 같은 식으로는 의미화될 수 없다. '무얼 무얼' 하다 보면 '부엉 부엉' 하는 것 같을 뿐이다. 다시 한번, 기호는 그 의미로부터 떨어져 나와 장난스럽게 떠들며 떠돌아다닌다.

그렇게 해서 '나'의 결론은 이렇게 이어진다. "나는 (……) **당사자는 아니며** (……) 내 앞에는 **장막이 있고 나는 장막을 걷을 수 없**"(p. 159)다. "나의 시선은 김남주가 이야기한 '광주 1980년 오월 어느 날'에는 **가닿지 않는다는** (……) 당연한 이야기다. 확실한 이야기이다."(p. 167) 다른 모든 것은 모호하게 부유하지만 광주항쟁을 기억할 수 없고 애도할 수 없고 그렇게 하지 않으리라는 것만큼은 당연하고 확실하다. 그런데 광주의 진실에 접근 불가능하게 만들고 거기서 모종의 실감을 갖기 어렵게 만드는 그 '장막'이라는 것을 '나'는 어떻게 알게 됐을까? '나'는 광주항쟁을 알거나 기억하기 위해 어떤 시도를 했기에 그와 같은 결론에 도달한 것일까? 그런 시도를 해나가는 와중에 장막과 마주친 것이 아니라, 거기에 장막이 있다고 미리 전제한 덕분에, 추하고 더럽고 고통스럽고 안달 나게 하는 삶과 현실과 역사로부터 격리될 수 있었고, 그것을 당사자들만의 문제로 고립시킬 수 있었고, 그 덕분에 세련된 무감각의 세계에서 여기저기 흘러 다니는 기호들과 함께 부유할 수 있었던 것이라고 해야 하지 않을까?

모든 작품이 5·18을 기억하고 애도하고 기록해야 한다고 주장하려는 것은 당연히 아니지만, 특정한 상황에서 다른 요소들에 대해서는 과잉되게 기억하거나 기록하면서 5·18만을 교묘하게, 그러나 집요하게 지우고 그것만큼은 실감할 수 없는 것이라고 단정하는 서술 체제가 새로운 세대가 광주를 기억하는 방법으로 평가되는 데에는[37] 재고가 필요하다. 내 생각으로는 「그럼 무얼 부르지」는 지금까지 살펴본 어떤 소설들보다 과격한 포스트역사주의 소설이고 반(反)애도 문학이다. 오월 광주의 기억에 대한 자각적이고도 완강한 상속 포기 선언이다. 『무한의 책』이나 『사냥꾼』이 그런 것을 의식했을 리 없지만, 이 두 소설이 앞서 발표된 「그럼 무얼 부르지」에 저항한다고까지 말하고 싶다. 전자가 (의미로부터 분리된 기호에 상응하는) 무한 브리콜라주 기계에 도전해 그 본래 기능을 거슬러 진실에의 무의지에 진실에의 의지를 새겨 넣으려 했다는 점에서. 후자가 (무심함이나 삶으로부터의 기호의 이탈을 거부하고 싶어질 만큼) 누군가의 삶과 죽음의 간절함과 애틋함을 풍부하게 표현하는 바람에 그 상실을 도저히 수용할 수 없게 만든다는 점에서.

---

37.   조연정은 「그럼 무얼 부르지」를 두고 이렇게 평가한다. "이 소설에서 반복적으로 그려지는 것은 광주에 대해 무엇을 말해야 하는가와 관련된 포스트 메모리 세대 '나'의 당혹감과 난감함이다. 이러한 난감함은 무심함이기보다는 '광주'에 대해 함부로 말할 수 없다는 막연한 거리감에 가까워보이는데, 이는 그 엄청난 비극을 직접 겪지 않은 **비당사자 세대의 최소한의 윤리**로 읽히기도 한다. 〔……〕 이 소설은 '우리가 광주에 대해 무얼 이야기해야 하는지'에 관한 근본적인 질문을 던지며 **광주의 번역 혹은 계승의 문제를 사유한다.**"(「포스트 메모리 세대와 5·18——박솔뫼의 「그럼 무얼 부르지」와 한정현의 「쿄코와 쿄지」를 중심으로」, 『한국학연구』 제74집, 2024, pp. 711~12)

6. 포스트역사주의를 넘어서 — 위태로운 삶, 불확실한 죽음

매장되지 않은 죽음을 문제 삼지 않을수록 포스트역사주의적 경향이 강하게 두드러진다는 점이 내게는 흥미롭게 생각된다.『야구란 무엇인가』는 초반에 강렬하게 제기된 매장되지 않은 죽음이라는 문제가 복수에의 요구를 거절하느라 이야기의 중간에서 잊혀지고,『사냥꾼』의 경우에는 촘촘하게 나열되는 80년대의 역사적 사건들, '이상한 피'와 '미래 기억'의 스펙터클, 연애 사건들이 얼크러지는 가운데 그 문제가 점차 희미해지며,『무한의 책』에서는 무한 브리콜라주 기계의 리듬 때문에 더욱 그런데,「그럼 무얼 부르지」에서는 '나'로 하여금 어떤 방치된 죽음도 문제 삼게 하지 않을 뿐 아니라 광주 전체가 이제는 더 이상 그런 것을 문제 삼지 않는다고 주장한다.

『소년이 온다』는 포스트역사주의 소설의 흐름을 거슬러 매장되지 않은 죽음이라는 문제를 재활성화하는 소설이다. 동호가 죽은 정대의 몸을 찾지 못했던 탓에 도청을 찾아가고 최후의 새벽까지 남아야 했다는 점에서 그렇고, 도청에서 동호가 한 일이 장례도 치르지 못한 죽은 사람들을 위해 초를 밝히는 것이었다는 점에서 그렇다. 은숙이 도청 앞 분수대가 눈부신 물줄기를 뿜는 것을 보고 항의하지 않을 수 없었다는 점("어떻게 벌써 분수대에서 물이 나옵니까. 무슨 축제라고 물이 나옵니까. 얼마나 됐다고, 어떻게 벌써 그럴 수 있습니까"(p. 69))에서도 그렇고, 검열관의 감시를 뚫고 소리 없이 달싹이는 배우의 입술이 ("당신이 죽은 뒤 장례식을 치르지 못해,/내 삶이 장례식이 되었습니다. (……) 당신을 보았던 내 눈이 사원이 되었습니다"(pp. 99~100))라고 말하기 때문에도 그렇다.

그런데『소년이 온다』는 매장되지 않은 죽음에 대해 항의하면서도 그 문제를 서서히 변형시킨다.『소년이 온다』에서 매장·애도·

기억을 살아남은 자들에게 맡겨진 과업으로 이해하는 일이 점차 옅어지기 때문이다. 살아남은 자가 그것을 하거나 하지 못하는 행위의 '주체'로, 매장, 애도, 기억되는 죽은 자가 행위의 '대상'으로 나뉘는 구도가 서서히 허물어지기 때문이다. 죽은 자와 살아남은 자 사이의 구도의 허물어짐은 부분적으로 『소년이 온다』에서의 기억·염려·사랑의 그물망이 산 자에게서 죽은 자에게로 뻗어나갈 뿐 아니라 죽은 자에게서 죽은 자에게로, 산 자에서 산 자에게로 또 죽은 자로부터 산 자에게로 뻗어나가기 때문이다. 죽음을 훼손된 상태로부터 구제하고 그것의 본래 모습에 걸맞은 위엄이나 평안을 부여하는 것도, 그렇게 해서 남겨진 사람들의 삶 또한 안정된 일상으로 돌아오게 만드는 것도 여기서의 관건은 더 이상 아니게 된다. 『소년이 온다』는 오히려 죽은 자와 산 자 모두를 불안정한 상태로 몰고 간다. 『소년이 온다』가 클로즈업하는 인물들은 한결같이 죽은 자와 산 자를 가리지 않고 다른 존재의 **위태로움**에 몹시 예민하고 그쪽으로 기울어지다가 마침내 그 위태로움에 휘말려 그 자신이 **불안정**해지는 것이다. 그러고 나서는 그 자신이 위태로워져 있기 때문에 정확히 같은 방식으로 다른 존재들을 자신에게 휘말리게 한다.[38] 이 점을 작가도 분명히 의식하고 표현한 적이 있다.

> 이 소설에는 누군가의 고통 때문에 고통받으며 그쪽으로 몸을 기울이는 사람들이 나와요. 동호가 정대에게, 정대가 정미에게, 은숙은 동호에게, 진수는 동호와 영재에게, 선주는 동호와 성희에게…… 그렇게 다들 **자신이 아닌 다른 이의 고통에 몸을 기울이고** 있어요. 〔……〕 타

---

38. 삶의 취약성이 단지 극복되어야 할 약점이 아니고 오히려 존재들이 서로에게 얽혀들게 해주고 그 얽혀듦 속에서 각각의 존재들이 변화를 겪을 수 있다는 점에 대해서는 주디스 버틀러, 「폭력, 애도, 정치」, 『위태로운 삶 ─ 애도의 힘과 폭력』, 윤조원 옮김, 필로소픽, 2018 참고.

인의 고통 때문에 생기는 개인적 고통, 그 **지극히 감각적인 고통**에 대해서 쓰고 싶었어요. 〔……〕 그 사람들이 거기 모인 건 타인의 고통 때문이었어요.[39]

『소년이 온다』에서는 애도가 바로 그런 것으로 그려져 있다. 고통을 향해 기울어지고 다가가며 또 다른 기울어짐을 모으고 휘말린 채로 살아가기.[40] 그런 의미에서의 애도 작업은, 장례식은, 일상의 다른 흐름들로부터 격리된 예외적인 구간이 아니고, 그 예외적 구간을 지나고 난 뒤에 망자와 생자가 각자의 안정된 자리로 복귀하기 위한 것이 아니다. 여기서의 애도는 고통을 통해 타인을 끌어안고 타인에게 안기며 살아가는 삶의 형식이 된다. 그렇게 해서 "삶이 장례식"이 된다. 삶이 장례식이 된다는 것은, 누군가의 삶이 죽음과도 같이 어둡고 고통스럽게 된다는 것만이 아니고, 애도하면서 살아가고 애도를 통해서 살아간다는 것이기도 하다. 다른 존재들의 위태로움에 마음 쓰고 기울어지고 휘말리는 일은 이전의 안정적이고 완결된 '나'가 허물어지고 그로부터 빠져나오는 것이니 변화를 겪고 낯선 상태에 도달하는 것이기도 하다. 그것이 장례식이 된 삶, **애도하는 삶**이다.

우리는 지금 고통받는 타인을 외면해서는 안 된다는 도덕적 의무를 말하는 것이 아니고, 타인의 고통 때문에 우리 자신이 고통받을 수 있고 그 고통 때문에 비틀거리고 위태롭게 된다는 사실 덕분에 우리가 변화를 겪고 낯선 상태에 도달하게 되는 존재 방식, 삶의 형

39.　김연수, 「사랑이 아닌 다른 말로는 설명할 수 없는──한강과의 대화」, 『창작과비평』 2014년 가을호, pp. 321~22, 328에서 한강의 말.

40.　『소년이 온다』의 고통에 주목한 것은 김영찬이 이미 한 일이다(「고통과 문학, 고통의 문학── 한강의 『소년이 온다』와 「눈 한송이가 녹는 동안」을 중심으로」, 『문학이 하는 일』, 창비, 2018). 다만 그 글에서 고통이 '윤리학'의 차원에서 다뤄졌기 때문에 '존재론'의 차원에서 더 해야 할 말이 남아 있는 것 같다.

식에 대해 말하는 것이다.[41] 변화가 없고 낯선 상태에 도달할 수 없는 삶은 살아 있는 삶이라고 할 수 없는 게 아닐까? 무엇인가가 훼손되는 것에 대해 고통스러워할 수 있는 능력이 없다는 것은 훼손되지 않은 그것의 존재를 긍정하고 기뻐할 수 있는 능력이 턱없이 부족하다는 것이 아닐까? 그러므로 고통받을 수 있는 능력이 우리에게는 중요하다. 고통받을 수 있는 능력과 분리될 수 없는 애도하는 삶은 취약하고 위태로운 상태를 본질로 하는 것이어서, 우리가 이 글의 2장에서 읽어낸 투쟁하는 애도와는 확연히 다르다. 여기서는 "분노와 절망의 극한 상황에서 피어나는 불꽃 같은 투쟁 의지. 그 놀라운 힘", "인간의 내밀한 심부에 자리한 정의로움, 순수한 인간애와 용기"(Ⅲ: 3권 p. 37), "고귀한 희생들의 의미를 헛되게 하지 않기 위해서는 누군가가 이곳을 마지막까지 지켜야만"(Ⅴ: p. 391) 한다는 생각과 같은 강렬한 의지와 주체성이 추구되지 않는다.[42]

『소년이 온다』에 '몸'에 대한 생각과 표현들이 자주 나오는 것은 아마도 그 때문일 것이다. 우리에게 몸이 있는 한 우리의 존재가 외부에 노출되는 것을 피할 수 없고 그렇게 해서 폭력의 위험에 놓이게 되는 것 또한 피할 수 없다. 하지만 몸에 수반되는 바로 그 위태로

---

41. 이 점을 생각해보면 『작별하지 않는다』에 가해진 다음의 비판을 재고할 수 있을 것 같다. "이제 고통과 흔적은 **역사적 사건에서 화자 자신 쪽으로** 옮겨오며 전승의 문제는 고통의 진정성으로 초점이 바뀐다. 〔……〕 **오로지 고통의 강렬함에 의지하는 방식은** 〔……〕 감정의 당사자인 '나'의 문제 곧 자기반영성이 전면에 나선다는 점에서 〔……〕 **'나'를 중심에 세우고** 그 고민의 진정성으로 재현의 책임을 대체할 위험에 노출된다."(황정아, 「'문학의 정치'를 다시 생각한다」, 『창작과비평』 2021년 겨울호, p. 26) 하지만 한강의 내러티브는 '고통받는 나'에 집중하는 것이 아니고 '고통의 연결망'이 어디까지 어떻게 가능할지를 시험해보는 것이다.

42. 하지만 『봄날』이 그와 같은 영웅적인 주체성을 추구한다고 서술한다면 그것은 또 다른 왜곡이 될 것이다. 윤상현이 뜨거운 싸움을 '완성'하기 위해 최후의 순간까지 도청에 남아 있을 때, 같은 장소에서 미순은 다른 이유로 남아 있었다. 처참하게 부서진 죽은 몸들에게도 "누군가가 **곁에 있어줘야만**"(Ⅴ: p. 300) **한다**는 생각으로. 여기서의 미순은 『소년이 온다』의 인물들과도 잘 어울린다.

운 가능성은 동시에 우리가 다른 누군가에게 애착을 느끼고 또 다른
누군가가 우리에게 애착을 느끼게 해주는 가능성이다. 몸은 우리를
외부로 노출시키는 장소이기 때문에 **취약성**의 장소이면서 동시에 **애
착**의 장소가 된다.[43] 그것이 죽은 정대의 생각이었고 고문받는 사람들
의 생각이었다.

> **내 몸이 부끄럽고 증오스러웠어.**
>
> 〔……〕 증오하게 되었어. 고깃덩어리처럼 던져지고 쌓아올려
> 진 우리들의 몸을. 햇빛 속에 악취를 뿜으며 썩어간 더러운 얼굴들을.
> (p. 53)

> 각진 각목이 어깻죽지와 등허리 사이로 비집고 들어와, 〔……〕 내 몸
> 을 비틀 때, 제발, 그만, 잘못했습니다, 헐떡이는 일초와 일초 사이,
> 〔……〕 다시 비명, *몸이 사라져주기를, 지금 제발, 지금 내 몸이 지워지기
> 를*, (p. 121)

> 하지만 **몸 없이 누나를 어떻게 만날까. 몸 없는 누나를 어떻게 알아볼까.**
> (p. 51)

> 캄캄한 이 덤불숲에서 **내가 붙들어야 할 기억이 바로 그거였어. 내가 아
> 직 몸을 가지고 있었던 그 밤의 모든 것.** 늦은 밤 창문으로 불어들어오던
> 습기 찬 바람, 그게 벗은 발등에 부드럽게 닿던 감촉. 잠든 누나로부
> 터 희미하게 날아오는 로션과 파스 냄새. 삐르르 삐르르, 숨죽여 울던
> 마당의 풀벌레들. 우리 방 앞으로 끝없이 솟아오르는 커다란 접시꽃

43.　　주디스 버틀러, 같은 글, pp. 47~48.

들. 네 부엌머리 방 맞은편 블록담을 타고 오르는 흐드러진 들장미들의 기적. 누나가 두번 쓰다듬어준 내 얼굴. 누나가 사랑한 내 눈 감은 얼굴. (p. 55)

몸이 취약성의 장소이면서 욕망과 애착의 장소일 수 없게 됐을 때, 그것은 죽은 몸이 되고, 몸에 깃들어 있던 위험하고 위태로운 사랑의 가능성은 죽은 몸을 빠져나간다. 몸을 빠져나갔기 때문에 더 이상 제 힘을 발휘할 수 없는 그것, 자신의 그림자가 된 그것, 마치 몸의 무거움으로부터 자유로워졌다는 듯 새처럼 날아다닌다고 생각되는 그것, 그러나 몸조차 없기 때문에 오히려 더 연약하고 희미하고 파들거리기만 할 것 같은 그것을 우리는 '혼'이라고 부른다.

지금 상무관에 있는 사람들의 **혼**도 갑자기 **새처럼 몸을 빠져나갔을까.** 놀란 그 새들은 어디 있을까. (p. 23)

사람이 죽으면 빠져나가는 어린 새는, 살았을 땐 몸 어디에 있을까. 찌푸린 저 미간에, 후광처럼 정수리 뒤에, 아니면 심장 어디께에 있을까. (p. 27)

그게 무슨 날개같이 파닥이기도 할까. 촛불의 가장자릴 흔들리게 할까. (p. 45)

*

『작별하지 않는다』는 『소년이 온다』의 광주 5·18에 대한 증언이 제주 4·3에 대한 증언으로 확장된 것이기도 하지만, 그에 못지않게 살아 있는 몸 어딘가에 숨어 있다가 죽은 몸에서 '새'처럼 빠져나간 '혼' 에 대한 이야기를 밀고 나간 것이기도 하다. '눈〔雪〕'의 감각을 덧붙여 가면서, 그것이 마치 혼의 '거의 없는 (그러나 아주 없지는 않은) 몸'이 라는 듯이.

처음에는 **새들**이라고 생각했다. 〔······〕

하지만 새가 아니다. 〔······〕 햇빛에 **눈송이들**이 빛나는 것이다. (p. 59)

눈처럼 가볍다고 사람들은 말한다. 〔······〕

새처럼 가볍다고도 말한다. 하지만 그것들에게도 무게가 있다.

〔······〕 그전까지 내가 닿아보았던 어떤 생명체도 그들만큼 가 볍지 않았다.

어떻게 이렇게 가벼운 거야, 내가 물었을 때 〔······〕 무게를 줄이 기 위해 새들의 뼈에는 구멍들이 뚫려 있다고, 〔······〕 그녀는 말했다.

〔······〕 피도 체액도 아주 조금뿐이어서, 약간만 피를 흘리거 나 목이 말라도 생명이 위험해진대. 가스 불꽃에서 나오는 약간의 유 해물질도 혈액 전체를 오염시킬 수 있다고 해서 전기레인지로 바꿨어. (pp. 109~10)

노인의 털모자에 점점 더 두텁게 눈이 쌓인다. 〔······〕 문득 손을 뻗어 노인의 흰 눈썹에 맺힌 눈송이를 닦아내주고 싶은 충동을 나는 억누 른다. 내 손이 닿는 순간 그의 얼굴과 몸이 **눈 속에 흩어져 사라져버릴 것 같은 이상한 두려움**을 느낀다. (pp. 98, 112)

새들은 현재까지 **생존**해 있는 공룡이라는 〔······〕 거대한 소행성과의

> 충돌로 지구의 표면이 불타며 끓어오를 때, 〔……〕 몇 달을 날아 **버틴
> 생명체가 깃털 공룡 ─ 새들**이라는 것이었다. (pp. 110~11)

여기저기 흩어져 있으면서도 집요하게 반복되는 눈과 새의 이미지들은 몹시 연약하고 위태롭고 거의 없고 곧 사라질 것만 같은 그러면서도 결코 완전히 사라지지 않는 끈질긴 '흰'의 차원[44]을 예비한다. 그것이 예비된 뒤에야 경하(를 따라 독자)는 2부의 기이한 공간에 들어선다. 그 기이한 공간이 열리기 전까지의 내용은 이렇다. 손가락 절단 사고 때문에 서울에서 봉합 수술을 받고 입원해 있는 인선의 부탁을 받고 경하는 제주 인선의 집으로 가 혼자 남겨진 새 아마를 구하려 했다. 그러나 새가 그때까지 버티지 못하고 죽어 있었으므로 경하는 아마를 헝겊과 철제 상자로 감싸 나무 아래 묻어주었다. 그리고 다음날 2부의 기이한 공간이 열린다. 경하가 자고 일어나자 어떻게 된 일인지 아마가 살아 돌아와 있고 서울의 봉합수술 전문 병원에 있어야 할 인선도 상처 없는 손을 하고 자기 공방에 잠들어 있었다. 몸체 없는 커다란 새 그림자가 흰 벽 위를 소리 없이 날아다니는데 인선은 "괜찮아. 〔……〕 아미〔아마보다 먼저 죽은 다른 새〕가 온 거야. 〔……〕 늘 오진 않는데 오늘 왔네"(p. 203)라고 태연히 말한다. 그리고 덧붙이기를 "……누군가 더 있는 것 같을 때가 있어. 〔……〕 뭔가가 더 남아 있어, 아미가 이렇게 있다 가고 나도"(p. 208).

44.　현전의 차원에서는 '없다'고도 말할 수 있지만, 그것이 없다면 다른 모든 것들의 현전이 불가능해지는 '흰'의 차원에 대해서는 권희철, 「우리가 인간이라는 사실과 싸우는 일은 어떻게 가능한가?─한강론」, 『정화된 밤』, 문학동네, 2022, pp. 421~30 참고. 여기에 덧붙이고 싶은 것은 이런 것이다. '거의 없는' 몸으로 되어 있는, 확실히 죽은 것도 아니고 확실히 살아 있는 것도 아닌, '흰'은 이를테면 유령적인 것이다. 혹은, 한강 문학에서 유령적인 것은 다른 존재자들과 구분되는 신비한 존재자로 상상되는 것이 아니고, 삶과 죽음, 존재와 무의 구분이 불가능해지는 '흰'의 차원에서 이해되고 있다.

이 기이한 공간에 혼들이 모여드는가? 경하 앞에 나타난 것은 인선의 혼인가? 그런데 "저렇게 뜨거운 것을 혼이 마실 수 있나"(p. 194). 그게 아니라 사실은 1부 1장에서 경하가 유서를 완성하고 자살한 것인지도 모른다. 경하의 혼이 자신이 죽었다는 사실을 모른 채 친구가 손가락 절단 사고를 당하는 망상에 빠져들어 제주로 날아갔다가 살아 있는 인선과 만난 것인지도 모른다. 그게 아니라 인선은 봉합 수술 후 위험한 수술을 한 차례 더 받아야 했고 그러다 죽은 것이다. 인선의 혼이 그 고통스러운 과정들을 다 잊어버리고 자기가 경하에게 새를 구해달라고 부탁한 것도 잊어버리고 자기 집으로 날아가 경하와 마주치고 놀라 "어떻게 온 거야, 연락도 없이?"(p. 187)라고 물은 것이다. 그게 아니라 인선은 위험한 수술을 받다가 서울에서 죽었고 경하도 1부 5장에서 폭설에 길을 잃고 제주에서 얼어 죽었다. 두 혼 모두가 자신이 죽었다는 사실을 모른 채 상대방의 존재에 놀라고 약간은 의심스러워하며 만나고 있는 것이다.

이 책의 2부에서 경하와 인선이 한 공간에 있는 것이 현실적으로는 말이 되지 않으니, 독자들은 위와 같은 가설들을 세우고 어느 쪽이 진실일지 가늠해보게 되는데 어느 하나도 다른 가설을 압도할 수는 없게 돼 있다. 하지만 결정 불가능한 모호함 속에서 이쪽저쪽으로 미끄러져 다니는 즐거움이 『작별하지 않는다』의 관건은 아니다. 관건은 '애도하는 삶'이다. 만일 우리의 존재가 위험하고도 위태로운 가능성을 통해서만 사랑하며 살아가는 것이라면 우리는 순수한 삶과 순수한 죽음 '사이'를 살고 있는 것이다. 이 경우 우리의 존재 양태는 '어떠한 동요나 변경이나 파괴가 불가능한 확실한 존재(순수한 삶)'와 '돌이킬 수 없는 소멸 이후의 확실한 무(순수한 죽음)' 사이에 자리 잡기 때문이다. 순수한 삶과 순수한 죽음의 '사이' 공간, 바로 그 장소가 유령적 차원인데, 삶과 죽음을 엄격히 구분하려는 세계에서는 그것을 결정 불가능한 모호함으로밖에는 받아들일 수 없는 것이다. 여기에서 『작별하지 않는다』는 인선과 경하 둘 중 누가 죽은 사람이고 누가 산 사람인지에 대해 답하기를 거부하면서, '사이' 공간에 놓인, 위험하고도 위태로운 가능성을 통해서만 사랑하고 살아가는 삶을, 애도하는 삶의 극한으로써 보여주는 것이다.

유령적인 차원에서 행해지는 애도의 성격은, 소설 속 검은 나무 프로젝트의 제목이자 이 소설의 제목인 '작별하지 않는다'의 의미와도 연관된다. 인선은 제목을 붙인 경하에게 묻는다. "작별인사만 하지 않는 거야, 정말 작별하지 않는 거야?" "완성되지 않는 거야, 작별이?"(p. 192) "미루는 거야, 작별을? 기한 없이?"(p. 193) 아마도 이 질문들 모두에 그렇다고 답해야 할 것이다. 물론 우리는 누군가의 상실과 죽음을 마주칠 때마다 작별 인사를 할 것이다. 하지만 정말로 작별하는 것은 아닌 것이 작별은 결코 완성되지 않기 때문이다. 순수한 죽음은 없기 때문이다. 그래서 최종 상실은 영원히 미뤄진다. 누군가의 의지나 행동에 따라 미뤄지거나 미뤄지지 않는 것이 아니고, 그와 같은 영원한 미루기가 존재의 원리이고 시간의 원리이기 때문이다. 애도를 통해서 우리는 그와 같은 존재의 원리와 시간의 원리에 동참한다. 작별하지 않으면서, 고통받는 다른 존재들을 향한 휘말림에서 빠져나오지 못하면서, 사랑과 기쁨이 그 엄청난 고통과 분리 불가능하다는 사실을 깨달으면서. 조금 뒤에 가서 죽은 새 아미에 대해 "하지만 모든 게 끝난 건 아니야. (……) 정말 헤어진 건 아니야, 아직은"(p. 197)이라고 말할 때, 인선은 우리의 생각을 지지해준다.

인선이 경하의 의견에 따르지 않고 검은 나무 프로젝트를 계속해서 이어왔던 것도 '작별하지 않는다'와 무관하지 않다. 경하는 무덤 꿈의 의미를 자신이 오해했다고, 그 꿈은 애도해야 할 타인의 죽음에 관한 것이 아니라 "악몽이 내 생명을 도굴"하면서 "살아 있는 누구도 더이상 곁에 남지 않"았다는 경하 자신의 수치스러운 진실을 폭로하는 것뿐이라고, 그러니 검은 나무를 심고 촬영하는 재매장 프로젝트를 중단하자고 말했다. 하지만 인선은 말한다. "아닌데, 〔……〕 아무도 남지 않은 게 아니야, 너한테 지금. 〔……〕 내가 있잖아"(p. 238). 그것은 경하를 위로하는 말이 아니고 우정을 과시하는 말도 아니다. '모두와의 관계를 상실한 홀로 있음(최종 상실, 완성된 작별)'을 확신하는 경하에게 반증 사례를 제시하는 것이다. 너의 곁에 내가 있으니, 네가 확신하는 너의 홀로 있음은 성립할 수 없다고. 『작별하지 않는다』는 죽음을 존재의 최종적인 소멸이자 관계의 돌이킬 수 없는 끊김으로 이해하는 일을 중지한다. 어쩌면 금지한다. 그래서 2부에는 앵무새 아미가 "……*아니, 아니*"(p. 205) 하는 소리가 환청처럼 계속해서 들려온다. 너무나 고통스러웠기 때문에 자기도 모르게 죽고 싶다고 한 자신의 말을 부정하기 위해서 인선이 큰 소리로 덧붙여 말하곤 했던 그 말. 완전한 소멸인 순수한 죽음에도 아니, 위태로운 휘말림이 없는 순수한 삶에도 아니, 죽음을 통해 작별 인사를 완수할 수 있다는 생각에도 아니, 아니.[45]

　　이 소설은 작별하지 않는 유령적인 차원을 여는 것이 삶(순수한 삶도 순수한 죽음도 아닌 '사이'의)이고 애도(모든 위태로운 존재들이 서로에게 휘말리는)라고 말한다. 이 '애도하는 삶'을 '**상속**'으로 재서술할 수도 있다. 이 이야기 안에서 인선과 경하가 하는 일이 상속권 없는 상속이기 때문이다. 무덤 꿈은 경하의 것이니 인선은 그에 대해 상속권을 주상할 수 없는데도 경하의 의사를 개의치 않고 그 꿈을 인수했고, 경하의 해석에 자신의 해석을 덧붙여가며 두 사람의 프로젝트

45.　　『작별하지 않는다』의 부정하는 힘에 대해서는 김예령, 「아니, 아니라는 사랑의 수행—한강, 『작별하지 않는다』」, 『문학동네』 2022년 봄호 참조.

를 이어나갔다. 그것은 인선이 상속권을 주장할 수 없는 또 다른 프로젝트를 상속하는 일과도 함께 가는 것이었다. 코발트 광산에 암매장된 유해들 속에서 오빠가 발견되기를 간절히 바라는 동시에 발견되지 않기를 간절히 바라며 오빠의 행적을 뒤쫓던 인선의 엄마 강정심의 프로젝트를. 딸에게 물려준 적 없는 그 프로젝트를 인선은 상속받았고 엄마가 찾은 자료들의 빈틈을 메꿔나가는 일을 하면서 검은나무 프로젝트와 엮어 자신의 유산을 완성해나가는 중이었다. 그러나 우리는 그 완성이 불가능함을 안다. 인선이 죽었기 때문이 아니라 '작별하지 않는다'는 존재의 원리, 시간의 원리 때문에. 인선이 상속권 없이 물려받은 것을 또 다른 상속권 없는 존재가 상속해갈 가능성이 항상 남아 있고 상속이 발생할 때마다 새로운 재해석·재서술이 개입해 본래의 의미와 상태를 위태롭게 만들고 낯선 상태에 도달하게 만들 가능성이 항상 남아 있기 때문에. 생각지도 못한 유산이 과거로부터 나타나 미래의 누군가에게 상속해줄 것을 요구하는 것 이상으로 생각지도 못한 상속자가 미래로부터 나타나 과거를 인수할 수 있기 때문에. 우리가 여기서 유산이라는 말을 쓰고는 있지만 그것은 '소유'를 가리키는 말이 아니고 소유의 '이전(移轉)', 권리가 보장되지 않는 소유의 이전을 의미하는 것이다.[46] 소유 없이 권리 보장 없이 뒤얽히고 휘말리며 영원히 계속되는 이 상속이 작별하지 않음과 애도의 극한일 것이다. 거기에는 다음의 인용문과도 같은 광기와 혼란, 그리고 황홀과 구분 불가능한 고통이 있을 것이다.

  엄마가 모은 자료들의 빈자리에 내가 새로 찾은 것들을 메꿔 넣으며

---

46. 이 글 6장에서 논의한 유령적인 것, 순수한 삶과 순수한 죽음의 '사이', 상속권 없는 상속은 모두 자크 데리다, 『마르크스의 유령들』, 진태원 옮김, 그린비, 2014. 그리고 이 책에 수록된 번역자의 친절한 「용어 해설」을 참조.

하루하루를 보냈어. 〔……〕 어느 시점부터 **스스로가 변형되는 걸 느꼈어.** 〔……〕 그게 **엄마가 다녀온 곳**이란 걸 나는 알았어. 〔……〕 그때마다 물었어. 어디로 떠내려가고 있는지. 이제 내가 누군지.

그 겨울 삼만 명의 사람들이 이 섬에서 살해되고, 〔……〕 누구도 유해를 수습하는 게 허락되지 않았어. 〔……〕 아직도 뼈와 뼈들이 뒤섞인 채 묻혀 있어.

그 아이들.

절멸을 위해 죽인 아이들.

그 아이들을 생각하다 집을 나선 밤이었어. 〔……〕 돌풍이 숲을 지나가고 있었어. 〔……〕 모든 나무들이 뽑힐 듯 몸부림쳤어. 〔……〕 한순간 생각했어. **그들이 왔구나.**

무섭지 않았어. 아니, 숨이 쉬어지지 않을 만큼 행복했어. **고통인지 황홀인지 모를 이상한 격정 속에서 그 차가운 바람을, 바람의 몸을 입은 사람들을 가르며 걸었어.** 〔……〕 수혈처럼 **생명이 흘러들어오는 걸 느끼면서. 나는 미친 사람처럼 보였거나 실제로 미쳤을 거야. 심장이 쪼개질 것같이 격렬하고 기이한 기쁨 속에서 생각했어. 너와 하기로 한 일을 이제 시작할 수 있겠다고.** (pp. 315~18)

*

'매장되지 않은 죽음'을 문제 삼고 훼손된 삶과 죽음에 합당한 슬픔과 위엄을 부여하면서 진실한 새 무덤을 쓰려는 시도들이, 그 모든 것을 '없는 셈 치려는' 흐름에 맞서면서 스스로를 변형시키고 다양한 시험들을 해보다가 '황홀과 구분 불가능한 고통의 휘말림'과 '상속권 주장이 불가능한 것의 상속'이라는 문제를 만나게 된 것일까? 그것이 우리 시대의 안티고네들이 안티고네의 주장을 재해석하고 변형하며 상속한 유산인 것일까? 우리는 이제 이 유산을 또 어떻게 변형하며 다시 상속하기 시작해야 할까?

통치성의 소설사 시론

김형중

1. 1987년, 진짜 사나이

1992년 출간된 이창동의 두번째 소설집 『녹천에는 똥이 많다』에는 「진짜 사나이」라는 제목의 단편이 실려 있다. 주인공은 장병만이라는 사내인데, 서울로 이주해 온 이농민으로 막노동, 세일즈맨, 떠돌이 약장사, 복덕방 거간꾼 등을 전전하며 어렵게 살고 있다. 그러나 "언젠가는 자신의 인생이 지금까지와는 전혀 다른 인생이 되리라는 꿈"[1]을 포기하지 않는다. 소설가인 '나'는 그를 경찰 호송 버스 안에서 만나게 되는데, 때는 1987년, 그러니까 6월 항쟁이 한창이던 시점이다.

　　　애초에 그는 민주화운동 같은 거창한 일에 대해 무관심하고 남 앞에 나서기도 싫어하는 편이었다. 그러나 진보적 잡지사 기자인 '나'의 후배를 만난 후 거의 변신에 가까운 변화를 겪는다. 기자 후배는 장 씨에게 이렇게 말한다. "이미 엄청나게 확대되고 단단해진 이 자본주의 체제가 그런 엉성하기 짝이 없는 장 선생님의 꿈을 허락해줄 리가 없는 거지요. 아바 ㄱ 꿈이 이루어질 날은 영원히 오지 않을 겁니다. 장 선생님이 그 꿈을 이루지 못하도록 방해하는 것들과 스스

1.　　　이창동, 「진짜 사나이」, 『녹천에는 똥이 많다』, 문학과지성사, 2025(재판), p. 26. 이하 이 작품은 모두 이 책에서 인용함. 본문에는 쪽수만 표기.

로 싸우지 않는 한 말입니다."(p. 26) 이제 생각해보면 1980년대 진보적 지식인들이 입에 달고 살던 이 진부한(악만 진부한 것은 아니다. 종종 선의도 진부하다) 문장들 중 마지막 문장은 발화되지 말았어야 했다. 그가 책임질 수 있는 말이 아니었기 때문이다. 그러나 순진한 장 씨는 변한다.

이후로 그는 시위 현장(그곳에서 그는 엉뚱하게도 군가 「진짜 사나이」를 불러 학생 및 시민들과 '구별짓기'를 당하기도 한다)과 명동성당 농성장에서, 그리고 세브란스병원 영안실에서 각목을 들고 이한열의 유해 탈취를 대비하고 있는 경비조들 속에서도 발견된다. 그는 이제 '민주주의'나 '투쟁'이란 말을 자연스럽게 구사한다. 다음으로 '나'와 그가 연락이 닿은 것은 1988년 대선 직후다. 그는 불법 부정 선거를 주장하며 구로구청에서 농성했고, 애꿎은 파출소의 순경을 패고 대통령의 사진을 박살 냈다가 체포당한다. 이토록 일취월장하는 시민의식 또는 민중의식의 경로를 보여주고 있으니 그는 정말이지 성장하는 이 땅 민중 세력의 '전형'인가? 그러나 그의 마지막 모습은 참혹하다.

'나'는 그를 2년 후 다시 만나게 된다. 그 사이 직선제를 쟁취했고 전두환은 물러났다. 5·18 청문회(1988)가 열렸고 올림픽이 개최되었다. 수천 개의 노동조합이 탄생했고 전교조가 출범했다. 그러나 그 빛나는 신화의 날들이 벌어졌던 명동 거리에서 '나'의 눈에 띈 장병만은 이런 모습이다.

"어머나, 끔찍해라. 사람이 어쩌면 저럴 수가 있나!"

어느 젊은 여자가 혀를 차며 탄식했다. 정말이지 그것은 인간의 모습이라곤 할 수 없었다. 땅바닥에 드러누운 채 질질 끌려가는 그의 모습은 마치 땅을 기면서 리어카를 끌고 있는 한 마리 짐승의 모습을 연상시켜주었다. 이상한 것은 다른 노점상과 달리 그는 한마디도 입을 열지 않고 있다는 사실이었다. 그는 단지 눈을 부릅뜬 채 마치 무서운 고통을 감수하고 있는 수도자처럼 아무런 저항도 없이 끌려가고 있을 뿐이었다. 나는 온몸으로 흐르는 전율을 느꼈다. 그는 지금 끌려가고 있는 것이 아니었다. 오히려 그는 스스로 끌어가고 있었다. 온몸을 맨바닥에 던져 이 세상의 무게를 혼자 힘으로 떠밀어 가고 있는 것이었다. 나는 그가 어디로 가고 있는지 알 수 있을 것 같았다. (p. 41)

이 철거 반대 투쟁 장면에 대한 유력하게 예상 가능한 해석은 1980년대적이다. 가령 '민중 계급의 현실 앞에 선 소시민 지식인의 부끄러움' 같은 독법이 그렇다. 그러나 그렇다고만 보기엔 장병만의 형상이 지나치게 비극적이고 참혹하다. 차라리 숭고할 지경이다. "쇠사슬로 자신의 몸을 친친 동여매고 그것을 다시 자신의 리어카와 연결해"(p. 40) 일종의 '리어카 – 운명 – 신체' 연합체가 되어버린 그는 스스로 죽음을 향해 기어가는 구도자(가령 골고다의 예수)에 가깝다. 그렇다고 저 장면이 종교적 해석을 부르는 것 같지도 않다. 화자인 '나'는 되레 1987년, 그의 현실적이지 못함과 허황됨을 염려하고 냉소해오던 편이었기 때문이다.

　　그렇다면 가장 적절한 독법은 "이 세상의 무게"란 어구에서 찾아야 할지도 모르겠다. 아이러니하게도 정권이 바뀌고, 혹자들이 '87년체제'라고 부르는 절차적 민주주의의 시대가 도래하고, 과거의 국가폭력이 도마에 오르게 되자 장병만은 진짜 '이 세상의 무게'와 그제야 뒤늦게 조우한다. 그동안 장병만의 행적에 거리를 두고, 염려와 회의를 보냈던 화자의 태도가 '숭고'로 변하는 이유는 거기에 있을 것이다.

　　그러니까 상이한 리듬을 따르는 두 개의 세상이 존재한다. 하나는 장병만이 어설프게 통과해 나온 정권 교체와 형식적 민주주의의 리듬에 따르는 세상(이창동이 시간적 배경을 1987년 6월 항쟁으로 설정한 이유일 것이다), 그리고 하나는 정권이 바뀌어도 그보다 더 오래 지속하면서, 정권들의 저류를 관통해 흐르는 '주체 없는 과정'으로서의 세상…… 정치적 사건 때마다 엎치락뒤치락하면서 (사이비) '진보와 보수'를 번갈아 갈아치우는 의회 민주주의의 세상과 근본에 있어서는 변하지 않으면서 끊임없이 '벌거벗은 생명'을 양산하고, 각종의 '장치들'[2]로 물샐틈없이 헤게모니를 구축해가는 세상……

전자에 대한 기록을 흔한 관습에 따라 민주화의 역사라 부를 수 있다면 후자에 대한 기록을 우리는 (푸코를 따라) '통치성'의 역사라 부를 수 있을 것이다. 장병만은 지금 리어카를 끌고 무모하게도 그 후자의 세상을 향해 기어가고 있다. 화자의 숭고 감정은 여기서 비롯된다. 그러나 당겨 말하건대 진짜 사나이 장병만이 신자유주의의 통치성이 지배하는 후자의 세상을 바꿀 가능성은 '통계학적'으로 제로에 가깝다.

2. 1982년생, 김지영

「진짜 사나이」의 화자가 장병만 씨를 처음 만났던 해는 1987년, 김지

---

2. 애초에 푸코의 개념이었던 '장치들dispositif'을 아감벤은 이렇게 정의한다. "나는 생명체들의 몸짓, 행동, 의견, 담론을 포획, 지도, 규정, 차단, 주조, 제어, 보장하는 능력을 지닌 모든 것을 문자 그대로 장치라고 부를 것이다. 따라서 감옥, 정신병원, 판옵티콘, 학교, 고해, 공장, 규율, 법적 조치 등과 같이 권력과 명백히 접속되어 있는 것들뿐만 아니라 펜, 글쓰기, 문학, 철학, 농업, 담배, 항해〔인터넷서핑〕, 컴퓨터, 휴대전화 등도, 그리고 (왜 아니겠는가마는) 언어 자체도 권력과 접속되어 있다." 그리고 이렇게 덧붙인다. "어쩌면 우리가 지금 살고 있는 이 자본주의적 발전의 최종 단계를 장치들의 거대한 축적과 증식으로 정의한다 해도 그리 틀린 것은 아닐 것이다."(조르조 아감벤, 『장치란 무엇인가?──장치학을 위한 서론』, 양창렬 옮김, 난장, 2010, pp. 33~35)

영은 그보다 5년 전에 태어났다. 이런 시절이었다.

> 정부에서 '가족계획'이라는 이름으로 산아제한 정책을 펼칠 때였다. 의학적 이유의 임신중절수술이 합법화된 게 이미 10년 전이었고, '딸'이라는 게 의학적인 이유라도 되는 것처럼 성 감별과 여아 낙태가 공공연했다.* 1980년대 내내 이런 분위기가 이어져 성비 불균형의 정점을 찍었던 1990년대 초, 셋째아 이상 출생 성비는 남아가 여아의 두 배를 넘었다.**[3]

이 문장들에 각주가 둘 달려 있다는 점은 꼭 밝혀두어야 한다. "*박재현 외, 『확률 가족』(마티, 2015), 57~58쪽", 그리고 "**「출산 순위별 출생 성비」, 통계청"…… 이와 같은 통계와 확률을 뚫고, 혹은 '통계 속으로' 김지영은 태어났다. 한국문학사에서는 보기 드문 확률과 통계의 등장인데, 내친김에 『녹천에는 똥이 많다』가 출간되던 1992년 즈음, 그러니까 김지영이 초등(국민)학교 다니던 시절의 풍경도 옮겨본다. 그가 다니던 학교는 '급식 시범 학교'였고, 아래는 급식 장면이다.

> 김지영 씨는 49명 중 30번이었다. 남학생이 1번부터 27번, 여학생이 28번부터 49번이고 번호는 생일 순서로 매겨졌다. 그나마 김지영 씨가 4월생이라 서른 번째라도 밥을 받았지 생일이 늦은 여자아이들은 앞 번호 아이들이 다 먹고 일어설 즈음에야 자리에 앉을 수 있었다. 그래서 밥을 늦게 먹는다고 혼나는 아이들은 대부분 여자아이들이었다.[4]

3.　　조남주, 『82년생 김지영』, 민음사, 2016, p. 29.
4.　　같은 책, p. 43.

인구의 숫자화, 숫자에 따른 남녀 구별(저 통계는 명백히 젠더 차별적 문화의 반영이다), 시간표에 따른 식사 규율…… 당겨 말해 우리는 점점 '생명 정치' 혹은 그 정점으로서의 '신자유주의 통치성'이 위력을 발휘하고 있는 세계의 모습 속으로 진입하고 있다. 이후 김지영의 삶은 '통계학적으로' 볼 때 충분히 예측이 가능하다.

김지영이 다닌 중학교는 남녀 공학이었다. 남녀 공학이 시행된 배경은 이랬다. "김지영 씨가 태어났던 1982년에는 여아 100명당 106.8명의 남아가 태어났는데, 남아의 비율이 점점 높아져 1990년에는 116.5명이 되었다.* 자연적인 출생성비는 103명에서 107명이다. 이미 남학생이 많았고, 앞으로는 더 많아질 게 뻔한데 남학생이 입학할 수 있는 학교는 부족했다."[5] 이 문장에도 역시 각주가 붙어 있다. "*「인구 동태 건수 및 동태율 추이」, 통계청." 그러니까 김지영은 본인의 선택에 따라 남녀 공학에 다닌 것이 아니다. 통계청의 인구 동태율 조사, 그리고 그에 따른 학교 제도의 변화가 그녀의 중학 시절을 결정했다.

대학 진학과 취업도 마찬가지다. 작품 속 서술자(정신과 의사다)의 보고에 따를 때 김지영이 대학을 졸업하던 2005년, 여성 채용 비율은 29.6퍼센트("*「키워드로 본 2005 취업 시장」,《동아일보》, 2005. 12. 14."), 남성 지원자를 선호하는 기업이 44퍼센트, 여성을 선호하는 기업은 0퍼센트("**「신입 사원 채용 시 외모, 성차별 여전」,《연합뉴스》, 2005. 7. 11.")[6]였다.

이어지는 김지영의 삶을 더 나열할 수도 있겠다. 취업, 임금 차별, 유리 천장, 육아, 그리고 우울증…… 아이러니한 것은 통계학적

---

5.   같은 책, p. 53.
6.   같은 책, p. 96.

으로 말해 김지영의 삶은 그 또래 대한민국 '평균' 여성이 겪어야 했던 (그리고 겪고 있는) 운명에 가깝다는 점이다. 김지영이 특별히 일탈적이거나 이례적인 삶을 산 것은 아니다. 그러나 통계는 그녀의 삶의 경로와 결말을 미리 지정해두었다. 소설 말미 그녀의 담당의인 남성 정신과 의사(그는 증상을 분류할 수 있을 뿐 공감하지 못한다)는 "산후우울증에서 육아우울증으로 이어진 매우 전형적인 사례"[7]라는 진단을 내린다.

흥미로운 것은 저 말에 의사가 덧붙인 몇 마디 모호한 말들이다. "나는 내 진단이 성급했다는 것을 깨달았다. 틀렸다는 뜻은 아니다. 내가 미처 생각지 못하는 세상이 있다는 뜻이다".[8] "내가 미처 생각지 못하는 세상", 이 말은 묘하게 장병남 씨에게 주어진 "이 세상의 무게"란 말과 공명한다. 그리고 이제 우리는 그 세상의 정체에 대해 말할 수 있는데, 그것은 통계가 지배하는 세상이다. 루카치의 그 유명한 '하늘의 별자리'가 아니라, 통계가 지시하는 '정상인'의 관념이 우리의 갈 길을 미리 예비해두고 있는 세상이다. 이언 해킹은 통계에 대해 이렇게 말한다.

> 본질적으로 통계일 뿐이지만 이 법칙들은 엄연히 존재하였으며 심지어 자가 조절적인 면모를 지닌 것이었다. 그러한 법칙의 중심 경향 central tendency에 부합하는 사람들은 정상적이라 할 수 있는 반면, 법칙의 양극단에 위치한 이들은 병적인 인간에 해당한다. 어느 누구도 병적인 인간이고 싶어 하지는 않기 때문에 '우리들 중 대다수'는 자신을 정상적 인간으로 만들고 싶어 하며, 이러한 노력은 역으로 소위

7.　　같은 책, p. 169.
8.　　같은 책, p. 170.

정상이라는 것에 영향을 준다.[9]

통계를 통해 가장 많은 분포율을 보여주는 가운데 쪽이(대체로 통계 곡선은 일종의 종 모양을 이루기 마련이다) 정상의 영역이다. 분포율이 낮을수록 비정상인들의 영역이다. 확률은 대개 평균을 향해 수렴되므로 우리들 대부분은 당연히 그 종의 볼록한 중앙 인근에 분포되어 있다. 그러나 거기서 벗어난 곳에 위치할 경우 비정상의 낙인을 면하기는 힘들어진다. 문제는 그렇게 정상인의 표본이 마련되고 나면 이번에는 많은 이가 그 정상성을 추구하는 방식으로 정상성의 규범 norm을 강화한다는 데 있다. 통계는 그런 식으로 정상성의 규범을 만들고 불특정한 인구를 규범화한다.

이언 해킹은 서구에서 19세기에 일어난 그런 현상을 '활자화된 숫자들의 쇄도avalanche of printed number'라고 불렀고, 그런 현상이 "우리가 무엇을 할 것인지를 선택하고, 무엇이 되기 위해 노력하고, 우리 자신에 대해 어떻게 생각하는지에 대해 심도 깊은 변화를 가져다주었다"[10]라고 말한다. 푸코에 대해 거의 언급하지 않지만 푸코주의자임에 틀림없는 해킹에 따를 때 통계는 주체 형성에 결정적으로 관여한다. 우리는 숫자가 정상이라 지시하는 어떤 상태를 수용하고 지향하면서 통계에 사로잡힌 주체가 된다. 그런 의미에서 통계는 운명이다. 아이러니하게도 김지영은 바로 그 통계의 가장 중앙, 정상치에 속했다는 이유로 우울증자가 되었던 셈이다.

---

9.   이언 해킹, 『우연을 길들이다──통계는 어떻게 우연을 과학으로 만들었는가?』, 정혜경 옮김, 바다출판사, 2012, pp. 23~24.

10.   같은 책, p. 25.

3. 통계의 비극

그렇다면 『82년생 김지영』을 두고 이렇게 말하는 것도 가능하겠다. 이 작품은 '통계의 비극'이다. 결말의 우울함만을 두고 하는 말이 아니다. 어떤 '장르'의 출범 혹은 새로운 가시성의 장에서 그것의 드러남, 그러니까 운명의 비극이나 성격비극이 아닌 '통치성의 비극'이란 새로운 장르가 조남주의 저 작품과 함께 한국문학사의 전경에 등장했다.

　　김지영이 전형적으로 비극적인 인물인 것은 그가 자신에게 주어진 신탁에서 벗어나기 위해 아무리 발버둥 쳐도 그럴 수 없다는 점에 있다. 신탁이 내린 운명에서 벗어나기 위해 발버둥 치지만 결국 그 발버둥이 신이 점지한 운명을 역설적으로 실현하게 되고 마는 장르로서의 비극, 다만 신탁의 성격이 바뀌었다.

　　아폴로가 김지영에게 어머니를 죽이고 아버지와 결혼하게 될 것이라는 운명을 점지하지는 않았다. 죽은 아버지의 유령이 그에게 자신의 죽음을 정당하게 애도해달라고 명하지도 않았다. 대신 그녀의 운명을 미리 점지해둔 것은 숫자들이 만드는 종 모양의 분포도다. 생명 정치, 그리고 그것의 최신 형태인 신자유주의적 통치성의 테크놀로지가 신탁을 대신한다. 김지영은 그 쇄도하는 숫자들의 평균치에서 벗어나려 애쓰지만, 각주가 등장하기 시작하면 그 어떤 독자도 그런 일이 성공할 것이라고 믿지 못한다. 비극은 이렇게 항상 아이러니를 수반하는데, 각주 속의 숫자들이 결국에는 실현되고 말 신탁임을 독자들이 이미 알고 있기 때문이다. 아마도 이렇게 읽는 편이 『82년생 김지영』을 '미학적 관점'에서 결함이 많은 작품이라고 투덜대는 것보다는 훨씬 더 생산적일 것이다.

　　그러나 한 작품의 출현을 두고 '장르'의 탄생 운운은 과장이거나 허영이기 십상이라는 지적도 있을 법하다. 그래서 여기 최근 발표된 다른 작가들의 몇 작품을 일련의 장르적 계열체 삼아 옮겨본다. 아래는 2020년에 발표된 임솔아의 단편 「내가 아는 가장 밝은 세계」[11]를 요약한 내용이다.

화자인 '나'는 10년 차 프리랜서 작가다. 얼마나 문학을 사랑하는지 문학을 '내가 아는 가장 밝은 세계'로 여긴다. 원고료(몇 푼이나 될까마는)를 절약해 1.5룸 반전세를 얻는다. 그러자 국가는 '나'를 일정한 소득이 있는 개인사업자로 등록한다. 연이어 피부양자 자격을 상실하고, 국민연금 가입 결정 통지서마저 날아온다. 대출이자와 건강보험료는 계속 올라가는데 은행에서 대출이자를 계산할 때에는 무직자로 분류되었다가, 건강보험료를 책정할 때에는 직장인으로 분류된다. 이 오류를 바로잡기 위해서는 건강보험공단에 원천징수영수증을 발급한 곳들(그러나 그곳들은 주인공을 위촉한 적조차 없다)에서 해촉증명서를 받아 제출해야 한다. 와중에 아파트 청약을 앞둔 친구와 함께 간 모델하우스에서 만난 박 부장의 말은 이렇다. "요즘 서울 아파트 가격이 기본 10억입니다. 아이를 두 명 낳아 아파트에 당첨되신다면, 아이 한 명당 5억인 셈이에요."(p. 143) 결국 발가락 두 개가 없는 주인공이 장애인 주택 특별 공급에 대한 정보를 얻은 후 병원에 진단서를 요구하자 의사는 말한다. "손가락은 한쪽 엄지만 없어도 장애인 등록이 되는데요. 발가락은 열 개 모두 없어야 인정이 됩니다."(p. 147)

다른 작품 「병원」[12]도 있다. 주인공은 자살 기도를 한 후 치료비에 의료보험을 적용받기 위해 자신이 정신병리를 앓고 있음을 증명해야 할 상황에 처한 기초생활수급자다. 이 작품에서 결국 주인공

---

11.   임솔아, 「내가 아는 가장 밝은 세계」, 『아무것도 아니라고 잘라 말하기』, 문학과지성사, 2021. 이하 인용은 본문에 쪽수만 표시.
12.   임솔아, 『눈과 사람과 눈사람』, 문학동네, 2019.

은 자신이 정상임을 입증해야 비정상적이라는 진단을 받을 수 있게 되는 묘한 입장에 처한다. 「신체 적출물」에서는 사고로 잘린 발가락의 가치가 400만 원에도 미치지 못하는 것으로 환산되고, 심지어 공항의 검역에서 '방부처리증명서'가 없다는 이유로 '감염성 폐기물'로 등록되어 소각 처리된다. 이것이 임솔아가 분노 섞인 체념의 형태로 묘사하는 오늘날의 세계다.

연금과 위생과 증명 서류와 대출과 투기의 세계, 아이 한 명이 5억이고 발가락은 '신체 적출물'에 불과해지는 세계는, 동시에 법규들과 숫자들이 빼곡히 기입된 서류와 각종의 '장치들'(의료, 복지, 보험, 자격, 수입, 신용 등, 그리고 그에 관한 통계 자료들)이 지배하는 세계다. 임솔아가, 마치 진로를 가로막고 있는 거대한 장벽이라도 되는 양 정확히 지켜보고 있는 지점이 거기다. 그리고 거기는 이미 결말이 정해져 있는 비극의 세계다.

김기태의 「두 사람의 인터내셔널」도 거론할 만하다.

"나 외국인 노동자인 거 몰랐냐? 헤헤."

이번 공장은 내국인이랑 돈을 똑같이 주고 보험도 다 가입해줘서 좋다고 덧붙였다. 귀화할 수 없느냐고 진주가 물었다. 그건 니콜라이조차도 완전히 이해하지 못하는 복잡한 과정이었다. 사회통합프로그램 이수나 필기시험, 면접 따위를 따져보기 전에 일단 귀화 신청 자격을 갖추려면 영주권을 취득해야 했다. 물론 영주권을 받는 데도 여러 조건이 있었다.

"소득 기준이 있다고?"

니콜라이는 전년도 한국인 평균 이상을 벌어야 영주권을 신청할 수 있으며, 그건 연봉 삼천팔백만원 정도라고 설명했다. 진주는 마트에서 받는 월급에 열둘을 곱해봤다. 공무원 시험에 붙는다고 해

도 금방은 어려운 돈이었다.[13]

자조적인 어조로 묘사되는 국적 다른 두 비정규직 노동자의 빈한함에 대해서는 작품 전체를 읽어야 실감이 온다. 어쨌거나 그들은 굳이 얘기하자면 통계의 종 가장자리에서 중앙, 곧 정상인의 자리로 이동하려 안간힘을 쓰며 사는 이들이다. 고작해야 직장에서 가입해준 보험 정도에 기뻐하는 그들에게 미래는 없어 보인다. 자조적으로 듣고 부르는 그 옛날의 혁명가 「인터내셔널의 노래」는 아이러니에 불과하다. "연봉 삼천팔백만원"이란 수치를 돌파하지 않는 이상 니콜라이는 한국인이 되지도 못한다. 게다가 회사가 들어준 보험도, 따져보면 그리 기뻐할 만한 일이 아니다. 보험은 비유컨대 인터내셔널에 대해 적대적이기 때문이다.

> 보험은 도덕적 테크놀로지이다. 리스크를 계산한다는 것은 시간을 관리하고 미래를 규율하는 것이다.[14]

> 국가는 안전을 보장하는 가운데, 마찬가지로 국가 자신의 존재, 유지, 영속성도 보장한다. 사회보험은 또한 혁명을 방지하는 보험이기도 하다.[15]

푸코주의자 프랑수아 에발드에 따를 때, 보험은 일종의 규율이다. 보험은 주체에게 리스크에 대한 계산과 관리를 강제한다. 아직 일어나

---

13. 김기태, 「두 사람의 인터내셔널」, 『두 사람의 인터내셔널』, 문학동네, 2024, p. 125.

14. 프랑수아 에발드, 「보험과 리스크」, 『푸코 효과——통치성에 관한 연구』, 콜린 고든 외 엮음, 심성보 외 옮김, 난장, 2014, p. 305.

15. 같은 글, p. 309.

지 않았으나 통계적으로 계산해 일어날 확률이 높은 위험에 대한 대비는 주체를 끊임없이 심기증(건강 염려증) 상태로 몰아넣는다. 보험은 바로 그 위험에 대한 건전하고 사려 깊은 사전 대비이고 자기 관리인데, 그런 측면에서 도덕적 규율로서 기능한다. 그러는 와중에 국가는 영속성을 보장받는다. 국가는 (국가가 관리하거나 민영화된 각종의) 보험을 통해 피보험자의 미래만 아니라 자신의 미래도 관리하는데, 왜냐하면 미래의 리스크에 대비한(혹은 대비했다고 상상하는) 주체들이 굳이 혁명이나 변혁이라는 무모한 리스크(혁명은 본질적으로 커다란 리스크다)에 자신을 내던질 리 없기 때문이다. 건강보험, 산재보험, 실손보험, 요양보험, 암보험, 치아보험, 그리고 2세들을 위한 교육보험을 든 주체는 어쩔 수 없이 '인터내셔널'의 적이다. 결국 작품은 이렇게 끝난다.

> 미래는 여전히 닫힌 봉투 안에 있었고 몇몇 퇴근길에는 사는 게 형벌 같았다. 미미하지만 확실한 행복을 주워 담았고 그게 도움이 안 될 때는 불확실하지만 원대한 행복을 상상했다. 보일러를 아껴 트는 겨울. 설거지를 하고 식탁을 닦는 서로의 등을 보면 봄날의 교무실이 떠올랐다. 어떤 예언은 엉뚱한 형태로 전해지고 아주 긴 시간이 지나서야 실현되는 것일지도 몰랐다.[16]

오래전 봄날의 교무실에서 신탁이 내려졌다. 그것은 닫힌 봉투의 형태를 하고 있었는데, 학교에 내야 할 돈을 내지 못한 아이들에게만 전달되었다. 니콜라이와 진주가 바로 그 신탁 받은 자들이었다. 그리고 그 예언은 결국 아주 긴 시간이 지나 실현되었다. 그렇다면 이 작

---

16.   김기태, 같은 글, p. 143.

품의 장르는 확실히 '비극'이다.

　　아마도 이 계열의 작품 목록에 김애란의 최근작들을 덧붙일 수도 있을 것이다. 최근 출간한 소설집 『안녕이라 그랬어』에 실린 일련의 단편에는 이제 작가 특유의 유머를 찾아보기가 힘들다. 대신 모든 작품을 관통하는 일관된 질문이 이와 같다.

> 만일 그 전화가 아니었다면, 아니 그보다 일 년 넘게 이어지고 있는 이 전염병이 아니었다면, 그사이 부동산 가격이 폭등하지 않고, 노동 가치니 화폐가치니 하는 것들이 이렇게 떨어지지 않았다면, 나도 저 윗집 부부처럼 밝은 얼굴로 이웃을 환대할 수 있었을까?[17]

요컨대 '신자유주의적 세태와 환대의 (불)가능성'…… 김애란의 문장들은 점점 사회학자나 사회심리학자의 어법처럼 정교하게 신자유주의하 중산층의 세태를 묘사한다.

　　김애란 외에도 이 '통계의 비극' 계열체에 느슨하게나마 묶을 만한 작가들의 목록은 더 이어진다. 김이설, 정소현, 예소연, 성해나, 김혜진, 위수정, 김사과 등등. 그러나 이 글은 역시 '시론'이다. 그 목록을 길게 나열하고 세세한 작품 이야기를 하기보다(과제로 남겨둔다) 이제 소설사 이야기를 할 차례다.

4. 한국세

『82년생 김지영』과 최근 등장한 일련의 '통치성의 비극' 작품들을 정

17.　　김애란, 「좋은 이웃」, 『안녕이라 그랬어』, 문학동네, 2025, pp. 105~106.

점에 두고, 한국 현대 소설사를 거슬러 기술하는 데에는 몇 가지 난점들이 존재한다. 우선 정권의 교체나 특정한 정치적 사건을 기준으로 한 시대구분(가령 '87년 체제' '촛불 체제' '6·10 체제' '2025년 체제' 등등)이 모호해진다. 물론 10년 단위로 쪼개 문학사를 기술하는 관례적인 연대기적 서술도 불가능하다. 무엇보다도 통치성(들)의 역사란 장기 지속의 역사이기 때문이다. 너무 자주 인용되어서 식상한 바 없지 않지만, 푸코의 통치성governmentality에 대한 언급을 다시 가져와 본다.

첫 번째 형식은 다들 아실 텐데 법을 제정하고, 그 법을 어기는 자에 대한 처벌을 확정하는 일종의 법전체계입니다. 법전체계는 허가와 금지라는 이항분할, 그리고 금지된 행동 유형과 그에 대한[그런 행동을 저질렀을 때 가해지는] 처벌 유형의 결합으로 이뤄져 있습니다. 그러므로 이것은 법 혹은 사법메커니즘입니다. 두 번째 메커니즘은 감시와 교정의 메커니즘에 의해 법이 관리되는 것으로서, 물론 이것은 규율메커니즘입니다. 〔……〕 규율메커니즘의 특징은 법전의 이항체계 내부에 죄인이라는 제3의 인물이 등장한다는 점입니다. 이 죄인의 등장과 동시에, 법을 조정하는 입법행위나 죄인을 처벌하는 사법행위 밖에서 일련의 부속적인 기술이 등장합니다. 경찰, 의학, 심리학과 관련된 기술이 그것입니다. 이 부속적인 기술은 모든 개인을 감시·진단하는 것에 관한 기술이자 모든 개인의 있을 법한 변형에 관한 기술입니다. 〔……〕 세 번째 형식은 법전이나 규율메커니즘이 아니라 안전장치를 특징짓는 것으로서, 이것이 바로 이제부터 연구하려는 현상의 총체입니다. 지극히 포괄적으로 말해보면, 첫째로 이 안전장치는 문제가 되는 현상, 예를 들면 절도 같은 현상을 일어날 수 있는 일련의 사건으로 간주합니다. 둘째로 해당 현상에 대한 권력의 반응은 일정한 계산, 즉 비용 계산으로 삽입됩니다. 그리고 마지막 셋째로 허가와 금지라는 이항분할을 설정하는 대신에 최적이라고 여겨지는 평균치가 정해지고, 넘어서면 안 되는 용인의 한계가 정해지게 됩니다.[18]

자주 인용된 구절이니 긴 설명은 생략하고 저 문장들에서 우리가 취할 점은 우선 푸코가 권력의 작동 메커니즘을 세 종류로 유형화하고 있다는 점이다. '사법 메커니즘'과 '규율 메커니즘', 그리고 '안전 메커니즘'이 그것이다. 그리고 세 메커니즘은 각각 주권 권력, 규율 권력, 생명 권력의 테크놀로지와 관련된다. 단 이 세 종류의 권력 메커니즘이 연대기적으로 발생한다는 점은 강조해둘 필요가 있다.

사법 메커니즘은 유럽에서 17~18세기까지 이어진 오랜 형벌 기능이다. 규율 메커니즘은 18세기 이후 정착한(그러나 그 발생은 훨씬 이전으로 거슬러 올라간다) 근대적 사법 체계를 일컫는다. 그리고 마지막 안전 메커니즘이 바로 현대적 사법 체계로서 "현재 형벌과 형벌비용 계산의 새로운 형태를 중심으로 체계화"[19]되고 있는 (미국식이자 호모 이코노미쿠스로서의 인류종에 걸맞은) 권력의 기술이다. 푸코는 그것이 개인의 신체를 대상으로 한 규율 권력과 달리 생물학적으로 환원된 불특정의 '인구'에 대해, 통계와 비용 계산에 따라 작동한다는 점에서 '생명 권력' 혹은 '생명 정치'라 부르기도 한다.

오해의 소지가 있을 수 있으니, 푸코가 '안전, 영토, 인구'란 제목으로 콜레주드프랑스에서 강연을 하던 때만 하더라도(1977~1978) '통치성'이란 개념보다는 '생명 권력' 혹은 '생명 정치'란 개념을 선호

---

18.   미셸 푸코, 『안전, 영토, 인구——콜레주드프랑스 강의 1977~78년』, 오트르망(심세광·전혜리·조성은) 옮김, 난장, 2011, pp. 23~24.

19.   같은 책, p. 24

했다는 점은 밝혀둘 필요가 있을 듯하다. 정작 '통치성'이란 개념이 그의 사유의 최전면에 부상하는 것은 다음 해의 강의에서다. 그 강연집은 『생명 정치의 탄생』(우리말로는 '생명관리정치의 탄생'으로 번역되었다)이란 제목이었는데, 애초의 예고와 달리(본인도 그 느닷없음을 인정한다) 그는 이 강연에서 생명 정치 일반 대신 특수하게 전후 복구 시기 독일에서 시작된 '신자유주의' 담론을 추적한다. 그리고 그 추적의 종착지는 미국의 시카고학파다. '신자유주의 통치성'이란 말이 부각되는 것도 이 시점이다. 그런 사정으로 미루어볼 때, 푸코에게 신자유주의 통치성은 넓은 범위에서 '생명 정치'의 일환이자, 그 가장 최신 형태이고 가장 발달한 형태의 미국형 권력 메커니즘인 듯하다.[20]

한 가지 더 염두에 둘 것은 연대기적으로 발생한 저 세 메커니즘의 길항과 절합에 관한 푸코의 다음과 같은 언급이다.

> 그러므로 현재 출현하는 것이 기존의 것을 사라지게 하는 식으로, 여러 요소가 서로 연이어 오게 되는 그런 계열은 결코 없습니다. 사법의 시대, 규율의 시대, 안전의 시대가 있는 것이 아닙니다. 일찍이 법률―사법메커니즘을 대체했던 규율체계를 다시금 대체한 안전메커니즘이 있는 것이 아닌 거죠. 사실상 일련의 복합적인 건조물이 있고 그 내부에서 변하게 되는 것은, 물론 완성되어가고 아무튼 복잡하게 되어갈 기술 그 자체인 것입니다. 특히 변하게 되는 것은 지배적인 요소 혹은 더 정확히 말해서 법률 사법메커니즘, 규율메커니즘 그리고 안전메커니즘이 맺는 상관관계의 체계입니다.[21]

---

20.   박정희 정권 말기, 그리고 전두환 정권 내내 한국에 신자유주의를 도입하고자 애쓴 인물들이 '시카고 보이스'라 불린 미국 유학파였다는 사실은 그런 점에서 흥미롭다. 이에 대해서는 지주형, 『한국 신자유주의의 기원과 형성』(책세상, 2011), 4장 참조.

21.   미셸 푸코, 같은 책, pp. 26~27.

인용문에 따를 때, 세 종류의 권력 메커니즘은 물론 연대기적으로 발생한다. 사법과 규율과 안전 메커니즘의 발생에는 순서가 있다. 그러나 규율 메커니즘이 등장했다고 해서 사법 메커니즘이 사라지는 것은 아니다. 마찬가지로 안전 메커니즘이 등장했다고 해서 규율 메커니즘이 사라지는 것도 아니다. 사법 장치들은 규율 장치들의 등장에도 불구하고 사라지지 않은 채 복잡한 상관관계의 체계를 형성한다. 안전 장치들도 마찬가지다.

아마도 우리는 사법적 주권 권력에 의해 강제로 부과되는 규율들을 상정해볼 수도 있고, 규율 권력을 관철시키기 위해 작동되는 사법 권력을 상정해볼 수도 있을 것이다. 규율 메커니즘이 발견하거나 발명한 많은 '장치들'은 고스란히(혹은 선별적이거나 잠재적으로) 남아 안전 메커니즘의 작동에서 복잡한 기능을 수행하기도 한다. 푸코가 (티냐노프에게서 가져온 듯 보이는) "지배적인 요소"라는 표현을 쓰는 것은 그런 이유로 보이는데, 생명 정치하에서는 지배 요소가 대체로 안전 메커니즘이라 할지라도 그것은 다른 메커니즘과의 관계들 속에서 지배적인 역할을 한다는 의미이지 독자적으로 작동할 수 있다는 의미는 아니다.

통치성의 소설사를 쓰려는 시도의 난점이 이로부터 유래한다. 세 메커니즘이 착종된 생명 정치의 시대에는 무엇보다도 문학사의 연대기적 서술이 불가능한 것이다. 주권 권력과 규율 권력, 그리고 생명 권력이 착종되어 거의 동시대적으로 작동했던 1960~80년대 시기 한국의 권력 작동 양상을 살펴보면 이 난점은 도드라진다. 박정희의 '가족계획 사업'은 어떤 권력 메커니즘에 속하는가? 그것은 국가 주도로 강제되었다(주권 권력). 그러나 각종의 의학 캠페인과 계몽 조직들, 언론, 관료 기구들, 말하자면 다양한 '장치들'의 작동에 의해 더욱 효과적으로 수행될 수 있었다(규율 권력). 그리고 그 정책은 한편 생물학적으로 환원된 '인구'에 대해 통계와 비용 계산의 효율성에 따라 실행되기도 했다. '새마을 운동'이나 '경제개발 5개년 계획'도 마찬가지다(생명 권력). 이렇듯 '비동시적인 것들의 동시성'은 한국적 통치성의 역사에서 유독 도드라지는 현상이다.

문학적 비유를 빌려보자. 최인훈은 「구운몽」에 이런 걸출한 문장을 남긴다.

우리의 유적은 제 꼴이 그대로 보존되고 있는 것은 거의 전무합니다. 그뿐 아니라, 햇수 짚어내기에 결정적인 요소의 하나인 매몰 상태도 엉망입니다. 고석기 시대의 유물이 신생대에 파묻혀 있는가 하면, 그 바로 밑에는 아주 최근의 것과 닮은 기계붙이가 있는 형편입니다. 이것은 시대 가르기가 불가능한 경우인데, 난점은 한 시대의 유물 서로 사이에도 있습니다. 이를테면 화장실 자리에 고려자기가 놓여 있습니다. 어느 땐지 아직 밝히지 못하고 있으나, 불행한 우리 조상의 역사에 뒷간 기물까지 고려자기를 쓴 시대는 아마 없었을 것입니다. 그런가 하면, 성경책 속에 피임 도구가 끼여 있는 화석이 나옵니다. 작전 서류 속에 연애 편지가 섞여 있기도 합니다. 장군이 시장(市場) 앞에 서 있는 것은 어떻게 풀어야 할지 알쏭달쏭입니다. 〔……〕 이런 예를 들기로 치면 한이 없습니다. 그러나 뭐니뭐니해도 가장 난처한 것은, 전혀 성질이 다른 조각으로 이루어진 일기(一基)의 인물 화석입니다. 즉 머리는 신부. 얼굴은 배우. 가슴은 시인. 손은 기술자. 배는 자본가. 성기는 말의 그것. 발은 캥거루의 족부. 〔……〕 이것은 누가 보나 희극입니다. 그러나 우리로서는 그렇게만 보이지는 않습니다. 이 이지러지고, 우습게 겹치고, 거꾸로 붙은 화석은, 고난에 찬 시대를 살았던 우리 선조들의 서글픈 자세가 아니고 무엇이겠습니까? 우리 조상들의 역사는, 생남(生男) 기념으로 아버지가 심어준 나무가 아름드리 노목으로 자란 뿌릿가에, 그 아들의 늙은 뼈가 묻히는 식의 역사도 아니었고, 한 도시의 아름다움을 보존하기 위하여 작전을 바꿨던 어떤 지역의 그것처럼, 복받은 역사가 아니었던 것입니다.[22]

평생에 걸친 최인훈의 작업을 일컬어 '고현학'이라고도 하거니와, 그가 본 한국의 현대는 저와 같다. "고석기 시대의 유물이 신생대에 파묻혀 있는가 하면, 그 바로 밑에는 아주 최근의 것과 닮은 기계붙이가 있는 형편"이다. 말하자면 마땅한 시대 구분이 불가능하다는 의미다. 게다가 "난점은 한 시대의 유물 서로 사이에도" 있는데, 예컨대 "화장실 자리에 고려자기가 놓여 있"다. 그러니까 양식의 역사가 없다. 한국적 근대의 특수성을 저처럼 잘 비유하기는 힘들 듯한데, 얼마간 유머를 더해 작중 독고준이라는 인류학자가 본 한국의 지층을 '한국세'라고 표현한다고 해도 무리는 없을 듯하다. 그리고 한국세의 특징은 물론 '비동시적인 것들의 동시성'이다.

그럴 때 통치성의 소설사를 기술한다는 것은 비유컨대 색안경을 쓰는 일과 같아질 수밖에 없다. 특정한 색깔만 도드라지게 만드는 색안경, 그 안경은 정권 교체나 특정한 사건들에 따른 문학적 연대기가 아니라 일정한 궤적이나 선조성을 갖지 않는 작품들에 주로 반응한다. 연대기적 역사라 불리는 표현몽 너머에서 어떤 잠재몽이 출현하는 순간을 포착한다. 다른 비유를 들자면 물이 빠진 저수지에서 하나하나 드러나는 봉우리 섬들 찾기라고나 할까? 다음은 그 첫 봉우리에 관한 이야기다.

22.　최인훈, 「구운몽」(1962), 『광장/구운몽』, 문학과지성사, 1989(재판), pp. 308~309.

5. 불타는 사진

통치성의 소설사를 쓴다면, 그 기점은 어디로 잡아야 할까? 쉽지 않은 질문이다. 식민지 시대? 그러나 조심스럽지만 이런 질문을 던져보는 것은 필수적이다. '식민지 통치성'이란 것이 존재할 수 있을까? 난제 앞에서는 다시 푸코를 경유할 수밖에 없을 듯하다. 푸코는 이와 유사한 질문을 '사회주의'에 대해 던졌던 적이 있다. "사회주의에 어울리는 통치성은 있는 것일까? 엄밀하고 내재적이며 자율적으로 사회주의적일 수 있는 것은 어떤 통치성일까?"[23] 그리고 그의 답은 이렇다.

> 사회주의의 독자적인 통치성은 존재하지 않는다고 생각합니다. 사회주의의 통치합리성은 존재하지 않습니다. 사실, 그리고 역사가 보여주듯이 사회주의는 다양한 종류의 통치성에 접속된 상태에서만 작동할 수 있습니다. 〔……〕 사회주의는 자유주의 통치성 내에서, 자유주의 통치성과 접속되어서 존재했고, 또 실제적으로 작동했습니다. 〔……〕 아마도 사회주의와 접속된 또 다른 통치성이 있을지도 모릅니다. 이에 대해서는 더 찾아볼 것입니다. 하지만 아무튼 지금 당장에는 사회주의에 독자적인 통치성이 존재한다고 생각되지는 않습니다.[24]

이것이 푸코의 단호한 대답이다. 아마도 냉전 구도의 영향이 컸겠지만, 사회주의는 독자적인 통치성을 발명하기보다 자유주의 통치성과 접속되어 작동했다. 아마도 현실사회주의가 작동시켰던 여러 '장치들'을 고려한다면 저 말은 더 잘 이해될 텐데, 자유주의와 공유한 생산

---

23. 미셸 푸코, 『생명관리정치의 탄생』, 오트르망 옮김, 난장, 2004, p. 146.
24. 같은 책, p. 144.

력 중심주의, 그리고 그에 따른 기존 생산관계의 유지(국가의 부르주아화), 내치국가 방식 치안 및 행정 장치들의 유지 강화 등이 그렇다. 사회주의는 통치성을 발명하기보다 빌려다 썼다. 자유주의적 내치국가 모델은 현실사회주의 국가에서 소멸하지 않았다.

'식민지 통치성'에 대해서도 같은 물음을 던질 수 있을 것이다. 푸코식 겸손을 이어받아 '더 찾아봐야 하긴 하겠지만', 그것은 아직은 새로운 통치성이라기보다는 식민지 본국의 통치성이 이식된 형태에 가까워 보인다. 물론 그 이식은 지극히 폭력적인 양상으로 전개되었다. 그리고 이후 한국 현대사에 대해서도 적지 않은 영향을 미친다. 끈질기게 이어지는 이른바 식민지 근대화론이나 친일 잔재 청산 문제 등은 그와 무관하지 않다. 그러나 애초에 식민지의 통치 모델은 제국의 통치 모델을 따를 수밖에 없고, 대체로 식민지의 통치 기구('조선총독부')는 무력과 강압적인 장치들, 즉 본국의 주권 권력에 기반한 사법 메커니즘의 강제 적용에 따라 식민지를 통치했다.

가령 동양척식의 토지 측량과 수탈, 마르크스주의적인 용어로 '제국에 의한 식민지 자본의 본원적 축적 과정'은 마치 통치성 부재 상태의 식민지에 통치성의 그물망을 설치하는 작업을 연상시킨다. 물론 그 그물망은 자생적이거나 자율적이지 않다. 일제에 의한 강제 인구조사나 위생 관련 정책 등도 마찬가지다.

이런 말을 하는 것은 이 글에서 시론 삼아 그 가능성을 타진해 보려는 '통치성의 소설사'를 해방과 한국전쟁 곧, (아무래도 존재했다고 보기 힘든) '식민지 통치성'과의 단절로부터 시작할 수밖에 없다는 사정에서 비롯된 것이다. 그러나 '식민지 통치성은 존재하는가?'라는 질문에 대한 보다 정밀하고 실증적인 대답은 이후의 작업 혹은 혜안을 가진 다른 연구자들의 작업을 위해 열어두는 것이 겸손한 처사일 듯하다.

어쨌든 식민지 시대가 지나고 해방기의 혼란과 전쟁도 끝났다. 전쟁 트라우마로 인한 정신증을 앓던[25] '전후 세대' 문학도 그 생산력을 거의 소진해갈 즈음, 사진 한 장이 불타오른다.

한참 만에 그는 호주머니 속에서 성냥을 꺼내어 사진에다 불을 그어 댄다. 위패는 이내 살라졌다. 그러나 사진은 타다 말고 불꽃이 잦아진다. 진영은 호주머니 속에서 휴지를 꺼내어 타다 마는 사진 위에 찢어서 놓는다. 다시 불이 붙기 시작한다.

사진이 말끔히 타버렸다. 노르스름한 연기가 차차 가늘어진다.

진영은 연기가 바람에 날려 없어지는 것을 언제까지나 쳐다보고 있었다.

"내게는 다만 쓰라린 추억이 남아 있을 뿐이다. 무참히 죽어버린 추억이 남아 있을 뿐이다!"

진영의 깎은 듯 고요한 얼굴 위에 두 줄기 눈물이 흘러내리고 있었다.

겨울하늘은 매몰스럽게도 맑다. 잡목 가지에 얹힌 눈이 바람을 타고 진영의 외투 깃에 날아내리고 있었다.

"그렇지, 내게는 아직 생명이 남아 있었다. 항거할 수 있는 생명이!"

진영은 중얼거리며 잡나무를 휘어잡고 눈 쌓인 언덕을 내려오는 것이다.[26]

---

25. 장용학(『요한시집』『역성서설』『원형의 전설』)과 김성한(「바비도」「오분간」)의 소설에서 '편집증'을 읽어내는 것은 어려운 일이 아니다. 손창섭(「비 오는 날」「잉여 인간」)과 서기원(「암사지도」)의 우울증도 마찬가지다. 전후 세대 소설은 전쟁이라는 참화를 겪으면서 모든 상징적 질서가 무너져 내리는 경험을 한 (비)주체들의 정신증으로 가득하다. 이언 해킹의 '시대적 정신질환'이란 개념을 적용한다면, 전후 세대 한국의 시대적 정신질환은 정신증이었다.

과도한 일반화의 오류를 무릅쓰고 말해, 박경리의 「불신시대」 마지막 장면에서 불타오르는 저 위패와 사진은 1950년대 문학의 끝을 알리는 조종에 가깝다. 주인공 진영이 지금 태우고 있는 것은 제대로 된 약 한번 쓰지 못하고 죽은 아들 문수의 사진이다. 저 장면 이전에 진영이 보여준 행태는 다른 전후 세대 작가들의 주인공들과 마찬가지로 우울증자의 그것이었다. 말하자면 전후 세대 특유의 전쟁 트라우마에 그녀 역시 사로잡혀 있었다. 그럴 때 그녀에게 주어진 애도의 방식은 세 가지였는데, 하나는 종교(기독교와 불교),[27] 하나는 미신(굿), 하나는 트라우마와 더불어 살기, 곧 애도의 종결이었다. 전후 세대 작가로서는 흔치 않게 박경리는 마지막 방식을 선택한다. 이는 동시대의 '전후 세대' 작가들(주로 남성들이다)이 전쟁 트라우마에서 헤어 나오지 못한 채 정신증적 발화에 함몰되어 있었다는 사실에 견주어 확실히 구별되는 데가 있다.

그러나 「불신시대」가 발표되던 저 즈음(1957)을 1950년대 문학의 종결이라고 말하는 데에는 다른 이유도 있다. 비슷한 시기인 1956년, 김광식은 문제작 「213호 주택」을 발표한다. 이 작품은 박경리의 「불신시대」와는 다른 측면에서 '전후소설'의 시대가 끝나가고 있음을 예견한 작품이다. 물론 이 작품에도 정신병리의 징후는 나타난다. 그러나 김광식의 작품에 드러나는 강박증이 전후소설에서 거의 예외적인 경우에 속한다는 사실은 의미심장하다. 외상적 순간이 전쟁 체험에 있지 않은 특이한 경우이기 때문이다. 이 작품의 주인공

---

26.   박경리, 「불신시대」(1957), 『한국현대대표소설선』 8, 임형택 외 엮음, 창작과비평사, 1996, p. 189.

27.   한국 사회에서 종교는 통치성과 관련해서 볼 때 식민지 시대부터 장기 지속하는 변수이다. 반공 이데올로기 또한 이와 유사한 변수인데, 양자는 2025년 현재에 이르기까지 통치성들과 경합하거나 연합하거나 방해하거나 반항하면서 통치성의 일관된 배치에 영향을 미친다. 이에 대해서도 독자적인 연구가 필요할 것이다.

'김명학 씨'의 증상을 보자.

> 눈을 감고 걷던 김명학씨는 육십미터쯤에서 눈을 떴다. 틀림없는 자기 집 앞이었다. 그는 현관에 들어가 웃저고리를 벗어던지고 곳간으로 나가 삽을 들고 나오는 것이었다. 그리고 길가에서 현관으로 들어가는 뜰길에 발자국을 내어놓고 그 발자국 하나하나를 파내는 것이었다.
>
> 아내는 보다 못해,
>
> "여보, 왜 이러세요, 왜 이래요."
>
> "왜 이러긴 뭐가 왜 이래."
>
> 그는 곳간 담밑에 가서 벽돌을 안고 왔다. 벽돌을 수없이 날라 놓고 그 발자국 구멍에 벽돌 둘씩을 가지런히 놓고 발돋움길을 만드는 것이었다.
>
> 아내는 무슨 영문인지 모르고 이러한 남편이 슬프게만 보였다.
>
> "여보, 당신, 정말 이게 뭐에요. 사람이 돌기도 한다더니 정말 돌았수."
>
> "돌아? 누가…… 돌지 않기 위해서 이렇게 해놓는 거야."
>
> 그는 발돋움길이 되자 몇번이고 그 발돋움길을 걸어본다. 또 눈을 감고 걸어본다.[28]

「213호 주택」의 주인공 김명학 씨의 증상은 전형적인 강박신경증이다. 아무런 의미 없는 행위, 즉 강박행위(정확한 보폭의 발자국을 새겨 집까지의 거리를 완벽하게 보폭과 일치시키려는)를 반복하고 있기 때문이다. 그러나 김명학 씨의 이 강박증은 다른 전후소설에서와는 판

---

28. 김광식, 「213호 주택」(1956), 『한국현대대표소설선』 9, 임형택 외 엮음, 창작과비평사, 1996, pp. 388~89.

이하게 전쟁의 외상에서 비롯된 것이 아니다. 이제 전쟁은 김명학 씨의 강박증과는 무관하다. 외상은 전쟁에서 비롯되는 것이 아니라 실직에서 비롯된다.

그는 실직자다. 그가 실직한 이유는 정확하게 구분된 시간, 일상의 계획표, 조직 생활의 규율 등에 적응하지 못했기 때문이다. 다른 말로 하자면 김명학 씨의 자아는 전후에 재편되기 시작한 규율 권력의 리듬에 제대로 대응하지 못한 탓에 강박증 속으로 도피한다. 획일과 정확성을 강요하는 규율화된 일상이 이제 시대적 정신질환의 병인이 된다. 외상으로서의 전쟁은 후경으로 밀려나고 전경화되는 것은 산업사회에 진입한 한국 사회의 자본주의적 일상의 문제이다. 물론 시대적 정신질환의 지배소에도 변화가 생긴다. 노이로제(1960~70년대에 유행한), 혹은 신경증이 정신증의 자리를 대신한다. 아무래도 규율 메커니즘은 우울증보다는 강박증이 병인이 되기 쉽다. 요컨대 「213호 주택」의 김명학 씨를 통해 우리는 한국 사회에 '규율 메커니즘'이 주요한 통치성으로 등장했음을 확인하게 된다.

1959년에 발표된 김동립의 「대중관리」 역시 같은 맥락에서 중요한 작품이다. 이 작품에는 다음과 같은 여공 H의 작업표가 등장한다.

1. 작업 내용, '소매 만들기'.

2. 한 건의 소요시간, 5분 30초.

3. 하루의 작업시간, 7시간 10분.

(이 작업시간은 아침 8시부터 오후 6시 퇴근할 때까지 점심시간 한 시간과 오전 10시에서 15분, 오후 3시에서 15분, 합계 30분간의 휴식시간에다가 재봉틀에 기름 주는 시간과 변소에 가는 시간을 합한 20분을 빼고 난, 순전히 작업에만 소요하는 시간을 말함.)

4. 따라서 H가 생산하는 하루의 생산량은 '소매 만들기' 78개.

5. 잉여시간, 5초.[29]

시간표와 노동의 리듬과 규격화된 동선을 통해 개인의 신체를 훈육하는 규율 메커니즘에 대한 묘사가 푸코의 저서 『감시와 처벌』에 대한 알레고리라고 해도 무방할 정도인데, 1956~59년 사이 한국소설은 전후 세대의 통치성 부재 상태로부터 벗어나 규율 메커니즘이 작동하는 새로운 통치성의 시대로 접어들었음에 틀림없다.

　　물론 그러한 이행은 비난의 대상도 환영의 대상도 될 수 없다. 왜냐하면 통치성이란, 푸코가 통치 '합리성'이라고 부르기도 하듯이, 권력의 메커니즘이 위기를 맞았을 때 합리적인 통치의 테크놀로지를 발견하고 또 발명해가는 과정인지라, 어떤 개인이나 집단(가령 지배자나 지배계층)의 의지와 무관하기 때문이다. 통치성을 '주체 없는 과정'이라고 했던 것도 그런 이유다. 여기서 어떤 일반화에 대한 욕심도 생긴다. 통치성 자체가 문학적 탐구의 대상일 때, 소설은 대체로 비극과 유사해진다. 왜냐하면 통치 과정 자체에 주체가 없으므로, 푸코가 말했듯 '억압/해방 가설'은 타깃을 항상 빗나가기 때문이다. 그런 의미에서라면 「대중관리」와 「213호 주택」은 '규율의 비극'의 기원에 해당한다.

6. 드러나는 봉우리들

박정희 정권과 함께 시작했고 그의 죽음과 함께 끝나는 1960~70년대는 이른바 '개발독재' 시기라 불린다. 그러나 이미 살펴본바, 개발독

29.　　김동립, 「대중관리」(1959), 『한국현대대표소설선』 9, p. 400.

재 시기를 통치성의 입장에서 정의하자면 '주권 권력을 지배 요소로
한 규율 권력과 생명 권력의 착종 상태'쯤이 적당해 보인다(신자유주
의 통치성은 박정희 사후에야 통치성 연합체의 지배 요소로 등장하기 시
작한다). 1960년대부터 통치성의 작동 메커니즘 자체를 다루는 작품
들이 돌발하기 시작하는 것도 그와 같은 변화와 맥을 같이한다. 기왕
에 물 빠진 저수지의 봉우리들이란 비유를 가져왔으니 여기 아직 완
성되지 않은 채로나마, 그 '봉우리들'의 성긴 목록을 적어본다. 시론임
을 핑계 삼아, 목록들의 범위는 개발독재의 마지막 해인 1979년까지
로 제한한다.

1965년, 이청준,「퇴원」

정신의학이 규율 권력과 맺는 관계는 푸코에게 대단히 흥미
로운 주제였다.『임상의학의 탄생』『정신의학의 권력』같은 저작에
서 그는 의학이 어떤 방식으로 정상과 비정상을 구분하고 일종의 규
율 권력으로서 '장치들' 중 가장 중요한 위치를 점하는지를 논증한다.
그럴 때 규율화된 근대적 병원의 등장은 소설사적으로도 의미심장하
다. 1960년대 이후, 의료적 시선이 한국소설에서 심심치 않게 등장하
는바,「퇴원」은 그 초입에 있는 작품이다. 아울러 전후 세대 작가들의
정신질환과는 구별되는 신경증(강박증과 히스테리, 당시 사람들은 이
병을 '현대병' 혹은 '노이로제'라 부르며 과시적으로 현시하기까지 했다)
이 시대적 질환의 자리를 점하게 되는 과정을 살펴보는 것은 흥미로
운 주제가 될 수 있다.

1968년, 신상웅,『히포크라테스 흉상』

조남주의『82년생 김지영』과 대쌍을 이룰 만한 작품이다. 어떤
의미에서 이 작품에 주인공은 존재하지 않는다. 왜냐하면 맹장염이

었다가 복막염으로 발전해 죽을 때까지, 주인공 문집은 하나의 기능에 불과하기 때문이다. 장별로 그는 각각 다른 의료기관들로 후송되고 이동하지만, 그의 역할은 없다. 통계 수치가 김지영에게 신탁이었다면, 이 작품에서는 전문적인 의학 용어들, 약물의 명칭들, 주사량, 처치 과정 등이 그 자리를 차지한다. 문학사적으로 극히 이례적인 이 작품은, 말하자면 '의학 권력의 비극'에 속한다.

1968년, 정을병, 「유의촌」

당대 의료 체계의 부패와 무능력을 고발하고 있는 이 작품은, 한국 영토를 의사가 있는 곳(유의촌)과 의사가 없는 곳(무의촌)으로 구분한다. 당시 의사들에게 고소를 당할 만큼 비판적인 시선으로 의학 권력을 비판하는 와중에, 가족계획과 관련된 의학적 소견들을 세세히 적어 내려가기도 한다. 작가는 가족계획협회 직원이기도 했는데, 그 협회의 사업이 박정희 정부가 추진한 인구 정책, 곧 생명 정치의 일환이었음을 고려한다면, 문학적 가치를 떠나 사료적 가치가 인정되는 작품이다.

1969년, 염재만, 『반노』

외설 시비로 한국문학사상 최초로 작가가 재판정에까지 오른 작품이다. 가족계획 정책으로 인해 '성'이 생식과 분리되기 시작하던 시점에 관념적이고 사변적인 성적 묘사로 일관하는 이 작품이 외설 시비의 도마에 올랐다는 점은 시사적이다. 한편에서 생식보다 쾌락이 장려되던 시점이기에 더 그렇다. 푸코가 『성의 역사』에서 주장했듯 근대에 '성'은 억압된 것이 아니라 관리되었다는 사실을 이 작품이 증명한다.

<u>1970~73년, 박태순, 「외촌동」 연작</u>

1960~70년대 서울 인근의 도시 빈민 문제는 그간 한국소설이 즐겨 다뤄온 소재다. 그럴 때 이농과 향도 현상은 한국 자본주의의 본원적 축적 과정에서 발생한 참담한 사례로서, 혹은 계급론적 관점에서 주로 거론되었다. 그러나 성남 대단지 사태를 다룬 「무너지는 산」에서 보듯 박태순의 관심은 서울의 인구 과밀화, 무허가 주택의 난립으로 인한 도시 외관 문제 등 '생명 정치'의 관점에서 빈민 문제에 접근한다. 강력한 주권 권력이 생명 정치적 조치를 강제로 실행할 때, 어떤 방식으로 살리는 정치가 죽이는 정치로 전도될 수 있는지를, 박태순의 「외촌동」 연작은 고발한다. 그를 섣불리 민중문학 계열의 작가군 목록에 등재할 수 없는 이유다. 비참한 삶의 세밀한 세부 묘사도 눈여겨볼 만한 특징인데, 통치성의 작동 원리와 직접 대면할 때 소설은 대체로 알레고리화되지만, 그 통치성이 강제한 일상의 삶 속으로 시선을 돌릴 때 자연주의화된다는 점을 보여준다는 점에서도 그의 소설에 대해서는 재론이 필요하다. 이런 표현이 가능하다면 그의 작품들이 속한 장르는 '개발의 비극'이다.

<u>1971년, 이청준, 「소문의 벽」</u>

의미망이 다층적인 이 작품은 세 가지 독법이 가능하다. 하나는 응시의 문제다. 즉 무언가에 의해 보여지고 있다는 불안이 그것인데, 강력한 감시 사회이기도 했던 1970년대 초반의 규율 권력이 낳은 신경증으로서의 감시 강박을 잘 그려낸 작품이다. 두번째 독법은 이 작품을 예술가소설로 읽는 것이다. 미지의 독자들이 보내는 응시와 예술가의 불안한 심리 상태에 대한 이청준의 심오한 통찰에 대해서는 이미 잘 알려진 바다. 그러나 우리의 관심사와 관련해 더 중요해 보이는 마지막 독법은 반공 이데올로기와 통치성의 관계에 주목해 작품을 읽는 것이다. 주인공의 '전짓불 강박'이 전쟁 체험과 이념 갈등에서 연유한다는 사실은 주목을 요한다. 반공 이데올로기와 종교가 한국의 통치성 변화와 관련해서는 항상적인 변수였다는 점은 이미 지적한 바 있다. 이 점에 주목하지 않는 이상 통치성의 소설사는 한국적 특수성을 고려의 대상에서 배제해버리는 우를 범하기 쉽다.

1974년, 신상웅, 「기호 공화국—1994」

1974년에 1994년의 미래 한국 사회를 그린, 말하자면 SF소설이다. 신분과 신용과 행정과 직무가 모두 숫자화된 세계에 대한 불안을 담은 이 작품은 명백한 알레고리의 형식을 취하고 있다. 주민등록 제도의 도입과 함께 규율 권력의 완전한 만개를 상상하고 있는 이 작품은 한국소설사에서 상당히 이례적이다. 조남주의 『82년생 김지영』이 그려 보이게 될 통계의 비극을 선취한 작품으로서도 의미가 있고, 통치성의 작동 원리에 대한 '상징화 형식'이 대체로 알레고리 형식을 취하게 되는 과정에 대해서도 시사하는 바가 큰 작품이다.

1975년, 윤흥길, 「제식훈련 변천약사」 / 1976년, 「타임 레코더」 / 1977년, 「아홉 켤레의 구두로 남은 사내」

윤흥길은 황석영, 조세희 등과 함께 1970년대에서 1980년대로 넘어가는 민중문학의 교두보 역할을 한 작가로 흔히 기록된다. 그러나 「아홉 켤레의 구두로 남은 사내」 연작에는 한 소시민이 존재 이전을 통해 노동자로 거듭나는 서사 외에 감춰진 다른 겹의 서사도 존재한다. 「날개 또는 수갑」의 민도식이란 인물의 서사가 그러한데, 그가 주목하는 것은 노동운동 한편에서, 제복으로 상징되는 규율 권력이 강화되어가는 과정이다. 「제식훈련 변천약사」와 「타임 레코더」는 작가 윤흥길이 그 이전부터 이 주제에 관심이 많았음을 보여주는 이례적인 작품들이다. 규율 권력이 개인의 신체에 가해지는 일련의 조작과 관련이 있음은 주지의 사실이다. 두 작품은 신체에 가해지는 규율 그 자체인 제식훈련의 변천사와 노동 시간을 규격화함으로써 신체를 훈육하는 '타임 레코더'라는 소재를 통해 권력의 작동 방식이 어떻게 변화해왔는지를 보여주는 문제작들이다.

1979년, 전상국, 「밀정」

감시에도 아날로그와 디지털의 구분이 가능하다. 이 작품은 정보기관의 첩자 역할을 하던 한 인물의 몰락을 그린다. 그러나 그의 몰락은 감시 권력 자체에 대해서는 진보인데, 빽빽한 글씨로 채워진 그의 수첩은 이제 컴퓨터에 수집된 정보를 당할 수가 없다. 한때 위세를 떨치던 인간 감시 기계가 한낱 정보 건달로 변해가는 과정을 통해 규율 권력의 현대화를 예리하게 짚어낸 작품이 전상국의 「밀정」이다.

7. 통치성의 소설사, 얼개

어수선하게, 그리고 불완전하고 작위적으로 목록들을 나열하고 말았으니, 그나마 목록에서 발견되는 몇 가지 경향에 대해서는 정리하고 넘어갈 필요가 있을 듯하다. '통치성의 소설사', 만약 이런 것이 가능하다면 다음의 몇 가지 고려 사항들을 비껴가기는 어려워 보인다.

1. 통치성의 소설사는 연대기적일 수 없다. 왜냐하면 한국 현대사는 '비동시적인 통치성들의 동시성'을 그 특징으로 하기 때문이다.

2. 소설이 통치성 자체의 작동 원리를 형상화하려 할 때, 그 형식은 자주 알레고리 쪽으로 기운다. 통치성은 주체 없는 과정이어서

행위자가 인물이라기보다는 시스템 그 자체이기 때문이다.

　　3. 소설이 통치성 내부 일상의 삶을 형상화하려 할 때, 그 형식은 자주 생활의 비참함에 대한 자연주의적 세부 묘사 쪽으로 기운다. 통치성들은 장기 지속하므로 그 바깥을 꿈꾸기 어렵기 때문이다.

　　4. 각종의 장치들, 특히 학교와 병원과 군대를 배경으로 한 작품들에서 통치성은 그 메커니즘을 직접적으로 드러내는 경우가 많다. 규율이 집행되는 장소이기 때문인데, 그럴 때 등장인물들은 어떤 신경증을 앓고 그 증상은 시대적이다. 통치성의 소설사에 있어 이언 해킹의 '시대적 정신질환' 개념이 유용해지는 것도 이 지점이다.

　　5. 장기 지속하는 통치성에 대한 감각은 작가를 대체로 비관적으로 만들고, 그 결과 소설은 새로운 (유사) 비극 장르를 탄생시킨다. 특히 지금의 시대를 특징짓는 '신자유주의 통치성'이 그러한데, '통계의 비극'은 그 전형적인 사례다.

8. 보유 —1990년, 어떤 좌담

1990년 6월, 그러니까 「진짜 사나이」의 화자가 예의 그 장병만 씨를 마지막으로 목격하던 즈음이다. 모 잡지에 특별한 비밀 좌담에 관한 300매짜리 리포트가 한 편 실린다. 잡지는 당시 사노맹(남한사회주의 노동자동맹)의 기관지 역할을 하던 『노동해방문학』 복간호였고, 좌담의 제목은 '박노해 선배와 9박 10일간의 비밀좌담'이었다. 사회는 박노해 자신이 맡았고 참석자와 옵저버로는 "전위를 지향하는 노동자로서 남한의 파쇼치하에서 비밀활동, 또는 합법활동과 비밀활동을 동시적으로 수행하고 있"[30]는 7명의 노동운동가들이 모였다.

　　좌담은모임의 의의와 목적에 대한 토론으로부터 시작한다. 몇 가지 발언 후 박노해는 그 목적을 (다소 동어반복적으로) 네 가지로 요약한다. 그러나 좌담은 곧바로 본론으로 진행되지 않는데, "다음으로 이 모임의 성격과 위상에 대해" 합의해야 하기 때문이다. 박노해의 정리만으로 그 합의는 쉽게 이루어지지만 다시 좌담의 본론은 지연된다. '모임의 조건과 토론 규율'을 정해야 하기 때문이다. 사회자인 박노해 본인도 "본 의제로 들어가기 위한 과정이 무척 까다롭지요?"[31]라고 말했고 일동은 웃었으니 이 좌담의 규율이 예외적으로 세심하고 복잡하긴 했다.

그러나 일동의 웃음에도 불구하고 토론의 절차는 더 남아 있다. "다음으로 이 자리에 모이기까지의 보위점검"[32]이 필요하기 때문이다. 각자가 자기소개와 함께 차례차례 이 좌담에 참석하기까지의 이동 경로를 이야기하고 안전 여부를 확인한다. 그러나 좌담은 아직도 본론으로 들어가지 못하는데, 이번에는 일어날지도 모르는 비상사태에 대비해야 하기 때문이다. 비상사태라 함은 물론 만약의 경우 발생할 수도 있는 경찰의 급습일 터이다. 이에 대비해 "반드시 보위되어야 할 인자의 순서를 선정"[33]해야 한다. 당연하달까, 박노해가 일 순위가 된다.

탈출 순위가 정해진 후에는 심지어 가지고 있는 무기들을 확인하는 절차도 빼놓지 않는다. 도대체가 이런 속도였으니 총 7개 항목에 달하는 의제를 토론하기 위해 걸린 시간이 9박 10일이란 사실도 그리 놀랍지는 않다.

---

30. 박노해 외, 「기획좌담——박노해 선배와 9박 10일간의 비밀좌담」, 『노동해방문학』 1990년 6월호, p. 211.
31. 같은 책, p. 213.
32. 같은 책, p. 215.
33. 같은 책, p. 218.

박노해 그러면 이동지가 방어조장이 되어 출입문에서 방어투쟁을 지도하도록 하시죠. 여기에 방어무기로는 식칼이 한 개, 과도가 한 개, 가스분사기가 한 개, 자결용 비수가 한 개 있고 의자를 분해하면 각목 대신 쓸 수 있겠습니다. 다음으로 소각조 역시 문제가 없는 분이 맡아야 하겠습니다. 끝까지 소각을 마쳐야 하니까 아마 가장 늦게까지 현장에 남아야 할지도 모르겠습니다.

　　　　신재승 제가 소각조를 맡겠습니다. 전에 이런 투쟁경험이 있기 때문에 미리 소각용 알콜을 준비해 왔습니다.

　　　　박노해 엄호전투조는 먼저 2인 정도가 밖으로 나가 건물 주위를 정찰하면서 탈출로를 확인한 후 곧바로 전투에 합류합니다. 그와 동시에 탈출조는 로프를 이용하여 탈출합니다. 〔……〕 체포되는 것 자체가 곧 패배이기 때문에 항상 자결을 할 수 있는 비상무기를 소지하고 다닙니다. 〔……〕 그러면 마지막으로 이 모임과 참여인원의 상호관계에 대한 알리바이를 정합시다. (알리바이 맞춤)

　　　　자, 그럼 각조별 임무를 점검하면서 본 의제토론을 준비해 주시기 바랍니다.[34]

무슨 악의가 있어 이 오래된 시절의 좌담 이야기를 꺼내든 것은 아니다. 다만 '가시성의 장'이 바뀔 때 어떤 것들이 보이고 어떤 것들이 보이지 않게 되는지에 대해 말하고자 지난 시절의 기록을 뒤져봤을 뿐이다. 시간이 지나고 이제 다른 각도에서 거리를 두고(그러니까 통치성을 염두에 두고) 저 좌담을 바라보자니, 의제 내용의 허황됨은 말할 것도 없고(동구 사회주의권이 이미 몰락해가던 시절이다), 그들의 토론 방식 또한 경이롭다. 여전히 군인 출신 대통령이 국가를 통치하고 있

34.　　　같은 책, pp. 220~21.

던 시절의 억압적인 상황을 고려한다 해도, 저 좌담의 참석자들에게
서 '규율의 향유'라 할 만한 어떤 병적인 낌새를 알아채기는 그리 어
렵지 않다. 말하자면 규율 권력의 전도된 형태랄까? 그들은 규율 권
력에 저항하면서 바로 그 규율 권력의 방식으로 회의하고 토론하고
스스로를 훈육한다. 심지어 규율을 도착적으로 향유하기까지 한다.
도착이란 말은 절대 비아냥거림이 아닌데, 프로이트에 따를 때 목적
과 무관한 절차의 향유를 도착이라 부르기 때문이다. 말하자면 그들
은 정권에 반대하면서 규율 권력의 메커니즘에 동화되고 있는 셈이
다. 이후 사노맹의 맹원이었던 이들, 가령 박노해와 조국과 백태웅 등
의 행적은 푸코주의자들의 이런 주장을 증명하고도 남는다. "통치성
바깥은 없다."